Zwei Männer und ein paar Leichen

Von Felix Werthner

Über den Autor:

Felix Werthner ist ein spätberufener Autor – er musste älter als 40 Jahre werden, bis es bei ihm »klick« gemacht hat. Seit ihm die ersten Sätze zu diesem Buch auf dem Heimweg von der Arbeit eingefallen sind, hat ihn diese Geschichte nicht mehr losgelassen und er »musste« dieses Buch schreiben. Felix liebt spannende Krimis ebenso wie lustige Romane, was lag also näher, als die beiden Genres zu verbinden. Der Prozess des Schreibens, das Entwickeln der Charaktere, das Eintauchen in die Geschichte hat ihm dabei so viel Spaß bereitet, dass schon bald sein zweites Buch folgen wird.

Felix Werthner lebt und arbeitet in Wien

Zwei Männer und ein paar Leichen

Felix Werthner

felix.werthner@outlook.com

1. Auflage, 2020

c/o skriptspektor e. U.
Robert-Preußler-Straße 13 / TOP 1
5020 Salzburg AT – Österreich

Coverdesign
Die Buchprofis der Buch&media GmbH
www.die-buchprofis.com

ISBN 979-8-64509-669-4

felix.werthner@outlook.com

Für

Amelie

Felix und **Marie**

Danksagungen

All die lieben Erstleser, die den Entstehungsprozess dieser Geschichte begleitet und mir Feedback, Mut und Antrieb gegeben haben. Ohne Euch gäbe es anstatt eines Buches wohl nur ein paar amüsante Seiten auf Word.

Ohne Inspiration keine Geschichte, daher gebührt ein großer Dank meinem Hund Maxwell. Die Spaziergänge mit ihm durch den Wald sind ein unendlicher Quell an Ideen.

INHALTSVERZEICHNIS

1 EIN LUFTZUG

»Schau mal, Schatz, das musst du verstehen, ich konnte nicht anders, ich hatte quasi keine andere Wahl. Ich musste der alten Frau die Schaufel über den Schädel ziehen. Sie hatte mein Geheimnis entdeckt, und das musste ich um jeden Preis schützen. Du kennst es jetzt auch, und daher kannst du dir denken, dass jetzt etwas passieren wird. Sorry, mein Schatz, aber das war es jetzt.«

Er drückte ab und traf sie in die rechte Brust. Er hatte zwar auf ihr Herz gezielt, aber nachdem er noch nie zuvor mit einer Pistole geschossen hatte, war es schon als Erfolg zu verbuchen, dass er sie überhaupt getroffen hatte. Andererseits wäre es auch schwer gewesen, sie zu verfehlen, sie stand ja nur einen Meter vor ihm. Sie stürzte mit einem lauten Schrei zu Boden und krachte mit dem Hinterkopf auch noch so unglücklich auf den Couchtisch, dass sie sich das Genick brach. Er hörte es sogar krachen, was ihn kurz erschaudern ließ. »Hat der grässliche Tisch wenigstens einen Zweck erfüllt.« Ein flüchtiges Lächeln huschte über sein Gesicht, während er sich dachte, dass es das jetzt wohl gewesen sei. Er hatte beschlossen zu fliehen, er wusste zwar nicht wohin, doch ihm war klar: Hinaus aus der Wohnung, hinein ins Auto, und weg aus dieser Stadt, der Rest würde sich schon ergeben.

Er zog schnell seine blutverschmierte Kleidung aus, schlüpfte in ein frisches Hemd und eine saubere Hose und verließ rasch die Wohnung. Wie immer sperrte er die Türe gewissenhaft zu, das musste so sein, er konnte nicht anders. Er nahm auch noch das Altpapier mit, das in der Ecke gleich danebenstand. Es würde ja auffallen, wenn der Sack über Wochen hindurch dort stehen bliebe, und außerdem musste er es tun, er konnte nicht anders. Schon wieder nicht.

Just in dem Moment, in dem er mit dem Altpapier in der Hand die Treppen hinuntergehen wollte, öffnete Valerian seine Wohnungstüre, die gleich angrenzte.

»Hast du das gehört, diesen Knall?« Valerians Haar fiel offen und ungekämmt auf seine Schultern, es war ja auch noch früh, das heißt, für Valerian war es früh, es war neun Uhr dreißig. »Das musst du doch gehört haben? Es kam aus der Richtung deiner Wohnung! Niko, hast du das nicht gehört?«

Valerian fingerte nervös an den beiden Zöpfchen seines Ziegenbartes herum und kratzte ständig seinen rechten Fuß, er stand ja in der Unterhose am Gang. Niko beobachtete argwöhnisch das permanente Gekratze. Ob er vielleicht trockene Haut hatte?

»Nein, ich habe nichts gehört. Was meinst du?«

Valerian wurde immer aufgeregter: »Dieser Knall, und dieser Rums, voll laut und so. Echt jetzt, das war spooky.«

Spooky? »Meine Frau liegt tot am Boden und das Blut rinnt in Strömen, dieser Anblick ist bestimmt mehr als spooky«, dachte sich Niko. Er konnte Valerian noch nie wirklich leiden, das studentische Gelaber und dauernd diese neumodischen Ausdrücke. Aber einen grammatikalisch korrekten vollständigen Satz konnte er nicht herausbringen, der Herr Studiosus. Und immer auf krampfhaft lässig gestylt. Egal, ob er auf die Uni oder zum Sport oder abends ausgegangen war, der Junge sah stets so aus, als ob er jedem zeigen müsse, wie cool und alternativ er doch sei. Und jetzt? Zum ersten Mal war Valerian ganz und gar nicht locker, er war unglaublich nervös, was Niko sogar ein bisschen sympathisch fand, aber er mochte ihn immer noch nicht. Valerian musste sich nämlich ständig über alles beschweren und hinterfragen und die Leute zu Aktionen animieren. Meist betraf es so aufregende Themen wie übervolle Mülleimer, zu wenige Radständer in der Gasse, zu hohe Kosten für die Reinigungsfirma, die das Stiegenhaus ohnehin nur unzureichend putzte und so weiter. Niko konnte und wollte sich mit solchen Belanglosigkeiten, wie er befand, nicht auseinandersetzen, sie waren ihm zu unwichtig. Er hatte seine eigene Ordnung, und die hatte immer zu stimmen, da durfte nichts dazwischenkommen, nichts durfte sein System stören, das konnte er nicht vertragen.

»Bist du sicher, Niko? Vielleicht magst du zur Sicherheit noch einmal nachsehen, ob nicht vielleicht die Therme auf den Boden gekracht ist?«.

»Ja klar, die Therme, das ist natürlich sehr wahrscheinlich«, dachte sich Niko. »Wenn du unbedingt willst, dann sehe ich noch einmal nach, ok?«

Er stellte den Sack mit Altpapier wieder ab, steckte den Wohnungsschlüssel wieder in das Schloss, als er sich noch einmal zu seinem halbnackten Nachbarn umdrehte, ihm einen bösen Blick zuwarf uns zischte: »ICH schaue nach, ob etwas passiert ist. Du wartest hier draußen. Verstanden?«

Valerians Gesicht blieb unverändert, er starrte gebannt auf die Wohnungstür, nicht eine einzige Regung ließ darauf schließen, dass er tatsächlich mitbekommen hätte, was Niko ihm gerade gesagt hatte. Nach drei langen Sekunden voller Ratlosigkeit, wandte sich Niko wieder der Tür zu und öffnete sie einen Spalt. Und das genügte schon, um einen Luftzug entstehen zu lassen, wodurch Valerians Wohnungstüre ins Schloss fiel.

»Scheiße, ich habe keinen Schlüssel.«

Valerian konnte in diesem Moment nicht erahnen, was für dramatischen Folgen das Vergessen des Schlüssels für ihn haben würden und welche grauenvollen Erlebnisse ihm in den kommenden Tagen noch bevorstünden. Denn hätte er es gewusst, dann hätte er niemals diese verhängnisvolle Frage gestellt: »Kann ich zu Dir in die Wohnung hinein und von deinem Handy den Schlüsseldienst rufen?«

»Ist niemand bei dir zu Hause?«, fragte Niko genervt.

»Nein.«

»Hat jemand einen Ersatzschlüssel?«

»Nein.«

»Man sollte immer einen Ersatzschlüssel bei einer vertrauenswürdigen Person deponieren. Das weiß doch jeder!«

»Alter, ich komme nicht mehr in meine Wohnung, face it.«

»Ah, jetzt ist mir die Sache klar, ich face mal die Situation.« Niko hasste Valerian mehr denn je.

»Also kann ich jetzt bei dir den Schlüsseldienst checken und in deiner Wohnung auf ihn warten? Mir ist schon krass kalt so in der Unterhose und so. Und Brownies müsste ich auch mal machen. Das wäre eine wirklich korrekte Aktion von dir.«

»Du willst backen?«

»Nein, ich muss nur die Kartoffeln düngen. Die Schüssel sprengen. Ähm, ein Geschäft machen, ok?«

Niko konnte kurz überhaupt nicht folgen und starrte Valerian fragend an. Endlich fiel bei ihm der Groschen: »Ach so, du musst auf die Toilette?«

»Alter, sag ich doch die ganze Zeit, dass ich dringend mein Rückgrat verlängern muss.«

»Nun, ja, alles klar, danke, dass du dich mir so detailliert mitteilst. Wenn es unbedingt sein muss, komm rein. Ach, und bitte wundere dich nicht, es ist bei mir zurzeit ein wenig unaufgeräumt.« Er wollte noch hinzufügen, dass er für gewöhnlich seine Leichen nicht in der Wohnung herumliegen lasse, unterließ es aber.

Niko öffnete die Wohnungstüre jetzt zur Gänze und ging mit ihm hinein, wobei er sich nicht überlegt hatte, was er tun sollte, wenn Valerian seine tote Frau auf dem Teppich entdecken würde.

»Kann ich dir etwas zu trinken anbieten?«, fragte er noch im Vorzimmer. Seine Worte klangen hilflos. Bruce Willis und Sean Connery wüssten genau, was mit Valerian anzustellen wäre, sobald sich die Wohnungstüre hinter ihm geschlossen hätte. Der Bruch des Unterkiefers wäre wahrscheinlich das letzte Geräusch gewesen, dass Valerian in dieser Welt vernommen hätte. Aber Niko war eben nicht so brutal wie diese beiden Typen, deren Filme er so liebte, weil er ihre Rollen vergötterte. Einmal ein harter Mann sein, schlagfertig unglaublich coole Sprüche klopfen, und jede x-beliebige Frau mit Super-Model-Aussehen ins Bett kriegen. Ja, was das wohl für ein Leben wäre?

»Magst du vielleicht einen Orangensaft?« Das war zumindest höflich gegenüber dem Halbnackten, dachte sich Niko.

»Nee, sorry, aber ich muss jetzt echt mal die schwarze Mamba zähmen. Darf ich?«

»Wie bitte? Was musst du machen?«

»Das Schokoladenauto ausparken, einen Gruß an die Stadtwerke schicken, meine sieben braunen Schätze verteilen.

Aber danach trinke ich gerne etwas, aber lieber einen Mango Saft, oder Maracuja, hast du ja sicher, oder?«

»Klar, ich kaufe ja täglich frisch gepresste Säfte von exotischen Früchten. Am liebsten presse ich ja selbst mit meinem neuen Super-Entsafter, aber leider ist dieser gerade in der Reparatur, weil er die Kokosnüsse nicht ganz vertragen hat. Hätte wohl doch erst die Schale runternehmen sollen«, murmelte Niko vor sich hin, während Valerian auf die Toilette verschwand.

»Mein Gott, eine Leiche hat schon etwas Beruhigendes.« Niko stand im Wohnzimmer und betrachtete seine tote Frau. Vielleicht war es die Gewissheit, dass sie definitiv nie wieder etwas sagen, ihm nie wieder auf die Nerven gehen, ihm nie wieder Befehle geben würde. Aus, vorbei, ab jetzt herrschte absolute Ruhe. Sein Kopf war leicht zur Seite geneigt und er wurde fast schläfrig, als er plötzlich die Klospülung hörte, die ihn flugs wieder aufweckte.

Valerian kam von hinten: »Hey, Niko, danke, das war echt… Oh mein Gott!« Als er Magdalena sah, hielt sich in einem ersten Reflex die Augen zu, um sich dann gleich durch die langen Haare zu fahren, eine typische Übersprunghandlung.

»Was ist das? Die liegt ja im Blut. Mach doch was!«

»Valerian, ich habe schon etwas gemacht, deswegen sieht sie ja so aus.«

»Wir müssen sie reanimieren!«

»Valerian, sie ist tot.«

»Nein, das darf nicht sein, los, ich beatme sie, du zählst.« Valerian wollte sich schon über sie beugen, als ihn Niko an der Schulter zurückhielt.

»Sie ist tot. Du kannst sie nicht mehr reanimieren. Es ist aus. Face it!« Ha, das saß! Niko schickte noch einen echten Fiesling-Grinser à la J.R. Ewing hinterher. Valerian wandte sich von der Leiche ab und hielt sich die Hände vor sein Gesicht. Seine Schultern begannen zu zucken.

»Was ist los? Heulst Du etwa?« Valerian reagierte nicht, man hörte ihn nur ganz laut weinen.

»Hey, jetzt hör auf zu heulen, du kannst nichts mehr ändern.«

Valerian lief los, planlos landete er in Nikos Schlafzimmer, legte sich aufs Bett, schluchzte, schrie und schlug mit den Händen und Beinen auf die Decke.

»Du benimmst dich wie ein dreijähriges Kind. Beruhige dich endlich!«

»Lass mich in Ruhe! Raus mit dir!«, brüllte ihn Valerian an. In seiner Stimme war die pure Verzweiflung zu hören.

»Nun gut, solange er da alleine im Schlafzimmer heult, kann er auch keine Polizei rufen«, dachte sich Niko, sperrte aber zur Sicherheit das Schlafzimmer von außen zu. Er ging in die Küche und nahm sich ein Glas mit Leitungswasser. Er setzte sich an den Küchentisch und legte seinen Kopf in die Hände. Als er die Augen schloss, kamen auch ihm plötzlich Tränen, schließlich hatte er seine Frau getötet, mit der er einundzwanzig Jahre verheiratet war. Einundzwanzig Jahre. Eine lange und ereignislose Zeit, denn ihre Ehe war eintönig verlaufen. Kinder hatten sie keine, da Magdalena keine bekommen konnte. Über die gesamten einundzwanzig Jahre hatten sie nur sich selbst, mit denen sie sich beschäftigen konnten. Und die jeweiligen Eltern, die immer wieder in ihr Leben dazwischenfunkten. In den einundzwanzig Jahren hatten sie sich aber auch sehr an einander gewöhnt, man lebte miteinander, wobei in den vergangenen rund fünfzehn Jahren nur noch wenig Interaktion stattfand. Die heißesten Diskussionen drehten sich um das Thema Fernsehprogramm, das gemeinsame Abendessen wurde mehr oder weniger wortlos, auf jeden Fall sinnlos eingenommen.

»Gab es etwas im Büro?«, fragte Magdalena.

»Mein Chef hat schon wieder gemeint, dass ich mehr Fahrt aufnehmen sollte.«

»Also wie immer…«

»Und wie war dein Tag?«

»Na wie soll er schon gewesen sein?«

»Also wie immer …«

Diese Konversationen waren voller Resignation vor dem Partner, dem Beruf, dem ganzen Leben. Es gab nichts in ihrem geordneten Ablauf, das Unruhe, das ein wenig Leben in ihr Leben gebracht hätte. Zwischen Niko und Magdalena gab es kein Zusammenleben mehr, nur noch ein Zusammensein, reduziert auf ein Nebeneinanderatmen.

Aber Magdalena war einundzwanzig Jahre an Nikos Seite, war immer in seiner Nähe gewesen, wahrscheinlich sogar zu nah, zu beengend. Und nun war sie tot und hinterließ eine fürchterliche Leere. Genau das war Niko jetzt bewusstgeworden, als er mit dem Kopf auf dem Küchentisch liegend leise in sich hinein heulte. Er bedauerte nicht den Verlust seiner Frau, er fürchtete sich vor dem Alleinsein.

»Wie soll es jetzt weitergehen? Was soll ich machen?« Niko suhlte sich für eine viertel Stunde im Mitleid. Plötzlich fuhr er hoch: »Die Leiche muss verschwinden! Oder ich muss verschwinden. Nein, beides, erst die Leiche und dann ich!« Niko wurde sofort klar, dass er alleine nur wenige Chancen hatte, Magdalena schnell, sauber und ohne Aufsehen zu erregen, zu entsorgen.

Die Lösung des Problems war im Schlafzimmer eingesperrt. »Der Typ heult wahrscheinlich immer noch.« Niko lauschte an der Türe, es war nichts zu hören. Leise drehte er den Schlüssel um und öffnete behutsam die Türe. Als sie ganz offenstand, bot sich Niko ein Bild, das ihn komplett überforderte. Valerian saß auf dem Bett, lediglich mit seiner Unterhose bekleidet, die Füße in der Lotusposition ineinander verschränkt und jonglierte mit einem Lippenstift, einer Mascara und einem Nagellack. Alle drei Gegenstände hatte er offensichtlich auch benutzt – seine Lippen und seine Fingernägel glänzten ton sur ton in starkem Rot, und bei seinen Wimpern wäre Conchita neidisch geworden. Seine langen Haare hatte er mit einem von Magdalenas Haarbändern zu einem Dutt nach oben gebunden.

»Was bitteschön machst du da?«, fragte Niko entsetzt.

»Ich erde mich.«

»Wie bitte?«

»Ich nutze die Kraft von Mutter Erde, um mit dieser Situation fertig zu werden.«

»Und deshalb jonglierst du mit den Sachen meiner Frau? Und schmierst sie dir auch noch ins Gesicht?«

»Ich helfe deiner Frau zu gehen, überzutreten und unsere Dimension zu verlassen.«

»Indem du dich herrichtest wie eine Dragqueen auf Entzug?«

»Deine Frau hatte tolle Maquillage. Und sie braucht sie ja jetzt wohl nicht mehr, oder?«

»Sei nicht so respektlos!«

»Sagt der, der sie gerade umgebracht hat. Hast du doch, oder?«

Niko schwieg einige Sekunden lang. Valerian hörte endlich mit dem Jonglieren auf und verschärfte jetzt seinen Ton: »Du hast sie umgebracht! Du Mörder! Killer!« Er wollte sich in seiner Wut auf ihn stürzen, konnte aber seine Füße nicht rasch genug aus der verschränkten Stellung lösen und fiel sehr ungeschickt mit dem Gesicht auf das Bett. Niko nützte diese Situation, zog die Pistole aus seinem Sakko und richtete sie auf Valerian. Als dieser ihn erschreckt ansah, musste Niko herzhaft lachen. »Du hättest dich sehen sollen, wie du umgefallen bist. Wie ein Stehaufmännchen, das nur leider nicht mehr hochkommt. Das war purer Slapstick!« Valerian blickte mit seinen langen Wimpern fragend zu Niko hinauf, und begann ebenso laut zu lachen. »Wenigstens kann er über sich selbst lachen«, dachte sich Niko und setzte sich neben ihn auf das Bett.

»Wir müssen Magdalena loswerden«, sagte Niko wieder mit vollem Ernst.

»Wir?«

»Du wirst mir helfen.«

»Weil…?«

»Weil ich dich sonst erschießen werde. Siehst du diese Pistole? Die ist sehr effektiv, hat heute schon toll funktioniert, echt.«

»Hey Bro, wenn du mich auch abknallst, dann hast du zwei Leichen zu entsorgen, aber keinen, der dir hilft.«

»Was heißt Bro? Willst du mich anmachen, du Tunte?«

»Bro, Buddy, Freund, Kumpel. Hast du ›How I Met Your Mother‹ nie gesehen? Komm schon, das kennt doch jeder. Oder?«

Niko blickte ratlos.

»Ok, du kennst es nicht. Also da gibt es Barney, und Barney hat diesen Bro Code geschrieben, und da …«

»Schnauze! Du wirst mir mit der Entsorgung helfen! Es ist deine eigene Schuld, dass du dich in diese Situation manövriert hast. Hättest du einen Schlüssel dabeigehabt, wie du so panisch aus der Wohnung gelaufen bist, wärest du jetzt nicht hier. Wieso musst du auch überall deine Nase hineinstecken?«

»Ja klar, und dann ist es auch noch meine Schuld, dass Madame tot am Boden liegt?«

»Nein ... Ja! Natürlich ist das deine Schuld. Wenn du mir nicht hilfst, werde ich der Polizei erzählen, dass ich dich in flagranti mit meiner Frau erwischt habe und du sie deswegen erschossen hast!«

»Ist das logisch? Warum hätte ich sie erschießen sollen? Außerdem hast ja du die ganzen Schmauchspuren an der Hand. Schaust du nie C.S.I?«

»Ich sage dir, lass die Logik mein Problem sein. Wenn du jetzt nicht spurst, schieße ich dich einfach über den Haufen. Klar?«

Valerian war innerlich zusammengesunken. Er fühlte sich mies und schäbig, denn Niko hatte vollkommen Recht, ohne dass dieser es wusste. Es war keine vierundzwanzig Stunden her, als Magdalena sich lustvoll Valerian hingegeben hatte und sich genau auf diesem Boden, auf dem sie nun in einer Blutlache lag, in größter Erregung dem Höhepunkt näherte. Für Magdalena waren die vergangenen Wochen ein Ausbruch aus der Einöde ihrer Ehe, während es für Valerian nur ein kleines Abenteuer bedeutete, das er spätestens in einem Monat beendet hätte. Vor wenigen Wochen, als Magdalena wegen »starker Migräne« zu Hause bleiben musste, hatte sie Valerian nach dem zweiten Höhenflug innerhalb einer Stunde zärtlich ins Ohr geflüstert, dass sie mit ihm durchbrennen wolle. Und er hatte ihr zugestimmt. Sie träumten von einem Haus in Südafrika, endlosen Fahrten in der Savanne, blutroten Sonnenaufgängen und Cocktails vor ihrem offenen Kamin, in dem das prasselnde Feuer als Hintergrundmusik ihr heißes Liebesspiel untermalte. Valerian spürte, dass sie diese Tagträume im Gegensatz zu ihm ernst meinte. Dennoch gab er ihr das Gefühl, dass es auch sein größter Wunsch wäre, mit ihr ein gemeinsames Leben ganz abseits jener Konventionen zu beginnen, die sie derzeit so einengten. Oft hatte er sich dafür geschämt, ihr nicht die Wahrheit gesagt zu haben, doch er wollte ihr nicht wehtun. Ein einziger heftiger aber kurzer Schmerz beim Schlussmachen, das wäre schon schlimm genug. Außerdem war Valerian sehr konfliktscheu, und je eher er eine Diskussion oder einen Streit vermeiden konnte, desto besser.

Wenn Niko nun tatsächlich der Polizei erzählte, dass Valerian ein Verhältnis mit seiner Frau gehabt hätte, er hätte es unmöglich widerlegen können. In der ganzen Wohnung waren ja nicht nur seine Fingerabdrücke zu finden, sondern auch diverse andere DNA Spuren. Und wem würde die Polizei wohl eher glauben, einem braven unbescholtenen Mitbürger und Steuerzahler, oder einem bekifften Studenten mit langen Haaren und einem Bärtchen? Außerdem war ja er der Ehebrecher und Niko nur der arme hintergangene Ehemann. Er beschloss daher, so lange mitzuspielen, bis ihm eine bessere

Lösung eingefallen wäre. In ein paar Stunden würde diese ganze Geschichte beendet sein und er entspannt in seiner Wohnung sitzen. Wie er sich doch täuschen sollte.

2 CONNIES AUFTRITT

Niko und Valerian standen vor der Leiche und starrten sie an. Schon wieder kratzte der junge Student seinen rechten Fuß. In diesem Moment läutete Magdalenas Handy, das auf der Couch lag. *»It's raining men, halleluja, it's raining men!«* schallte es aus dem Lautsprecher. Das war der Klingelton von Connie, ihrer Busenfreundin. Connie, die immer gut aufgelegt war, die immer einen draufmachen wollte, die immer gerade von einer Party oder einem One-Night-Stand gekommen war, die auch offensichtlich immer nur dann arbeitete, wenn sie Lust dazu hatte, und der immer alles und vor allem alle anderen vollkommen egal waren. Sie stand im Mittelpunkt, zu jeder Zeit. Niko hasste sie. Sobald das Handy mit dieser Melodie läutete, tanzte Magdalena wie in der Disco auf ihr Telefon zu, ließ alles stehen und benahm sich plötzlich wie eine siebzehnjährige Zicke, wie Niko fand. »Schätzchen, hast du schon gehört…«, waren die typischen ersten Worte eines Maggie-Connie Gesprächs. Niemand nannte Magdalena mit einem Spitznamen, nur für Connie war sie »Maggie-Darling« oder »Maggie-Schätzchen«. Niko hielt diese Telefonate, bei denen es spätestens nach fünf Minuten immer um Sex ging, einfach nicht aus und begann abzuwaschen oder zu putzen. Verhaltensforscher würden sagen, dass das typische Übersprunghandlungen waren, da Niko nicht wusste, wie er sich in diesen Situationen verhalten sollte. Am liebsten hätte er Magdalena schon oft die Meinung über ihre »dauergeile, ständig betrunkene und verantwortungslose Nymphomanin mit dem Verhalten eines Teenagers« gesagt, aber er hatte es nicht getan. Er hatte immer gekniffen, weil er Angst vor einem Konflikt mit Magdalena hatte.

»It's raining men!« Sollte er ans Telefon gehen? Er konnte keinen klaren Gedanken fassen. *»Halleluja!«* Was wäre jetzt besser, um nicht aufzufallen? Bloß keinen Verdacht aufkommen lassen! Einfach läuten lassen. *»It's raining men!«* Oder doch nicht? Sie könnte doch krank sein? Oder so tun, als ob sie das Handy zuhause vergessen hätte? Das hatte sie jedoch noch nie. Läuten lassen ist gut. *»It's raining men, halleluja, it's raining men!«* Wann hört das endlich auf? »Kann das blöde Ding nicht endlich aufhören! Verdammt nochmal!« Niko schrie sich seine ganze Unsicherheit aus der Seele. »Hör endlich auf, los, aufhören!« Er lief um die Leiche herum zur Bank, nahm das Telefon in die Hand und plärrte es noch einmal so laut an, dass die Adern auf seiner Stirn pulsierten. »Aus! Ruhe! Hör auf!« Er warf das Handy mit aller Kraft auf die Couch, dass es vom Polster wieder hochsprang und mit dem Display voran in der Blutlache am Boden zu liegen kam.

»Verdammt! Das auch noch. Diese blöde Connie! Herrgott nochmal!«

»Der hilft dir jetzt auch nicht.« Valerians Stimme klang tief und beruhigend. Er hatte sich die ganze Szene angesehen und war über Nikos emotionalen Ausbruch überrascht, sogar positiv überrascht. Er konnte offensichtlich doch Gefühle zeigen, der alte Spießer, negative zwar, aber immerhin.

Wenigstens hatte das Telefon endlich aufgehört zu läuten.

»Du solltest es nehmen und reinigen«, sagte Valerian, »denn du kennst ja das alte Sprichwort: Ist das Handy voll Blut, dann ist das nicht gut.«

»Was für ein lustiges Sprüchlein. Danke, Valerian, du bist wie immer eine große Hilfe! Was täte ich bloß ohne dich?«, fuhr ihn Niko an.

Angeekelt hob er das Telefon auf, hielt es nur mit seinem Daumen und Zeigefinger in der rechten Hand und versuchte dabei, nicht mit dem Blut auf dem Handy in Kontakt zu kommen. Er ging in die Küche, riss tollpatschig mit der linken Hand ein Tuch von der Küchenrolle und legte das Smartphone darauf. Das Blut ekelte ihn sichtlich an, einige Sekunden starrte er nur auf das Handy, ohne irgendeine Regung.

»Soll ich es für dich abwischen?«, fragte Valerian vorsichtig.

»Geht schon«, sagte Niko, ohne seinen Blick vom blutigen Gerät abzuwenden.

Schließlich machte er einen Seufzer und holte aus dem Kasten unterhalb der Abwasch feuchte Putztücher hervor. Vorsichtig nahm er das Hardcover ab und entsorgte es im Mülleimer. Danach wischte er sorgfältig über das Display des Handys, wobei das Blut teilweise hartnäckig kleben blieb. Er rieb heftiger mit dem Finger über diese kleinen Stellen, als plötzlich wieder *»It's raining men«* anfing. Dabei wischte Niko so unglücklich über das Display, dass er unabsichtlich das Gespräch annahm.

»Maggie Schatz, hallooo?«, hörte er Connies schrille Stimme aus dem Lautsprecher tönen. »Maggie? Juhuu! Was ist los? Maggie!!!«

Niko nahm das Telefon jetzt widerwillig ans Ohr.

»Ah, hallo Connie. Hier ist Niko.«

»Hallo mein Lieblieblingsspießer! Wo ist denn mein Maggie-Darling?«

»Magdalena? Nun, äh ...«

»Was ist mit Maggie? Niko!« Connie war ungeduldig geworden. Sie konnte mit Niko nichts anfangen und hatte nie verstanden, was Magdalena an diesem Mann gefunden hatte. Für sie war er schlichtweg der Prototyp eines Waschlappens.

»Niko, wo ist Maggie? Sag endlich was!«

»Magdalena, also Maggie, sie ist krank. Ja, sie, nun sie fühlt sich nicht wohl und liegt im Bett.« Niko stammelte die Sätze so langsam vor sich hin, dass Connie misstrauisch wurde.

»Was hat sie denn? Gib sie mir doch bitte einmal.«

»Das geht nicht. Sie hat gesagt, dass sie Ruhe braucht und mit niemandem sprechen will.«

»Komisch, ich habe vorhin im Büro angerufen und die wussten noch gar nicht, dass Maggie krank ist. Hat sie denn dort nicht angerufen?«

Niko musste sich aufstützen. Das Büro hatte er vollkommen vergessen.

»Nein, nun, sie hat gesagt, dass ich dort anrufen soll, aber ich habe es wohl vergessen.«

»Wieso bist du denn zuhause? Oder hast du ihr Telefon ins Büro mitgenommen? Wohl kaum, oder?«

»Nein, ich, ich habe mir Pflegeurlaub genommen.«

»Geht es ihr so schlecht? Gestern ging ihr es doch noch sehr gut. Jetzt gib sie mir doch einmal.«

»Nein, sie schläft.«

»Und was hat sie?«

»Hohes Fieber. Das hat mitten in der Nacht begonnen. Und dann hat sie sich auch noch übergeben. Und jetzt schläft sie endlich. Das war eine wilde Nacht, kannst mir glauben.«

»Unter einer wilden Nacht verstehe ich etwas Anderes, kannst mir auch glauben, aber das ist bei euch ja schon lange nicht mehr der Fall gewesen. Egal, Maggie war in den letzten

Jahren nur ein- oder zweimal krank, das wundert mich jetzt, dass sie sich so plötzlich etwas eingefangen haben soll.«

»Ja, jeden erwischt es einmal. Ich fühle mich auch nicht besonders, vielleicht hat sie mich angesteckt.«

»Du stehst immer neben dir, das hat aber nix mit meiner Maggie zu tun.« Niko verkrampfte sich innerlich bei »meiner Maggie«. Wie konnte sie das sagen, sie war immer noch seine Frau, nicht ihre.

»Niko, sag ihr, sie soll mich anrufen, wenn sie wieder wach ist.«

»Das könnte aber ein wenig dauern.« Niko versuchte, nicht sarkastisch zu klingen.

»Egal, sie ruft mich sowieso an. Soll ich vorbeikommen und ihr ihre Lieblingsmuffins bringen?«

»Nein, nein, das geht schon, sie will niemanden sehen.«

»Ich bin aber nicht ›jemand‹. Was soll's, ich werde das nachher mit ihr besprechen. Ich glaube, dass du mich nicht sehen willst, aber das kenne ich ja schon von dir.«

»Ok.«

»Was ok? Was ist los mit dir? Da stimmt doch etwas nicht. Was ist mit Maggie? Verheimlichst du mir etwas?«

»Nein, ich bin müde, die Nacht war anstrengend. Sie meldet sich bei dir. Ciao.«

Niko atmete tief durch, als er das Gespräch beendet und aufgelegt hatte. Er versuchte, sich wieder zu konzentrieren. Die Leiche musste ja schließlich noch entsorgt werden, und zwar so rasch wie möglich.

Connie machte einen tiefen Zug an ihrer Zigarette und sah verwundert auf ihr Handy. Sie wurde das Gefühl nicht los, dass ihr Niko etwas verheimlichte. Natürlich könnte Maggie auch einfach krank sein, aber das hätte sie doch sofort geschrieben. »Egal, dann erzähle ich ihr später von gestern Abend«, dachte sie sich, tötete ihre Kippe aus und blieb gedankenversunken auf ihrem kleinen Balkon sitzen. Ihre erste Zigarette am Tag war für sie sehr wichtig, es war ein Ritual für sie. Bei schönem Wetter machte sie sich einen Espresso, frisch gemahlen, »nicht so ein Kapselding«, wie sie immer sagte, setzte sich im Pyjama auf den Balkon und zündete sich genussvoll ihre Zigarette an. Nebenbei sah sie sich auf ihrem Tablet die letzten News auf Facebook, Instagram und Twitter an und postete nicht selten ein Foto von ihrem Espresso mit einem Kommentar à la »Den brauche ich jetzt dringend«, »Das wird ein schöner Tag« oder »Der kleine Schwarze nach dem großen Schwarzen ;-) «. Sie liebte ihre zweideutigen Texte und stand offen zu ihrem freizügigen Sexleben. Sie sagte immer: »Eine Woche ohne Sex ist wie das Leben einer Kaulquappe in der Wüste: einsam und man trocknet aus.« Connie hatte nicht nur One-Night-Stands, aber länger als zwei Monate dauerten ihre Beziehungen sehr selten. »Meine Partner langweilen mich nach einer gewissen Zeit« war ihr Standardspruch. Tatsächlich wollte sie sich nicht einengen lassen. Sie war der Meinung, dass eine langfristige Beziehung nur bestand haben könne, wenn die beiden Partner Kompromisse eingingen. Und darauf hatte sie einfach keine Lust. Connie lebte genau so, wie sie es bestimmte, seit sie mit neunzehn von zu Hause ausgezogen war. Sie kam aus einer klassischen gutbürgerlichen Familie, ihr Vater war Anwalt, ihre Mutter war Hausfrau. Ihre beiden Brüder waren ebenfalls Anwälte geworden, doch seit sie mit sechzehn Jahren ihre erste LP von den Sex Pistols gekauft hatte, wusste sie, dass sie aus ihrem spießbürgerlichen Dasein ausbrechen wollte. Ihr Leben als Punk dauerte aber nur ein Semester, so lange war sie nämlich mit »ihrem Sid« zusammen. Sid hieß im bürgerlichen Leben Peter und ging in die achte Klasse. Zum zweiten Mal. Und nachdem er auch die siebente Klasse zweimal besucht hatte, war er den anderen mit seinem Intellekt weit überlegen. Zumindest fand er das. Er war definitiv der coolste Schüler der ganzen Schule und hielt gerne Reden im Schulhof, die aber großteils nur aus der deutschen Übersetzung von Sex Pistols Liedern bestanden. Dennoch verfehlten seine Vorträge nicht ihre Wirkung und er hatte durchgehend zumindest drei Freundinnen gleichzeitig. Connie nutzte ihr Semester mit Sid nicht nur zur Erweiterung ihrer sexuellen Erfahrungen, sondern auch zur Steigerung ihres Bekanntheitsgrades. Sie war von diesem Zeitpunkt an nie wieder ohne Partner oder Partnerin und genoss es sichtlich, wenn man sie in den Schulgängen anstarrte und dann verstohlen den Blick schnell abwandte, um mit den Freunden über sie zu tuscheln. Sie liebte es, im Mittelpunkt zu stehen.

Nach dem Schulabschluss startete sie ihr Publizistik Studium. Sie wollte Journalistin für irgendein Magazin werden, für das sie um die ganze Welt reisen müsste. Es war ihr dabei vollkommen gleichgültig, ob sie über Mode oder Autos oder Mähdrescher berichten würde, Hauptsache, sie könnte in andere Länder reisen. Im ersten Semester befand sie, dass das Leben auf der Universität absolut öde war. Es gab in ihren Augen viel zu wenige Partys und die Kommilitonen fand sie langweilig. Manchmal machte sie sich den Spaß daraus, während sie vor einem Hörsaal auf eine Vorlesung wartete, wahllos irgendwelche Studenten unverblümt anzusprechen und zu fragen, ob sie nicht Lust auf einen Quickie hätten. Zweimal hatte es geklappt, und beide Male war es für die Studiosi das langersehnte Ende ihrer Jungmännlichkeit. Connie fand, dass sie damit auch einem Lehrauftrag auf der Universität nachkam und überlegte, einen »Lehrstuhl für sexuelle Erfahrungen« einzurichten, verwarf die Idee aber bald wieder, weil sie ja nicht zum Verkehr gezwungen werden wollte. Es war die Freiheit, das zu tun, wonach einem der Sinn stand, genau dann, wenn man Lust darauf hatte. Sie unterbrach ihr Studium für ein Semester und heuerte als Hostess auf einem Kreuzfahrtschiff an. Für Connie war es das Paradies: fremde Länder und eine große Crew mit vielen Männern. Doch ab einem gewissen Zeitpunkt hatte sie die schönsten Destinationen gesehen, und die Mitglieder der Mannschaft, ja nicht einmal der Kapitän, stellten für sie noch eine Herausforderung dar. Daher konzentrierte sie sich wieder auf das Studium, das sie erfolgreich abschloss. Gleich danach fing sie bei einem Verlag an, der verschiedenste Magazine herausbrachte und bei dem sie Magdalena kennenlernte.

Als sie nach dem Telefonat mit Niko ihre Zigarette ausgedrückt und zweifelnd ihr Handy angestarrt hatte, kam ihr spontan der Einfall, die leere Tasse ihres Espressos zu posten mit den Worten: »Was wird der Tag heute bringen? Ist euer Leben so leer wie diese Tasse?«. Sie wusste nicht, was diese Worte bedeuten sollten, doch sie fand, dass jeder, der ihr Post las, kurz darüber nachdenken sollte.

--

»Ich werde in den Baumarkt gehen und alles besorgen, was wir zum Verschwinden der Leiche benötigen«, sagte Niko trocken.

In diesem Moment erkannte Valerian seine Chance zu fliehen und zur Polizei zu fahren. »Musst du denn nicht zur Arbeit?«, fragte er Niko mit einem strengen Blick.

»Nein, ich habe mich heute Morgen krankgemeldet, bevor ich Magdalena, du weißt schon, bevor ich sie …«

»Aber, wenn du dich krankgemeldet hast, kannst du doch nicht in den Baumarkt gehen. Stell dir vor, du wirst dort gesehen.« Valerian spürte, dass er Niko mit diesem Argument überzeugt hatte. »Lass mich gehen«, sagte er fürsorglich, »das ist besser. Außerdem möchte ich nicht alleine bei Magdalena bleiben, das vertrage ich nicht.«

Niko überlegte einen Augenblick, erkannte aber sehr schnell, dass Valerian in diesem Punkt recht hatte. »Nun gut, dann fahr du, du kannst mein Auto nehmen.« Valerian triumphierte innerlich und stellte sich bereits vor, wie er direkt zur Polizei fuhr.

»Hast du überhaupt einen Führerschein?«, fragte Niko überheblich. »Egal, du kannst auch mit dem Bus zum Baumarkt fahren. Ich schreibe dir eine Einkaufsliste. Was brauchen wir zum Zerlegen einer Leiche? Wir dürfen keinen Lärm machen, meine Flex dürfen wir also nicht verwenden.«

»Gib mir dein Handy. Ich checke das mal bei Siri«, sagte Valerian in einem gelangweilten Ton.

»Bei wem? Du meinst doch nicht im Ernst, dass ich das Internet befrage, wie ich meine Frau zerlegen soll! Erst vor kurzem hat man einen Mörder überführt, weil er Siri gefragt hatte, wo man am besten eine Leiche verscharren könnte. So ein Anfänger!«

»Als ob du so viel Erfahrung damit hast!«

Niko sah ihm tief in die Augen, hob eine Augenbraue und schmunzelte.

»Wir werden ganz altmodisch einen Fuchsschwanz verwenden, dann noch eine scharfe Zange zum Durchtrennen der Sehnen, und meine Hühnerschere nehmen wir zum Aufschneiden der Haut und der Muskel.« Nikos Ausführungen klangen präzise und durchdacht, Valerian hatte dem nichts hinzuzufügen, da er handwerklich nicht sonderlich begabt war. Dazu noch ein paar große Plastiksäcke und Planen, um den Boden abdecken zu können und weitere Blutspuren zu vermeiden, zur Sicherheit ein starkes Klebeband, einen Kübel und viele Reinigungsmittel, mehr sollten sie nicht benötigen. Niko und Valerian waren fest davon überzeugt, dass sie ohne große Schwierigkeiten Magdalena in handlich portionierten Stücken in die Müllsäcke stopfen könnten.

Valerian plagte allerdings noch ein quälender Gedanke: »Wo sollen wir die Säcke dann entsorgen?«

»Das überlegen wir uns später. Nachdem das ja relativ kleine Säcke sind, können wir sie an verschiedenen Orten ganz leicht loswerden. Wir werfen sie einfach in irgendwelche Mülltonnen am anderen Ende der Stadt oder vergraben die Säcke im Wald, oder was weiß ich, mir wird schon was einfallen.« Niko war ein wenig gereizt, er wollte Magdalena endlich in den Säcken verstaut und aus der Wohnung gebracht haben.

»Ich mach mich dann auf den Weg, aber ich brauche noch etwas zum Anziehen. Es könnte ein wenig auffallen, wenn ich in der Unterhose auf der Straße und im Baumarkt herumlaufe. Und wir wollen doch keine Aufmerksamkeit erregen, oder?«, warf Valerian ein und kratzte sich dabei schon wieder am Unterschenkel.

Sie sahen sich einige Sekunden wortlos an, musterten einander von Kopf bis Fuß und ein breites Grinsen erhellte ihre Gesichter. Valerian war 189 Zentimeter groß, Niko 176. »Mal sehen, was ich in meinem Kasten finde.« Niko trottete in sein Schlafzimmer und öffnete seinen Schrank.

»Am besten irgendeine Trainingshose und ein Hoodie, die sind ja groß geschnitten«, schlug Valerian vor.

Niko drehte sich leicht zerknirscht um: »Ich habe keine Trainingshose, ich mache keinen Sport. Eigentlich habe ich noch nie Sport gemacht. Und mit Hoodie meinst du so einen Pullover mit Kapuze, oder? Also so ein Kapuzending besitze ich natürlich auch nicht, nicht einmal ein Sweatshirt. Um ehrlich zu sein, ich habe nicht einmal eine Jean.«

Valerian zog seine Augenbrauen hoch und sah ihn vollkommen ungläubig an: »Also wirklich, ich habe dich immer schon für einen Spießer gehalten, aber sogar Spießer machen Sport. Und Spießer tragen auch Jeans, sogar mit einer Bügelfalte von oben bis unten. Was trägst du denn in deiner Freizeit, auch nur Anzüge?«

»Ich werde mich jetzt sicher nicht über Mode unterhalten. Schon gar nicht mit dir. Du schaust immer so dermaßen lächerlich aus, wenn du versuchst, krampfhaft cool und nonconformist auszusehen. Immer gegen das Establishment, nicht wahr? Damit kann ich natürlich nicht dienen, ich Spießer. Aber ich bin glücklich mit meiner Mode und froh, dass ich nicht in solchen Pyjamahosen herumlaufen muss wie du!«

Sie sahen sich einige Sekunden schweigend an.

Plötzlich drehte sich Niko um und griff in den Kasten. »Ich habe genau das Richtige für dich.«

»Oh nein, nicht wirklich.« Valerian befürchtete Schlimmes.

»Doch, das ist absolut passend.«

»Bitte nicht, lass es nicht die ...«

Doch Niko hielt das Prachtstück bereits stolz direkt vor Valerians Gesicht.

»Du trägst doch immer so seltsam aussehende Sachen, also wird dich bestimmt niemand blöd ansehen, wenn du mit einer beigen Pyjamahose durch die Gegend läufst, die dir noch dazu zu kurz ist.«

»Mit Bügelfalte!« Valerian war verzweifelt.

»Ich habe auch eine hellblaue, wenn dir das lieber ist.«

»Nein, nein, beige ist prima. Aber zwing mich bloß nicht, das Oberteil auch dazu zu tragen.«

Es dauerte nicht lange, und Valerian stand frisch angezogen vor dem Spiegel in Nikos Schlafzimmer. »Na siehst du, das ist doch wirklich passend.« Niko versuchte, Valerian Mut zuzusprechen, doch innerlich konnte er sich kaum halten vor Lachen. Die Pyjamahose endete fünf Zentimeter oberhalb seiner Knöchel, darunter trug er schwarze Socken. Das dunkelblaue Poloshirt mit den schmalen roten und grünen Querstreifen klebte an seinem Oberkörper und schien bei der geringsten Bewegung zu reißen. Der kurze beige Trenchcoat mit dem Gürtel und den Schlaufen auf den Schultern sah wie ein Relikt aus den achtziger Jahren aus und lag so eng an, dass er schon wieder beinahe als slimfit durchgehen konnte.

»Wenn ich den Kragen aufstelle, sehe ich aus wie Inspektor Clouseau, bei dem gerade wieder einmal irgendetwas schiefgegangen ist. Ich sehe aus wie eine Witzfigur.« Valerian fand sein Outfit absolut letztklassig und er schämte sich in Grund und Boden, so aus dem Haus gehen zu müssen.

»Jetzt brauchen wir nur noch die passenden Schuhe. Welche Größe hast du, Valerian?«

»Fünfundvierzig.«

»Nun, das ist schon recht groß. Ob dir meine schwarzen Schuhe in Größe vierzig passen werden?«

Beide warfen sich einen verzweifelten Blick zu. »Ich kann dir noch meine Sandalen anbieten. Sehr schön, sind erst zwei Jahre alt, und die Lederriemen sind sehr elegant.« Valerian wollte schreien, doch er ließ es bleiben. Er hatte ja keine andere Wahl, er musste ja schließlich in den Baumarkt, und bloßfüßig konnte er das nicht tun. Also zwängte er seine Füße in die braunen Ledersandalen, die bei jedem Schritt schmerzten, da vorne seine Zehen und hinten die Fersen über den Rand hinaushingen.

Valerian steckte die Einkaufsliste und das Bargeld, das ihm Niko gegeben hatte, ein, nahm den Autoschlüssel und wollte gerade die Wohnungstüre öffnen, als ihn Niko im letzten Moment am Gürtel des Trenchcoats erwischte. »Deine Schminke! Du musst dich noch unbedingt abschminken, du siehst schon seltsam und pervers genug aus.«

»Nein, lass mich, ich gehe öfters geschminkt außer Haus!«

Niko sah ratlos die Türe hinter Valerian ins Schloss fallen. Wie hätte er wohl reagiert, wenn seine Tochter mit so einem – geschminkten – Typen nach Hause gekommen wäre? »Hallo Eltern, das ist Valerian, wir werden in einer eheähnlichen Beziehung mehr oder weniger fix zusammenleben und vielleicht auch Kinder bekommen oder adoptieren oder sharen. Valerian ist ein toller Mann, er ist so weltoffen, weil er mir mit der Schminke in seinem Gesicht zu verstehen gibt, dass er mich als weibliches Wesen in diesem patriarchalischen System akzeptiert.« Manchmal war Niko froh, dass er keine Kinder hatte und ihm daher solche Szenen erspart geblieben waren.

Als Valerian im Auto saß, hatte er nur ein Ziel, er wollte so schnell wie möglich zur Polizei und dem Ganzen ein Ende setzen. Die nächste Polizeistation war nicht weit entfernt und er parkte mit quietschenden Reifen direkt auf dem für Polizeiautos reservierten Parkplatz. Immerhin musste er ja einen Mord melden, was ihm einen Sonderstatus verlieh, fand Valerian. Als er an der Tür zur Wachstube klingelte, stand plötzlich ein junger Mann neben ihm, ungefähr in seinem Alter, mit strähnigem, schulterlangem Haar, groß und dünn und nur mit einer Bermudas bekleidet, die so weit unten an seinem Gesäß hing, dass Valerian gleich wieder wegsah.

Der diensthabende Polizist öffnete die Tür von seinem Schalter aus und Valerian stürmte hinein.

»Ich muss einen Mord melden!«, schrie er dem Beamten laut ins Gesicht und beugte sich dabei über den Tresen.

Der Polizist lehnte sich zurück, musterte Valerian von oben bis unten und schüttelte wissend den Kopf. Ihm, der schon so viel in seiner langen Karriere als Polizist erlebt hatte, war sofort klar, dass der Typ vor ihm ein betrunkener Obdachloser war. Und wahrscheinlich auch noch homosexuell, mit seinen knallroten Lippen und Fingernägeln und diesen langen, dichten Wimpern.

»Haben wir etwas getrunken, junger Mann?«, fragte der Polizist und kratzte dabei seinen Bauch.

»Nein, hören Sie, ich muss einen Mord melden!« Valerians Stimme klang verzweifelt.

»Ich auch«, lallte der Mann in der Bermudas, der sich gleich hinter Valerian in die Wachstube geschlichen hatte.

Valerian drehte sich erschrocken um. »Wer bist du?«

»Ich bin der fette Nikolo und mache alle Kinder froh«, kam es langsam über seine Lippen und sowohl dem Polizisten als auch Valerian wurde beinahe übel von der gewaltigen Alkoholfahne, die aus Nikolos Mund strömte.

Valerian wandte sich wieder dem Polizisten zu: »Hören sie, Herr Inspektor, ich weiß nicht, wer dieser Typ ist, aber glauben Sie mir, mein Nachbar, Niko, hat seine Frau umgebracht.«

Der Polizist sah ihn erstaunt an und deutet auf den Mann in der Bermudas: »Das ist ihr Nachbar, der seine Frau umgebracht hat?«

»Nein, das ist der Nikolo, mein Nachbar ist Niko«, erklärte Valerian.

»Ich bin der Niko und muss einen Mord melden«, warf der Mann in der Bermudas ein und lehnte sich über den Tresen.

»Sehen sie«, sagte der Polizist.

»Nein, bist du nicht!« Valerian schubste ihn auf die Seite, sodass er beinahe sein Gleichgewicht verlor.

»Doch, bin ich. Und ich habe jemanden umgebracht!«, lallte der Typ.

»Wen haben wir denn bitteschön umgebracht?« Der Inspektor wurde langsam zornig und erhob sich behäbig aus seinem Drehstuhl.

»Die Lisa. Ich habe die Lisa getötet«, sagte der Mann in der Bermudas und senkte seinen Kopf so tief, dass er mit der Stirn auf dem Tresen aufschlug.

»Und Lisa ist ihre Frau?«, fragte der Polizist.

»Nein, Lisa ist doch nicht meine Frau. Das geht doch nicht, sind sie blöd oder so?« Nikolo hielt sich die Stirn, während er den Inspektor versuchte zu fixieren. »Die Lisa«, führte er sehr ernst aus, »die Lisa, das war ein Eichkätzchen.«

Der Kopf des Polizisten färbte sich plötzlich rot und seine Augen verformten sich zu schmalen Schlitzen.

»Wollt ihr mich verarschen, ihr besoffenen Volltrottel?«, schrie er die beide Männer an. »Raus mit euch, bevor ich euch noch einsperre!«

Valerian versuchte, den Inspektor zu beruhigen: »Hören Sie bitte, der Typ da gehört nicht zu mir, ich kenne ihn nicht einmal, ich habe ihn noch nie gesehen …«

»Wir wohnen doch zusammen«, fiel ihm Nikolo ins Wort, »du hast mir sogar deine Hose geborgt, weil ich keine mehr habe.«

»Raus mit euch, sofort!« Der Polizist schlug mit der Faust so fest auf den Tresen, dass beide erschraken und die Wachstube verließen.

Vollkommen frustriert stieg Valerian ins Auto und sackte in sich zusammen. Plötzlich klopfte es an seine Scheibe: »Nimmst du mich mit? Ich muss den Kindern noch ihre Geschenke bringen. Ich bin ja der Nikolo.« Valerian startete den Motor und fuhr so schnell los, dass Nikolo vornüberkippte und am Boden sitzen blieb.

Keine zwanzig Minuten später war Valerian in Nikos Kombi beim Baumarkt angekommen. Seine Wut über die Unfähigkeit der Polizei hatte sich wieder gelegt und während der Fahrt hatte er den Entschluss gefasst, Niko nur zum Schein so lange zu helfen, bis sich eine geeignete Möglichkeit zur Flucht ergeben sollte.

Als er den Baumarkt sah, überkam ihn ein mulmiges Gefühl, denn Heimwerken gehörte definitiv nicht zu seinen Hobbys. Nicht, dass er besonders ungeschickt gewesen wäre, aber mehr als das Aufhängen eines Bildes war nicht drin. Valerian war der Meinung, dass gewisse Tätigkeiten immer von Profis erledigt werden sollten, und zu eben diesen zählte er sich nicht.

Dementsprechend verloren war er auch, als er den Baumarkt zum ersten Mal betrat. Unendliche Weiten taten sich auf, riesige Regale säumten enge Gänge und was auf den Wegweisern stand, verstand er so gut wie gar nicht. Nervös fummelte er an seiner Einkaufsliste herum und fokussierte sich zunächst auf den Fuchsschwanz. »So eine blöde Säge werde ich doch wohl noch finden, das kann ja nicht so schwer sein.« Nachdem er den halben Markt mit seinem viel zu großen Einkaufswagen erfolglos abgefahren war, hielt er es doch für klüger, einen eifrigen Mitarbeiter um Hilfe zu bitten. Überall waren Schilder mit der Aufschrift zu lesen: »Unser Service ist einzigartig. Unsere Mitarbeiter helfen Ihnen gerne!«

Das Problem war nur, dass kein einziger Mitarbeiter zu sehen war. Nach weiteren drei Minuten des Herumirrens fand er schließlich eine Dame in der Elektroabteilung.

»Entschuldigen Sie bitte, können Sie mir bitte sagen, wo ich einen Fuchsschwanz finde?«, fragte Valerian die am Boden hockende junge Dame in einem sehr freundlichen Ton und kratzte dabei wieder sein Schienbein.

»Fuchsschwänze?« Beyoncé hatte keine Ahnung, wovon der Typ da sprach. Sie kniete weiterhin am Boden und hatte ihn noch gar nicht angesehen. Valerian fiel ihr bordeauxroter Tanga auf, der aus der Hose hervorblitzte. »Da muss ich jetzt aber kurz nachdenken.« Beyoncé hob ihren Kopf und sah in Valerians geschminkte Augen. Sie fand aber gar nichts Störendes daran, viele ihrer Freunde zupften sich ja sogar die Augenbrauen. Sie fragte sich viel mehr, was für ein seltsames Produkt dieser gut aussehende Typ mit dem coolen Bart suchte. Sie musterte ihn von oben bis unten, lächelte ihn leicht verklärt an und antwortete ausweichend, wie man es ihr in einer Verkaufsschulung beigebracht hatte: »Haben wir leider nicht mehr, ist grad aus.« Kaum hatte sie das gesagt, kam ihr der Geistesblitz, jetzt wusste sie es: »Vielleicht gibt es noch einen in der Auto Zubehör-Abteilung. Da vorne, am Ende links.« Sie zwinkerte ihn mit ihren langen Wimpern an und zeigte ihm die Richtung.

»Ah, vielen Dank, das war sehr freundlich von Ihnen.« Als er den Gang hinunterging, wollte sie unbedingt einen Blick auf seinen Po werfen, konnte zu ihrer Enttäuschung aber nichts erkennen, da der Trenchcoat darüber hing.

In der Auto Zubehör-Abteilung war natürlich von einem Fuchsschwanz nichts zu sehen, aber wenigstens zwei männliche Mitarbeiter standen gut versteckt am Ende eines Ganges und unterhielten sich über irgendwelche getunten Autos.

»Entschuldigen Sie bitte«, säuselte Valerian, »können Sie mir bitte sagen, wo ich einen Fuchsschwanz finde?« Die beiden Verkäufer sahen ihn fragend an.

»Sie sind hier in der Auto Zubehör-Abteilung«, antwortete der eine barsch. Der andere starrte Valerian fassungslos mit offenem Mund an. Wie konnte sich ein Mann nur so herrichten? Der war ja geschminkt! Und was der für Kleidung trug!

»Ja, die nette Dame in der Elektroabteilung hat gemeint, dass ich hier einen Fuchsschwanz finden würde.«

»Die Beyoncé! Na klar, die ist ja echt so blond, wie sie aussieht. Geh bitte, das gibt's ja nicht. Ah, ich weiß schon, die hat geglaubt, Sie wollen einen Fuchsschwanz für die Autoantenne. Dabei müsste sie doch wissen, dass Fuchsschwänze seit zwanzig Jahren out sind.« Er drehte sich zu seinem Kollegen, der Valerian immer noch mit leicht geöffnetem Mund anstarrte, stieß ihm mit seinem Ellbogen leicht in die Rippen und sagte: »Die Bitch kannst du auch nur zu einer Sache gebrauchen.« Beide lachten schmutzig und machten dazu passende Handbewegungen.

»Sie meinen eine Säge, oder?«

»Ja genau, war das nicht klar?«

»Nein, passt schon, ganz am Anfang bei der Kasse, Eisenwaren, dort kann ihnen sicher auch ein anderer Kollege helfen, wenn Sie jemanden brauchen.« Valerian stapfte zufrieden los.

»Aber fragen Sie besser keine Kollegin«, rief ihm einer der Verkäufer nach, »die kann Ihnen höchstens beim Schminken helfen.« Beide Mitarbeiter brachen in schallendes Gelächter aus. »Die Eisenwaren sind übrigens gleich hinter der Abteilung für Strumpfhosen, vielleicht brauchen Sie dort auch etwas.« Die beiden konnten sich vor Lachen nicht mehr halten. Hätte Valerian nicht heute Morgen den Schock seines Lebens erlitten und müsste er nicht dringend Sachen zum Entsorgen einer Leiche besorgen, hätte er den zwei Hinterwäldlern einen Vortrag über Gender Awareness gehalten. Jetzt aber versuchte er nur so schnell wie möglich, diesen Ort des Grauens zu verlassen.

Rund dreißig Minuten später hatte Valerian alle Utensilien im Kombi verstaut und machte sich auf den Weg nach Hause. Er versuchte, sich an Magdalenas letzte Worte zu erinnern, an den letzten gemeinsamen Moment. Sie hatten sich erst gestern im Stiegenhaus getroffen und mit einem flüchtigen »ciao« verabschiedet. Er hätte ihr noch so vieles sagen wollen, und sie ihm vielleicht auch. Die Gewissheit, nie wieder mit ihr sprechen zu können, schmerzte ihn sehr.

Gedankenverloren läutete er vor der Haustüre an der Gegensprechanlage und ärgerte sich dabei über den Lieferwagen eines Paketzustellers, der quer über den Gehsteig vor der Hauseinfahrt stand und ihn dabei behinderte, mit den ganzen Einkäufen zur Türe zu gelangen.

»Ja bitte?«, hörte er Niko fragen.

»Ich bin es.«

»Wer?«

»Valerian.«

Nichts geschah.

Nach fünf Sekunden läutete Valerian noch einmal.

»Wer da?«

»Hey, machst du mir jetzt endlich auf?«

»Wie ist das Passwort?«

»Welches Passwort? Alter, mach auf!«

»Ich habe dir ein SMS geschickt.«

»Das meinst du doch nicht im Ernst? Mein Handy liegt in meiner Wohnung!«

Nach einigen Sekunden, in denen sich Niko für Valerian unhörbar mit der Hand auf die Stirn schlug, hörte dieser das erlösende Summen und drückte die schwere Türe mit der Schulter auf.

Im zweiten Stock läutete er an Nikos Wohnungstüre und freute sich darauf, endlich den Schlüsseldienst holen zu können, damit er diese fürchterlichen Klamotten ausziehen könnte.

»Wer ist da?«, hörte er Niko noch hinter der geschlossenen Türe fragen.

»Die Polizei natürlich.«

»Wie, aber wieso ...?«

»Ich bin es doch, mach endlich auf.«

Vorsichtig öffnete Niko die Türe einen kleinen Spalt und vergewisserte sich, dass tatsächlich nur sein Nachbar draußen im Stiegenhaus stand. Ihm war sehr wohl bewusst, dass Valerian ohne Probleme die Polizei hätte holen können.

»Bist du allein?«

»Klar, lass mich endlich herein.« Valerian gab der Türe dabei einen kleinen Schubs und Niko wich stolpernd nach hinten.

»Ich stelle die Sachen am besten gleich ins Wohnzimmer«, sagte Valerian, während er an Niko vorbei durch das Vorzimmer ging.

Als er im Wohnzimmer stand, fielen ihm mit einem Schlag beide Säcke aus der Hand.

»NEIN!«, schrie er laut und fasste sich vor Schreck mit beiden Händen ans Gesicht. Die Tränen schossen ihm in die Augen, er biss aus Verzweiflung in seine Finger und drehte sich schließlich zu Niko, der hinter ihm stand.

»Was hast du getan, du Wahnsinniger?«, brüllte er Niko an.

»Nun ja, er hat geläutet und wollte das Paket unbedingt gleich im Wohnzimmer abstellen, wie er das sonst auch immer tut, und da hat er Magdalena gesehen und ich musste handeln«, versuchte Niko seine Tat zu begründen.

Quer über Magdalena lag der Fahrer des Paketdienstes, das goldene »P« von DPS am Rücken war mit Blut verschmiert, Niko hatte ihn von hinten erschossen.

»Du kannst doch nicht ständig Leute umbringen. Der Mann hat dir nichts getan!«

»Ja, schon, aber er hätte uns verraten können, und ich wollte doch nicht erwischt werden. Du etwa?«

»Du wirst erwischt, nicht ich. Ich habe ja nichts getan.«

»Vergiss nicht«, sagte Niko streng, »dass du mein Komplize bist. Du kannst dich nicht mehr so leicht herausreden. Ich habe dich nach wie vor in der Hand. Hilf mir lieber, die beiden Leichen zu entsorgen.«

Valerian sah Niko mit einer gewissen Resignation an. »Können wir nicht wenigstens den Schlüsseldienst rufen, damit ich endlich aus diesen blöden Klamotten raus kann?«

»Hast du nicht den Wagen in unserer Einfahrt gesehen? Der fällt doch auf. Wir werden so schnell wie möglich die Leichen zerteilen und dann mit dem DPS Lieferwagen entsorgen. Also beeilen wir uns.«

3 HAAGEN

Niko und Valerian waren akribisch in ihren Vorbereitungen, was vor allem an Nikos Pingeligkeit lag. Auch wenn der Teppich ohnehin wegen des ganzen Blutes entsorgt werden musste, ebenso wie der zerbrochene Couchtisch, so wollte er doch den Rest der Wohnung möglichst sauber halten. Um ihre Kleidung und exponierten Körperteile vor verräterischen Blutspritzern zu schützen, schlüpften beide in eine *»modisch gelbe Regenjacke mit verschweißten Nähten«*, dazu passender *»Regenhose mit Gummibund für einen sicheren Halt«* und *»schwarzen hohen Gummistiefeln mit einer rutschsicheren Sohle«* (Niko war sehr präzise in seinen Ausführungen auf der Einkaufsliste und verwendete die Beschreibungen aus dem Online-Katalog des Baumarktes). Bei den Schutzbrillen konnte aber Valerian nicht anders: Während er für Niko die aufgetragene *»direkt belüftete Vollsichtbrille«* besorgte, kaufte er sich eine Laserbrille, mit einem gelben Rahmen und roten Gläsern, mit der man Laserstrahlen besser erkennen konnte. Auch wenn sie nicht mit Laserstrahlen arbeiten würden, so fand er diese Brille wesentlich schicker und cooler. Und irgendein Unterscheidungsmerkmal zu diesem Spießer musste es doch geben. Mit Einweghandschuhen breiteten sie die Plastikfolien vor den beiden Leichen aus und befestigten sie mit einem Kreppband. Als erstes rollten sie den DPS-Mann von Magdalenas Körper herunter und zogen ihn aus, da sie der Meinung waren, dass er dann leichter zu zersägen wäre. Niko gab die Anweisungen mit einer Sicherheit, als ob er schon jahrelange Erfahrung in der Entsorgung von Leichen hätte, und Valerian befolgte sie brav, er wollte das alles nur schnell hinter sich bringen.

»Du wirst Durst bekommen, das Sägen ist sehr anstrengend. Magst du ein Glas Rotwein?«, fragte Niko. »Widerlich«, dachte sich Valerian, das Verhalten des Typen war direkt abstoßend. »Nein, ein Glas Leitungswasser reicht«.

»Bordeaux, Clos de l'Oratoire 2011« sagte Niko trocken, als er aus der Küche kam, in der einen Hand den Wein im teuren Glas schwenkend und genussvoll daran riechend. In der anderen trug er das Wasserglas.

Das erste Mal setzte Niko den Fuchsschwanz unterhalb des rechten Knies des Mannes an und begann zu sägen. »Halt!«, schrie Valerian nach wenigen Sekunden. »Das Geräusch ist unerträglich. Können wir bitte eine Musik dazu hören?«

Niko hatte nichts dagegen und beiden war klar, dass es sich dabei um etwas Klassisches handeln müsse, das musste nicht einmal ausgesprochen werden. Mozarts Requiem schien absolut passend, auch zum Bordeaux, fand Niko. »Karajan, 1986, Musikverein, Philharmoniker, Wiener Singverein« sagte Niko wieder ohne jegliche Emotion, als die ersten Takte zu hören waren. Er drehte die Musik lauter, sobald der Chor einsetzte, und beide verfielen in eine Art Trance, während sie die einzelnen Knochen zerteilten. Bei *»Dies Irae«* fühlte Valerian, wie eine Gänsehaut langsam über seinen ganzen Rücken kroch und er sägte mit noch größerer Kraft. Eine Träne tropfte auf die Innenseite seiner Laserbrille.

Das Zersägen der Leichen war für beide sehr anstrengend, sowohl physisch als auch psychisch. Nach rund zwei Stunden hatten sie es endlich geschafft und die Leichenteile in mehrere Müllsäcke gestopft, gerade so viel in jeden einzelnen, dass sie noch leicht zu tragen waren. Dank der akribischen Abdeckung von Niko war das Wohnzimmer tatsächlich sauber geblieben.

Niko hatte die weiteren Schritte bereits im Vorfeld genau geplant: Bevor sie mit dem Sägen angefangen hatten, hatte er die Uniform des DPS Mitarbeiters zur Seite gelegt und das T-Shirt mit dem Einschussloch im goldenen P mitten am Rücken und dem großen Austrittsloch auf der Brust mit kaltem Wasser gewaschen, sodass nur noch schwache Blutflecken rund um die Löcher zu sehen waren. Die Öffnung bei der Austrittswunde war um einiges größer, aber das würde schon nicht so auffallen. Er würde sich die Uniform anziehen und die Päckchen aus dem Lieferwagen holen, um genügend Platz für die Leichenteile zu schaffen. Dann würden sie mit dem Wagen schnell in den Wald fahren und die Säcke vergraben. Der heikelste Teil war natürlich das Verstauen der Müllsäcke im Transporter und dass sie dabei nicht gesehen würden. Valerian musste verständlicherweise in der Wohnung bleiben, er würde bestimmt irgendetwas falsch machen und sie beide dadurch verraten.

Niko weihte seinen Nachbarn sorgfältig in den Plan ein und zog sich die Uniform des DPS Mitarbeiters an. Das weiße T-Shirt unter dem dunkelblauen DPS-Polo blitzte an zwei Stellen im Rücken und an der Brust hervor.

»Ich beginne jetzt, die Pakete aus dem Lieferwagen zu holen. Zieh dich bitte schon einmal um«, sagte Niko kühl zu Valerian.

Dieser verzog sein Gesicht. »Jetzt muss ich mir ja wieder diese verblödeten Klamotten anziehen. Alter, das nervt echt tierisch. Wir müssen den Schlüsseldienst holen.«

»Später, wir müssen sehen, dass wir hier möglichst rasch unauffällig wegkommen.«

»Unauffällig? Ich sehe aus wie ein Volltrottel und du trägst ein T-Shirt mit zwei Löchern und Blutflecken. Und das vordere Loch ist so groß, dass ein Smiley durchgrinsen könnte.«

»Wie immer so witzig, unser Valerian.«

Niko war konzentriert und nicht zu Scherzen aufgelegt, zog sich die Kappe mit dem DPS Schriftzug tief ins Gesicht und verließ die Wohnung. Fünf Minuten später war er mit den ersten Paketen wieder zurück. »Der Lieferwagen ist wirklich voll, ich werde noch einige Male gehen müssen, bis wir genügend Platz im Laderaum haben.« Valerian nahm die Kartons entgegen. Auf dem obersten entdeckte er das Logo einer großen Modehandelskette. Da kam ihm die perfekte Idee: Es müssten doch irgendwelche Kleidungsstücke in den Päckchen enthalten sein, die ihm passen würden? Und vielleicht sogar ein wenig modisch wären? Er begann sofort die Verpackungen aufzureißen und zu durchwühlen, als Niko mit den nächsten Paketen durch die Türe kam.

»Was machst du da?«

»Ich suche etwas zum Anziehen.«

»Bist du wahnsinnig? Wir haben keine Zeit dafür, wir müssen hier weg, also mach dich endlich fertig.«

Kaum war Niko verschwunden, machte sich Valerian auch schon über die nächsten Kartons her.

»Na bitte, eine passende Jeans! Wenigstens etwas.« Valerian wurde klar, dass er Niko mit den Paketen helfen musste, damit er noch mehr passende Kleidungsstücke finden könnte.

Er nahm einen der Säcke mit den Leichenteilen und stellte ihn so in die Türe, dass diese nicht zufallen konnte. So schnell er konnte, lief er die Treppe im Stiegenhaus hinunter in Richtung

Lieferwagen, als er bereits nach wenigen Stufen abrupt gestoppt wurde. Dr. Ulrichsthal war mit seinem Dackel auf dem Weg hinauf in seine Wohnung im dritten Stock. Dr. Wernher Ulrichsthal war an die neunzig Jahre alt, aber immer noch sehr rüstig, und lebte wahrscheinlich schon seit seiner Geburt in diesem Haus. Dreimal täglich führte er seinen Rauhaardackel aus, jeden Tag zur gleichen Uhrzeit: Um sechs Uhr dreißig drehte er die erste Runde rechts herum um den Häuserblock; um dreizehn Uhr, nach dem Mittagessen pünktlich um zwölf, fuhr er mit seinem alten dunkelblauen Mercedes für eine dreiviertel Stunde in den Schiller-Park mit den alten Bäumen, der zwar weiter entfernt war als der Simon-Wiesenthal-Park, dafür aber um einiges »schöner«, wie Ulrichsthal immer betonte; und um neunzehn Uhr wurde der Dackel bis zur kleinen Grünfläche drei Gassen weiter geführt, die zwar von allen Hunden der Umgebung zum Verrichten des Geschäfts besucht wurde und daher einen äußerst strengen Geruch verbreitete, wo er aber immer wieder auf die junge Blondine mit ihrem kleinen Mops traf, auf deren Po und großzügige Oberweite er so gerne einen kurzen Blick warf, woraufhin er mit einem befriedigten Lächeln wieder zu Hause bei seiner Frau ankam.

Valerian war beinahe in Dr. Ulrichsthal und seinen Dackel gelaufen, mit seinen zerzausten Haaren, den viel zu kleinen Sandalen, dem engen Poloshirt und dem reichlich seltsamen Trenchcoat.

Energisch schrie Dr. Ulrichsthal Valerian an: »Wie sehen Sie aus, junger Mann? Vollkommen ungepflegt! Haagen, wir gehen. Und schnüffele bloß nicht an diesem Subjekt.«

»Haagen? Ihr Hund heißt Haagen?«

»Ja, benannt nach dem einzig wahren tapferen Recken in der deutschen Geschichte. Haagen ist ein Kampfdackel!«

»Ein Kampfdackel?«

»Ja, er riecht Ausländer und linke subversive Elemente schon von weitem und knurrt sie dann an!«

»Na, bei mir scheint es nicht zu funktionieren. Und ich bin nämlich sehr links. Komm mein süßer Kleiner, ja brav…«. Valerian beugte sich hinunter und hielt ihm seine rechte Hand zur Schnauze. Haagen wedelte freundlich mit dem Schwanz.

»Haagen! Nicht riechen! Davon bekommst du linke Bazillen! Bedroh ihn!«

Haagen fletschte seine Zähne und begann zu knurren.

»Wow, was der alles kann, der gehorcht ja aufs Wort! Was kann er denn sonst noch?« Valerian war sichtlich angetan von dem kleinen stolzen Dackel, er war ihm sofort ans Herz gewachsen.

»Ich habe ihm keine Kunststücke beigebracht, nur das korrekte Verhalten in unserer links verseuchten islamisierten Welt. Er weiß sich wenigstens zu benehmen. Er hebt auch ausschließlich sein rechtes Haxerl bei seinem Lieblingsbaum.«

»Lassen Sie mich raten, eine deutsche Eiche?«

»Eine Esche! Und wenn er in unserem Salon die Schallplatte mit Wagners Walküren Ritt hört, dann hebt er seine rechte Pfote zum Gruß! Ja, du bist ein toller Hund! Und du bist ein strammerer Kamerad als dieser seltsame Jüngling.«

»Ich bin mir sicher, dass Haagen auch gerne einmal die Internationale hören würde. Oder kubanische Musik?«

»Sie sind eine Schande für unsere Gesellschaft! Wie Sie aussehen, so ungepflegt und lasch. Sie studieren doch, oder? Sie gehören wohl auch zu diesen faulen ewigen Studenten, die nur den Eltern zur Last fallen und nichts weiterbringen. In meiner Jugend habe ich mich regelmäßig mit meinen Kameraden zum Lernen getroffen. Und natürlich haben wir uns auch körperlich ertüchtigt.«

»Hey, alter Mann, Sie sehen ja auch noch fabelhaft aus, wenn ich das einmal so sagen darf. Aber ehrlich, ich mache auch viel Sport, ich trainiere regelmäßig mit meinem Flowerstick und mit der Slackline.«

»Was soll denn das sein? Habt ihr keine deutschen Ausdrücke mehr für eure Turngeräte?«

»Naja, ich übe mit dem Blumenstöckchen und balanciere auf meiner schlaffen Schnur, klingt das besser?«

»Was reden Sie für wirres Zeug? Das Gespräch ist beendet. Besorgen Sie sich etwas Anständiges zum Anziehen und machen Sie etwas aus Ihrem Leben. Früher hätte es so etwas nicht gegeben. Da hätte man Leute wie Sie nicht einmal zum Entsorgen der Asche eingesetzt. Auf Wiedersehen.«

Der alte Mann ließ den verdutzten Valerian stehen und schritt an ihm vorbei, als Haagen plötzlich ganz stark in Richtung von Nikos Wohnung zog. Ulrichsthal konnte den Dackel gar nicht mehr halten, als dieser direkt auf den Sack mit den Leichenteilen in der Wohnungstüre zusteuerte.

»Was ist denn los, mein Recke?«, fragte der alte Mann leicht enerviert.

Der Hund schnüffelte mit großem Interesse und wedelndem Schwanz an dem Sack. Valerian erschrak, als er sah, wie Haagen begann mit der Pfote den Müllsack aufzureißen.

»Nein, nicht!«, schrie Valerian, »der, äh, der Müll ist wirklich dreckig und schmutzig und grauslich.« Er stammelte nervös vor sich hin und kratzte sich an seinem rechten Bein.

»Was reden Sie denn für Schwachsinn? Haagen hat noch nie an Müll geschnüffelt. Da muss etwas Anderes drin sein. Was witterst du denn da, Haagen?« Dr. Ulrichsthal ging näher zu dem Sack hin und begann wie sein Hund zu schnuppern. »Aus der ganzen Wohnung stinkt es. Es riecht irgendwie vertraut, was ist denn das?«

Just in diesem Moment hatte Haagen den Müllsack an der Seite aufgerissen und eine Hand fiel heraus.

»Wusste ich es doch. Der Gestank von Leichen. Wenn man den einmal in der Nase hat, dann hat er sich ins Hirn eingebrannt, den vergisst man nie wieder.«

»Nein, da ist nichts, das ist gar nix.« Er nahm Dr. Ulrichsthal unsanft an der Schulter und wollte ihn wegzerren, doch der knöchrige alte Mann riss sich los und stürmte in die Wohnung hinein. Er sah sich im Vorzimmer mit seinen stechenden Augen genau um und entdeckte wenig überraschend die weiteren Müllsäcke mit den Leichenteilen.

»Was haben die hier wohl gemacht?«, sprach er zu sich selbst leise und zischend. Er ging auf die Säcke zu, hob einen davon hoch und schüttelte ihn ein wenig, um zu hören, was darin sein könnte. Dann roch er wieder daran. »Sie haben jemanden getötet«, sagte er immer noch flüsternd, drehte langsam den Kopf zu Valerian und durchbohrte ihn mit seinen alten, stahlblauen Augen, die schon sehr viel Böses gesehen hatten. »Sie sind ein Mörder!«, schrie Ulrichsthal jetzt ganz laut. »Aber das ist ja gar nicht Ihre Wohnung, das ist doch die vom Kolschitzky, steckt der mit ihnen unter einer Decke? Ich rufe jetzt die Polizei!« Valerian war kreidebleich und starr vor Angst. Der alte Mann fingerte an seinem Handgelenk herum und drückte den Notfallknopf an seiner Uhr.

»Hier ist das Rote Kreuz. Kann ich Ihnen helfen?«, hörte man eine Stimme aus der Uhr. Valerian griff nach dem Arm und wollte den Notruf wieder beenden, doch der Alte wehrte sich mit all seinen Kräften.

»Hören sie, …« sagte Ulrichsthal.

»Hier ist das Rote Kreuz.«

»Rufen Sie …« Valerian riss an Ulrichsthals Arm und versuchte die Uhr abzunehmen.

»Hallo? Wie können wir Ihnen helfen?«

»Polizei!«, presste Ulrichsthal zwischen seinen Zähnen hervor.

»Wie bitte?«, kam es aus der Uhr.

Plötzlich wurde Ulrichsthal ein großer Karton auf den Kopf geschlagen. Er taumelte einige wenige Sekunden lang und fiel schließlich auf den Boden. Niko hatte zufällig ein sehr schweres Paket aus dem Lieferwagen geholt, was sich für ihn als Glücksgriff herausstellen sollte, und damit dem alten Mann auf den Kopf geschlagen.

»Hier ist das Rote Kreuz! Was ist bei Ihnen los?«, rief der Mitarbeiter vom Roten Kreuz.

»Fehlalarm. Ich habe den falschen Knopf gedrückt. Alles in Ordnung, danke.« Niko versuchte, die Stimme Ulrichsthals so gut wie möglich nachzuahmen.

»In Ordnung. Danke. Schönen Tag noch.«

Dr. Wernher Ulrichsthal lag tot auf dem Rücken in Nikos Vorzimmer, Blut rann aus seinem Mund. Der Schlag und der Sturz auf den Kopf waren für den betagten Mann letal gewesen. Niko und Valerian standen außer Atem vor ihm, als der Karton aus Nikos Händen rutschte und mit einem dumpfen Knall auf den Boden fiel.

Nach einigen Augenblicken warf Valerian einen Blick auf das Paket, das einen gusseisernen Bräter aus deutscher Manufaktur beinhaltete.

»Jetzt wurde der Mann mit dem Eisernen Kreuz selbst von deutschem Eisen erschlagen. Welch Ironie des Schicksals.« Valerian schien nicht sonderlich entsetzt über Ulrichsthals Ableben und kratzte sein rechtes Bein.

»Schau an, unser Weltverbesserer kann auch sarkastisch sein, das ist ja eine ganz neue Seite von dir.« Niko musste kurz lächeln, wurde aber sofort wieder ernst: »Trotzdem haben wir jetzt eine Leiche mehr zu entsorgen.«

»Können wir ihn bitte am jüdischen Friedhof verscharren?« Valerian hatte plötzlich ein Funkeln in den Augen und lachte hämisch. Er hasste Nazis über alles und war sichtlich erleichtert, dass es ab sofort einen weniger auf dieser Welt gab.

»Es ist doch egal, wo er von den Würmern und Käfern zerfressen wird. Wir machen Folgendes: Wir schleppen den Alten zwischen unseren Schultern die Treppen hinunter bis zum Lieferwagen. Wenn uns jemand sieht, dann sagen wir, dass er hingefallen ist und wir ihn zum Arzt bringen. Und dann werfen wir ihn in den Transporter und legen die übrigen Leichensäcke auf den Typen drauf. Hast du das verstanden?« Niko war sehr harsch in seinen Ausführungen, um sicher zu gehen, dass ihm Valerian auf jeden Fall folgen würde.

»Yes, Sir, habe verstanden! Wenn der Bossman befiehlt, dann gehorcht der kleine Sklavenbruder natürlich.« Valerian hasste diesen Befehlston, andererseits war er glücklich, dass Niko offensichtlich wusste, was zu tun war.

Niko wischte das Blut von Ulrichsthals Gesicht und war froh, dass der Kopf keine blutende Wunde aufwies. Valerian und

Niko beugten sich zu dem knöchrigen und drahtigen Körper hinunter und versuchten, ihn unter den Schultern hochzuheben. Das fiel den beiden gar nicht so leicht, wie sie gehofft hatten, und es benötigte einige Anläufe, bis sie den Alten endlich zwischen sich eingeklemmt hatten. Genau in dem Moment, als sie mit wackligen Beinen die Wohnung verlassen wollten, schlüpfte Haagen schwanzwedelnd zwischen ihnen durch und lief in das Stiegenhaus. Niko schaffte es in letzter Sekunde, mit einem Fuß auf die Leine zu steigen, die immer noch an seinem Halsband hing und verhinderte damit, dass der Hund weiter die Treppen hinunter und am Ende gar weglief. Auf den kleinen Dackel hatten die beiden vollkommen vergessen und als er sich umdrehte, erschraken Niko und Valerian. In seinem Maul trug Haagen die linke Hand Magdalenas, die bereits zur Hälfte angeknabbert war.

»Verdammt, das hat uns gerade noch gefehlt. Komm her, Haagen, du bleibst da. Komm!« Doch Haagen sah Niko nur an, wedelte mit seinem Schwanz und rührte sich nicht von der Stelle.

Valerian versuchte es auf die kindliche Tour: »Ja wo ist er denn, der kleine süße Haagen? Na mein Butziwutzi, na komm her, na was haben wir denn da im Maul? Ein Handi, ja, ein Handi, brav, aber das Handi ist grauslich, gell, das lassen wir jetzt fallen, ja komm.« Haagen neigte seinen Kopf leicht zur Seite, machte aber keinen Schritt auf die drei Männer zu.

Valerian probierte es noch einmal, diesmal mit einem sehr harschen Ton: »Komm her, du kleiner rechter Recke! Wo ist der Jude? Ja, in der Wohnung ist der Jude! Los, such den Juden!« Flugs huschte Haagen auch schon wieder zurück in die Wohnung.

Valerian und Niko sahen sich kurz fassungslos an und schlossen schnell die Tür hinter sich. Die beiden waren gerade mit Dr. Ulrichsthal mühsam die ersten Stufen hinuntergegangen, als Magdalenas Handy plötzlich wieder losging: *»It's raining men, halleluja, it's raining men …«*

»Das auch noch, so ein Mist!« Niko schien langsam seine Fassung zu verlieren. So stoisch er bisher geblieben war, so nervös und gereizt reagierte er jetzt auf das Klingeln des Telefons. »Muss diese hysterische Kuh gerade jetzt anrufen.« Er fingerte in seiner Hosentasche herum, zog endlich das Smartphone aus der Tasche und nachdem er nur eine Hand frei hatte, tat er sich schwer, mit dem Daumen so über das Display zu wischen, dass er das Gespräch annehmen konnte. Nach fünf Versuchen hatte er es schließlich geschafft: »Was ist, was willst du?«, brüllte er Connie an.

»Na da schau her, der Spießer verliert seine Contenance. Was ist los mit dir? Ach was, ist mir eh egal, gib mir einfach Maggie.«

»Sie schläft.«

»Noch immer?«

»Schon wieder, um präzise zu sein.«

»Das heißt, sie war schon wach und hat mich nicht angerufen?«

»Ja, sieht so aus, es geht ihr nicht gut. Sie meldet sich später bei dir.« Niko versuchte, das Gespräch zu beenden.

»Du hast es ihr nicht ausgerichtet, oder?«

»Herrje, was ausgerichtet?«

»Dass ich angerufen habe.«

»Doch, habe ich, aber es war ihr egal, sie hing über der Kloschüssel, wenn du es genau wissen willst. Sie ruft dich nachher an. Ciao.«

»Ich will jetzt endl…«

Niko hatte aufgelegt. Sein Kopf war hochrot und die Adern auf seiner Stirn schienen gleich zu platzen. Er steckte das Handy wieder in seine Hosentasche und ohne Valerian anzusehen, sagte er nur: »Gehen wir endlich.«

Sie schleiften Dr. Ulrichsthal die zwei Stockwerke hinunter und legten ihn schnell in den Lieferwagen. Niko trug noch einige Pakete in die Wohnung hinauf und holte gleichzeitig die Müllsäcke mit den Leichenteilen. In der Zwischenzeit blieb Valerian unten und bewachte das Auto. Jedes Mal, wenn Niko in die Wohnung kam, begann Haagen laut zu bellen und ließ sich nur mit Mühe beruhigen. Als er die letzten Säcke in den Lieferwagen brachte, hatte Niko den Hund an der Leine mitgenommen.

»Wir können ihn nicht alleine in der Wohnung lassen, das Gebelle würde andere Bewohner stören und am Ende würden sie dann bei mir läuten. Deswegen habe ich beschlossen, dass der Hund mitkommt.«

Valerian war sichtlich froh darüber. »Sehr gut, komm Haagen, rechts einsteigen!«, sagte er zu dem Dackel mit stark rollendem ›r‹.

Während die Sonne langsam unterging, fuhren sie aus der Stadt, zwei Männer, drei Leichen, eine davon noch im Ganzen, die anderen beiden zerstückelt, und auf dem Schoß saß ein Rauhaardackel.

Connie machte sich langsam Sorgen. Sie hatte den ganzen Tag nichts von Maggie gehört, und das war bisher noch nie vorgekommen. Seit rund zwanzig Jahren kannten sich die beiden und waren von Anfang an beste Freundinnen. Magdalena hatte damals in der Buchhaltung eines Verlagshauses gearbeitet, als Connie direkt nach ihrem Studium eben dort als Redaktionsassistentin anfing. Sie lernten sich kennen, als Magdalena Kopierpapier aus dem Lager holen wollte, die Türe jedoch abgeschlossen war. Ein Praktikant öffnete die Türe von innen und huschte auf den Boden blickend, aber doch auch mit einem Lächeln auf seinen Lippen an Magdalena vorbei. Drinnen richtete Connie seelenruhig ihre Bluse zurecht. »So ungestüm, diese jungen Burschen. Findest du nicht auch? Nein? Du solltest ihn einmal ausprobieren, macht Spaß. Ich bin Connie.«

Magdalena starrte sie an und wusste nicht so recht, wie sie reagieren sollte – schreien, hinauslaufen, den Vorgesetzten informieren?

»Ich bin Magdalena«, sagte sie mit zittriger Stimme.

»Hallo.« Connie streckte ihr die Hand entgegen. »Nachdem wir ja jetzt schon so intim geworden sind, sollten wir etwas trinken gehen. Gehen wir nach der Arbeit ins ›Magnum‹, ich hole dich um sechs ab.«

»In Ordnung?« Magdalena war nie spontan gewesen, alles wurde geplant, auch das Ausgehen. Vor allem das Ausgehen, denn häufig kam es nicht vor.

»Spitze! Ich hol dich ab. Winke winke.«

Magdalena stand alleine in dem kleinen Lager und sah Connie hinterher, die hüftschwingend verschwand. Was sollte sie bloß von dieser Frau halten? Sie beschloss, auf keinen Fall die Verbündete von diesem Weib zu werden. Sie würde ihr daher am Abend absagen und eine Migräne vortäuschen.

Als Connie um achtzehn Uhr bei Magdalenas Platz ankam, setzte sie sich auf ihren Schreibtisch, lehnte sich lasziv vor den

Bildschirm und hauchte Magdalena ein sinnliches »Es ist Zeit. Funtime!« entgegen. Bevor die biedere Magdalena noch etwas sagen konnte, hatte sie Connie an den Händen genommen und Richtung Lift gezogen. »Das wird ein Spaß, wirst sehen.« Und so kam es dann auch. Sie waren bis in die Früh unterwegs und sprachen über alles Mögliche. Connie war über sich selbst erstaunt, dass sie während all dieser Stunden keinerlei Bedürfnis nach einem Mann hatte. Und Magdalena war so froh, endlich jemanden gefunden zu haben, dem sie alles erzählen, bei dem sie sich wirklich fallen lassen konnte. Das änderte sich auch nicht, als Niko in Magdalenas Leben trat. Connie blieb Maggies Vertrauensperson.

Connie saß auf ihrem Balkon und sah auf die an die Stadt angrenzenden Hügel in der Ferne, hinter denen die Sonne langsam unterging. Sie konnte nicht ahnen, dass genau dort ein Lieferwagen mit ihrer toten Freundin unterwegs war. Sie drehte ihr Glas mit Rotwein in den Fingern hin und her und überlegte, was sie machen sollte. Das tat sie immer, wenn sie intensiv über ein Thema nachdachte. Diesmal kam ihr die Lösung sehr schnell, sie wusste genau, was zu tun war.

4 DER WALD

Es war dunkel geworden, als sie von der kleinen Straße auf den noch kleineren Schotterweg abbogen. Seit rund dreißig Minuten hatten sie die Stadt hinter sich gelassen und waren im dichten Laubwald unterwegs gewesen. Niko steuerte den DPS Lieferwagen zielsicher durch die Gegend, während Valerian schon seit langem die Orientierung verloren hatte. Er war viel mehr mit Haagen beschäftigt und erzählte ihm von den Vorzügen der freien Liebe, der direkten Demokratie, dem Konsum von Cannabis und den Vorteilen des Kommunismus. Zwischendurch pfiff er immer wieder die Internationale und »Smells Like Teen Spirit«. Sein erklärtes Ziel war es, Haagen von seinem rechtsverdrehten Gedankengut zu befreien. »Und beim Pinkeln wird in Zukunft auch das linke Haxerl gehoben, gell«, sprach er dem kleinen Hund ins Gewissen.

Valerian wurde vom Holpern auf der unruhigen Schotterstraße sichtlich überrascht.

»Wo sind wir hier?«, fragte er Niko.

»Im Wald.«

»Na da schau her! Das wäre mir wirklich nicht aufgefallen.«

»Hier wird uns keiner finden.«

»Woher weißt du das? Und woher kennst du diesen Platz hier?«

»Ich war schon einmal hier. Wandern. Ist lange her.«

»Wenn du hier wandern warst, dann könnten aber doch auch andere Wanderer hier vorbeikommen und die Leichen entdecken. Meinst du nicht?« Valerian war ein wenig misstrauisch geworden.

»Nein, niemand kommt hier vorbei. Vertrau mir. Ich hatte mich damals verlaufen, daher kenne ich diese Stelle.« Niko wusste, dass Valerian ihm diese Fragen stellen würde und hatte sich seine Antworten während der Autofahrt zurechtgelegt.

Nach einigen Minuten auf der Schotterstraße bogen sie noch einmal links auf eine weitere Forststraße ab, die sie rund fünfhundert Meter entlangfuhren. Als Niko den Motor abstellte, herrschte draußen absolute Stille, nichts war zu hören oder zu sehen, nicht einmal das Mondlicht schaffte es durch die dichten Kronen der Bäume.

Während sich Valerian noch an die Umgebung zu gewöhnen versuchte, hatte Niko schon das notwendige Werkzeug aus dem Auto geholt.

»Nimm die Schaufel und Taschenlampe und folge mir«, sagte er streng. Mit einer Lampe in der einen und einer Spitzhacke in der anderen Hand ging er querfeldein, Valerian konnte nicht erkennen, dass er einem Weg folgen würde. Er nahm die Schaufel die Taschenlampe und mit Haagen an der Leine stapfte er Niko schnell hinterher. Der Rauhaardackel markierte fleißig die neue Gegend und hob brav sein rechtes Bein, wie er es über Jahre hindurch gelernt hatte. Nachdem sie einige Minuten durch den Wald gegangen waren, blieb Niko stehen und sagte bestimmt:

»Hier.«

»Hier?«

»Ja.«

»Weil?«

»Es ist perfekt.«

»Perfekt?«

»Ja. Hier ist weit und breit kein Wanderweg und der Boden ist hier auch weicher als an anderen Stellen.«

»Und das alles ist dir damals aufgefallen, als du dich verlaufen hattest?«

»Ich bin eben ein aufmerksamer Wanderer. Los jetzt, lass uns graben.« Mit voller Kraft rammte er die Spitzhacke in den Boden.

»Ok, der Bossman gibt wieder einmal den Takt vor. Haagen, wenn das hier vorbei ist, dann werden wir beide eine kleine Revolution anfangen gegen den bösen kapitalistischen Ausbeuter.«

Unter dem schmalen Schein der Taschenlampen gruben die beiden ein Loch in den Boden, während Haagen schnüffelnd die Gegend erkundete.

Es dauerte über zwei Stunden, bis die Grube groß genug war, um die drei Leichen darin verschwinden zu lassen. Erschöpft saßen die Männer am Rand und nippten an ihren Wasserflaschen. Valerian hatte Blasen an den Händen und sein Rücken schmerzte. Niko ging es noch viel schlechter, nachdem er keinerlei Sport trieb, fühlte er sich, als ob er gerade einen Triathlon hinter sich gebracht hätte, mit anschließendem Gewichtheben. Der einzige, der einen unglaublichen Spaß zu haben schien, war Haagen. Unbeobachtet von den beiden Herren hatte er begonnen sein eigenes Loch zu graben, nur wenige Meter neben dem der Männer. Er war bereits mit der Hälfte seines Körpers im Boden verschwunden und versuchte, mit dem Maul irgendetwas aus der Erde zu zerren. Mit großem Ehrgeiz zog er knurrend an etwas Langem und Dünnem, das im Boden feststeckte. Erst, als sich Valerian halbwegs von seinen Anstrengungen erholt hatte, wandte er sich wieder Haagen zu.

»Genosse Haagen, was hast du denn da? Knabberst du an einer Wurzel? Willst du high werden?«

Niko verdrehte die Augen. »Musst du immer an Drogen denken?«

»Also jetzt wäre definitiv der richtige Moment, um sich einen Joint reinzuziehen«, konterte Valerian voller Überzeugung. »Und das würde dir auch nicht schaden, alter Mann.«

In diesem Augenblick hatte es Haagen endlich geschafft. Mit dem Knurren von der Lautstärke einer Dogge hatte er die vermeintliche Wurzel aus der Erde gezogen und war damit schwanzwedelnd zu Valerian gegangen.

»Das hast du gut gemacht, mein großer Freund! Was ist denn das? Zeig mir deine Wurzel. Die ist aber schön, diese ... diese ... das ist ein Knochen! Ein Menschenknochen! Du hast einen Oberschenkel ausgebuddelt!« Valerian war starr vor Schock, Niko starrte ohne eine Regung auf den Boden und nahm einen Schluck.

Valerian konnte es überhaupt nicht fassen, der Hund trug einen Menschenknochen in seinem Maul. Von wem war der Knochen, wie kam er in dieses Loch an dieser einsamen Stelle im Wald? Valerian wurde leicht schwindlig, seine Gedanken drehten sich im Kreis, als ihm plötzlich alles ganz klar wurde.

»Der ist von dir, oder? Der ist von einer anderen Leiche, die du umgebracht hast! Niko!« Valerian war komplett außer sich und packte Niko an der Schulter. »Deshalb kanntest du den Platz so gut, weil du hier schon eine andere Leiche vergraben hast!«

»Es sind acht.«

»Wie bitte?«

»Hier liegen acht Leichen unter der Erde.« In Nikos Stimme schwang ein wenig Schuldgefühl mit.

»Das kann doch nicht sein! Du hast schon acht Leute umgebracht?«

»Nein, hier liegen acht Leichen. Umgebracht habe ich schon neunzehn. Die drei von heute noch nicht mitgezählt.«

Valerian blieb der Mund offen. Er wusste nicht mehr, was er sagen sollte. Er schnappte sich die Taschenlampe und leuchtete die Gegend aus, auf das Loch, das Haagen gebuddelt hatte, auf die vielen kleinen Erhöhungen rundherum, von denen manche wie verwitterte Ameisenhügel aussahen. Valerian spürte, wie die Übelkeit ganz plötzlich in ihm hochkam und ohne Vorwarnung aus ihm herauswollte. Er krümmte sich vor Schmerzen und dem widerlichen Gefühl, auf den Überresten getöteter Menschen zu stehen. Niko hatte sich von hinten an Valerian angeschlichen und ergriff ihn an der Schulter.

Valerian drehte sich erschrocken um. »Willst du mich jetzt auch loswerden? Rammst du mir jetzt die Spitzhacke durch den Kopf?«

»Nein«, antwortete Niko ruhig, »ich mag dich, du bist ein guter Mensch, ich werde dir ganz bestimmt nichts tun. Außer du zwingst mich dazu.«

»Haben dich die anderen dazu gezwungen?«

»Sie hatten alle eine Geschichte. Beruhige dich jetzt, ich erkläre dir das ein anderes Mal, dafür ist jetzt keine Zeit.«

»Ich stehe hier mit einem Massenmörder und soll ruhig bleiben. Schnell noch drei Leichen verbuddeln und morgen gehen wir alle wieder zur Arbeit. Als ob nichts geschehen wäre. Du bist ein Mörder! Du Mörder!« Valerian spürte einen ungeheuren Zorn in sich und wollte mit der Taschenlampe auf Niko einprügeln. Doch dieser konnte die Angriffe leicht abwehren und nahm Valerian die Lampe wieder weg.

»Ich sollte dich töten und neben deinen Opfern vergraben, du Monster. Dann wäre die Welt von dir erlöst!«, schrie ihn Valerian an.

»Und wenn du mich tötest, was dann? Dann hast du dich auf die gleiche Stufe begeben, auf der ich jetzt stehe. Was macht dich dann zu einem besseren Menschen, als ich es bin? Natürlich hätte ich die Leute hier nicht umbringen dürfen, aber genauso wenig darfst du mich umbringen. Du hältst dich für einen Gutmenschen? Hast du noch nie etwas Verbotenes gemacht, einem anderen Menschen geschadet?«

Valerian schoss sofort seine Beziehung mit Magdalena ins Hirn, die Erinnerung traf ihn wie eine Kugel zwischen die Augen. Dieser Gedanke, wie er Niko über Wochen hintergangen hatte, verursachte einen kurzen stechenden Schmerz. Er verstummte, ließ seine Arme hängen, drehte sich mit hängendem Kopf um und ging fort. Haagen nahm den großen Knochen ins Maul und lief ihm hinterher. Während Valerian langsam in Richtung des Lieferwagens stapfte, wurde ihm bewusst, dass er keine andere Möglichkeit hatte, als bei Niko zu bleiben und ihm zu helfen. Wenn jemand bereits neunzehn Menschen umgebracht hatte, dann würde er wohl ohne mit der Wimper zu zucken auch ihn erschießen. Vielleicht würde er noch etwas Nettes sagen, etwa dass es ihm besonders leidtäte, und dass er das nicht wollte, dass er aber leider keine andere Wahl hätte und ihn jetzt eben beseitigen müsse. Valerian beschloss daher, das Beste aus dieser Situation zu machen. Und am Leben zu bleiben.

Plötzlich war es sehr still um Niko geworden. Vor ihm öffnete sich ein großes Loch, in dem drei Leichen verscharrt werden sollten. Daneben befand sich ein kleineres, aus dem die

Knochen einer anderen Leiche ragten. Was hatte er getan? All die toten Menschen. Ihm wurde schwindlig, er taumelte kurz und fiel auf den Boden. Er lag seitlich auf dem alten Laub und dem Moos und begann zu heulen. Die Anstrengungen der letzten Stunden forderten ihren Tribut. »Was hätte ich denn tun sollen? Diese Menschen haben es verdient. Ich musste es tun, ich konnte nicht anders.« Mit diesen Gedanken schlief Niko ein.

Rund eine Stunde später schleckte eine kleine Zunge quer über Nikos Gesicht. Haagen hechelte ihn schwanzwedelnd an und freute sich sichtlich, als Niko sich langsam auf den Rücken drehte. Valerian war zurückgekommen und hatte zwei der Leichensäcke aus dem Lieferwagen mitgenommen. »Lass uns die Sache zu Ende bringen und von hier verschwinden«, sagte er trocken, warf die beiden Säcke ins Loch und begann Erde darauf zu schütten.

Niko stand langsam auf und sah Valerian lange an, als wollte er etwas sagen. Doch er ließ es bleiben, griff zur zweiten Schaufel und schippte ebenfalls Erdreich in die Grube.

Niko sah auf seine Uhr, es war zwei Uhr dreißig, als sie die Säcke endgültig vergraben hatten. Mit den Schaufeln und der Spitzhacke auf den Schultern stapften sie erschöpft zum Lieferwagen, ohne sich nur eines Blickes zu würdigen. Sie waren ausgelaugt, sowohl körperlich als auch mental. Valerian wusste nicht, wie er all das, was er an diesem einzigen Tag erlebt hatte, jemals verkraften sollte. Er war zu müde, um klare Gedanken fassen zu können und kraulte Haagens Kopf, der auf seinem Schoß lag, als Niko den Wagen startete und langsam Richtung Stadt fuhr.

5 DEIN FREUND UND HELFER

Die Türglocke läutete. Niko wurde aus dem Schlaf gerissen, fuhr hoch und setzte sich kerzengerade an die Bettkante. Das tat er jeden Morgen so, das musste so sein, er konnte nicht anders. Allerdings schien irgendetwas nicht zu stimmen. Er blickte auf seinen atomuhrgesteuerten Wecker, der noch nicht geläutet hatte, die Zeiger waren nur unscharf zu erkennen, es dürfte aber sieben Uhr gewesen sein. Niko wollte sich schon wieder ins Bett fallen lassen, als es erneut an der Tür läutete. Widerwillig stand er auf, schlüpfte in seine Hausschuhe und schlurfte zur Wohnungstüre. Sein Gähnen war laut, als er sie öffnete, und direkt in Connies Gesicht ausatmete.

»Na, Mundhygiene ist wohl nicht so dein Ding, was. Kein Wunder, dass Flaute bei euch im Bett herrscht.«

Niko erschrak und wusste gar nicht, was er sagen sollte. Das war auch nicht notwendig, denn Connie sprach einfach weiter: »Ich bin gekommen, um mich um meine Maggie zu kümmern. Ich habe auch ihre Lieblingsmuffins mitgebracht, um sie wieder auf Touren zu bringen.«

Sie wollte sich bereits an Niko vorbeischlängeln, als dieser sich ihr in den Weg stellte.

»Das geht nicht. Sie fühlt sich nach wie vor sehr schlecht und will auch immer noch niemanden sehen«, sagte er schnell.

»Lass mich schon vorbei, ich will ihr doch nur kurz hallo sagen.«

»Nein, es geht nicht. Hör zu, sie hat wieder die ganze Nacht auf der Toilette verbracht und sieht auch dementsprechend aus. Sie will nicht, dass sie jemand so sieht.«

»So ein Bullshit!« Connie war ungeduldig geworden und wollte sich wieder an Niko vorbeidrängen, als Valerian schlaftrunken in seiner Unterhose hinter ihm vorbeiging.

»Wer war das?«, fragte sie vollkommen erstaunt.

»Wer?«

»Na der da.«

Niko drehte sich um, konnte aber niemanden sehen, da Valerian bereits in der Küche war, um sich einen Orangensaft zu holen.

»Niko, da war ein Mann in deiner Wohnung.«

»Das kann nicht sein. Vielleicht war es Magdalena?«

»Hör auf, lass mich rein, hier stimmt doch etwas nicht. Wieso trägst du überhaupt so komische Klamotten? Arbeitest du jetzt für einen Paketzusteller? Dein Polo hat übrigens ein Loch in der Brust, falls Dir das noch nicht aufgefallen sein sollte. Und dreckig ist es auch.«

»Ach ja, das Polo, nun…«, stammelte Niko, da er einfach nicht wusste, wie er dieses T-Shirt erklären sollte.

Genau in diesem Moment begann Haagen, der sich zu seinem neuen Herrchen gestellt hatte, um ihn zu verteidigen, ganz böse zu knurren.

»Was ist das für ein Hund?«

»Wo?«

»Sag einmal, spinnst du? Willst du mich nur verarschen? Der Hund, von wem ist der?«

»Ach, den haben wir jetzt. War ein Wunsch von uns, schon seit langer Zeit. Weil wir ja keine Kinder haben, du weißt ja.«

»Ich verstehe dich nicht, was redest du da? Maggie hätte mir davon erzählt. Lass mich jetzt endlich rein!«, schrie sie Niko an.

»Nein, du kannst sie heute nicht sehen und du kommst nicht rein. Face it!« Er knallte die Türe zu und stütze sich an ihr ab.

Niko musste tief durchatmen und gleichzeitig auch lächeln. Jetzt hatte er es der überdrehten Connie endlich einmal gezeigt, dieses Mal war er kein Waschlappen gewesen. Er war stolz auf sich. Connie war zum ersten Mal in ihrem Leben fassungslos und lief wütend zu ihrem Auto. Sie musste schleunigst auf ihren Balkon um nachzudenken, und sie brauchte einen Wein. Auch wenn es erst sieben Uhr morgens war.

»Wer war an der Türe?«, hörte Niko plötzlich Valerian fragen, der sich an ihn herangeschlichen hatte.

»Bist du wahnsinnig? Du kannst doch nicht einfach an der offenen Türe vorbeigehen. Was wäre, wenn das die Polizei gewesen wäre?«

»Dann wären sie wohl hereingekommen. Aber das wären sie wohl ohnehin, oder glaubst du, die hätten nur aus Jux an der Tür geläutet, um uns vor einem Dieb zu warnen? Glaub mir, wenn die Polizei hier läutet, dann sieht es nicht gut für uns aus. Also, wer war an der Türe?«

»Es war Connie. Sie wollte nach Magdalena sehen.«

»Sie ist hartnäckig und lästig, du hattest recht. Und sie scheint dir nicht sonderlich zugetan zu sein. Aber jetzt ist sie ja weg.«

»Ja, vorübergehend scheinen wir Ruhe zu haben«, sagte Niko mit einem kleinen Seufzer der Erleichterung.

»Na gut, dann lass uns einmal den Schlüsseldienst holen. Vorher muss ich aber noch den Thron besteigen.«

»Wen musst du besteigen?«

»Ich muss ein Meeting im Keramiksaal einberufen. Der Unterwelt den dunklen Fürsten schicken. Eine Session abhalten. Ein Enddarmmassaker veranstalten.«

»In Ordnung, ok, ich habe verstanden.« Niko hasste es, wenn jemand ständig über seine Darmaktivitäten berichtete.

Er ging ins Wohnzimmer, holte das Telefonbuch mit den Gelben Seiten aus der Kommode, um die Telefonnummer eines Schlüsseldienstes zu suchen und setzte sich auf die Couch. Als er das Buch aufschlug, fiel sein Blick auf den nackten Boden, da sie den Teppich und die Überreste des Couchtisches zusammen mit den Leichen vergraben hatten. Die Leere war für ihn ungewohnt und ein Unbehagen machte sich in seiner Brust breit. Rund zwanzig Jahre hatten er und Magdalena gemeinsam in dieser Wohnung verbracht, und seit jeher war an dieser Stelle ein Couchtisch auf einem Teppich gestanden. Nicht immer der gleiche, aber immer genau auf diesem Platz. Und dass jetzt plötzlich kein Tisch mehr vor ihm stand, war für ihn kaum zu ertragen. Er platzierte das dicke Telefonbuch auf seinen Schoß und begann darin zu blättern. Doch schon nach wenigen Sekunden nahm er es wieder hoch und legte es auf die Couch rechts neben sich. Er blätterte wieder, fand aber nicht gleich den richtigen Buchstaben.

»Herrgott, wo ist das blöde ›Sch‹?«

Er legte das Buch links von sich hin und suchte weiter. Seine Bewegungen wurden immer hektischer, er nahm mehrere Seiten gleichzeitig, blätterte wie ein Wilder hin und her und hatte bereits einen hochroten Kopf. Schließlich zerriss er in seiner Rage fünf Seiten.

»Das darf doch nicht wahr sein!« Er befeuchtete seinen rechten Zeigefinger, um die Seiten einzeln umblättern zu können, was er innerlich absolut verabscheute. Es reckte ihn, weil die Blätter eines Buches für ihn immer ganz besonders schmutzig waren.

»Wo ist dieses vertrottelte ›Sch‹?«, brüllte er in die Leere des Wohnzimmers und knallte das Buch auf den Boden.

In diesem Moment kam Valerian zurück und sah Niko in Rage.

»Hey, chill deine Basis, alter Mann«, versuchte er Niko zu beruhigen, erreichte damit aber genau das Gegenteil.

Niko warf ihm einen todesverachtenden Blick zu und schrie ihn an: »Steck dir dein Chili in den Arsch! Und dann chill du einmal, schaffst du das? Könntest du vielleicht einmal irgendetwas Positives beitragen, anstatt nur blöd herumzustehen?«

Valerian sah ihn mit großen Augen an, dann schloss er sie, lächelte sanft und breitete seine Arme aus.

»Ich kann deine negativen Vibrations mir gegenüber spüren. Und ich verstehe das«, sagte er mit einer ruhigen Stimme, atmete tief aus, fuchtelte kurz ganz wild mit den Armen herum und streckte sie Niko entgegen. »Ich schicke dir jetzt die positive Energie von Mutter Erde, nimm sie an, sie ist ein Geschenk, ein Geschenk des Universums an alle Lebewesen.« Valerian lächelte immer noch und öffnete langsam seine Augen.

Das einzige, was er erkennen konnte, war ein hochroter Kopf und ein gelbes Telefonbuch, das ihn am Kopf traf.

Niko atmete tief aus: »Ah, das war gut, jetzt geht es mir schon besser.«

Während Valerian sich den Kopf hielt und leicht taumelte, schlug Niko die Gelben Seiten genau bei »Sch« auf.

»Na bitte, warum denn nicht gleich so.« Immer noch enerviert nahm er das Buch mit in die Küche, setzte sich an den Tisch und suchte nach dem richtigen Notdienst.

Valerian torkelte ihm hinterher. »Hast du Eis?«

»Kannst du vielleicht selbst nachsehen?«

»In Ordnung, ich habe verstanden.« Zu Nikos Verwunderung fand Valerian sofort die Eiswürfel, von denen er einige in ein Geschirrtuch legte, das er sich schmerzverzerrt an den Kopf hielt.

Er setzte sich zu Niko an den Tisch. »Hast du kein Internet?«

»Hätte ich dir mit meinem Computer einen über den Schädel ziehen sollen? Lass mich nach dem Schlüsseldienst suchen, damit du in deine Wohnung zurückkannst und ich dich endlich los bin.«

Er rief einen Notdienst in seiner Nähe an, der sein Kommen innerhalb der nächsten Stunde zusagte.

Nachdem der Schlüsseldienst organisiert war, wurde auch Niko wieder etwas ruhiger. Der Wutausbruch tat ihm leid. Es war bei weitem nicht sein erster gewesen, aber er wollte nicht, dass Valerian ihn so sah.

»Möchtest du frühstücken? Soll ich uns Rühreier machen?«, fragte er Valerian betont ruhig. Dieser nickte nur, ohne ihn anzusehen, den Kopf hatte er in seinen Arm gestützt, mit dem er seine Beule kühlte.

»Ziemlich wehleidig, der Junge«, dachte sich Niko und holte Eier und Schinken aus dem Kühlschrank. Der Schinken duftete so gut, dass Haagen wieder unter dem Tisch hervorkroch und piepste. Er warf Niko einen unwiderstehlichen Dackelblick blick zu und neigte seinen Kopf leicht zur Seite.

»Mein Gott, dich habe ich ja ganz vergessen. Valerian, kannst du Haagen bitte etwas zu essen machen? Nimm einfach, was du im Kühlschrank findest. Den Schinken kannst du ihm schon einmal geben«.

»Ja, mache ich«, murmelte Valerian lustlos in seinen Bart und stand langsam auf.

»Heute einmal veganes Essen, Haagen?« Er öffnete den Kühlschrank, sah sich alle Speisen an und schüttelte nur den Kopf. »Wie kannst du das alles nur essen? Niko, weißt du denn nicht, unter welchen abscheulichen Bedingungen all das Fleisch und der Käse fabriziert wurden? Ich hätte dir schon mehr Sorgfalt bei der Auswahl deines Essens zugetraut. Nein Haagen, tut mir leid, dieses kapitalistische Futter bekommst du nicht.« Haagen sah ihn hechelnd an, schleckte mit der Zunge über sein Maul und wedelte erwartungsfroh mit dem Schwanz. Valerian warf ihm doch widerwillig ein kleines Stück industrialisierten kapitalistischen Schinkens zu, den der Dackel natürlich mit größter Freude verschlang. »Naja, kann wohl doch nicht so schlecht sein«, dachte sich Valerian und gab ihm den restlichen Schinken, dazu noch ein paar Würstchen und ein wenig Käse. Im Endeffekt bekam Haagen ein köstliches Frühstück.

Auch Niko war mit seinem Rührei fertig geworden und die Männer genossen ihr Essen, es war die erste Mahlzeit seit all den Ereignissen des vergangenen Tages. Während des Frühstücks sprachen sie kein Wort miteinander und wechselten keinen Blick. Beide versuchten abzuschalten und das Erlebte auf die Seite zu drängen, die Bilder wegzuwischen, die sich ständig aufdrängten.

Wie vereinbart klingelte der Schlüsseldienst rund eine Stunde später an Nikos Türe, Valerian nahm Haagen an die Leine, ging mit ihm auf den Gang und der Mann machte sich sofort daran, das Schloss zu öffnen. Mit großer Neugier beobachteten die beiden, wie der Schlüsselmeister das Schloss prüfte und immer wieder in seinen Werkzeugkoffer griff.

»Ich werde jetzt gleich das Schloss öffnen, aus Sicherheitsgründen dürfen sie dabei nicht zusehen, drehen sie sich also bitte um«, sagte der Mann freundlich aber bestimmt zu Valerian.

Leicht indigniert drehte sich dieser um und blickte direkt in die Augen eines Polizisten. Dieser war leise die Stufen hinaufgegangen und hatte einen kurzen Augenblick den seltsam gekleideten jungen Mann mit seinem Rauhaardackel beobachtet, wie sie gespannt dem Herrn vom Schlüsseldienst zugesehen hatten.

»Hände hoch!«

Valerian war starr vor Angst und rührte sich nicht.

»Ich sagte, Hände hoch. Los!« Der Ton des Inspektors war laut und scharf.

Ganz langsam hob Valerian die Arme und spannte dabei die Leine, an der Haagen angehängt war. Der arme Hund heulte kurz auf, als er einige Zentimeter in der Luft hing.

»Hände runter, sie bringen ja den Hund um!«, harschte ihn der Polizist an.

Valerian nahm seine Hände wieder langsam herunter und Haagen keuchte kurz, um dann sofort den Inspektor anzuknurren.

»Hat ihr Hund einen Hundeführerschein für Kampfhunde?« Der Ton des Polizisten war immer noch scharf und aggressiv.

»Nun, nein, wissen sie, das ist ja nur ein Dackel«, versuchte sich Valerian herauszureden.

»Nur ein Dackel? Passen Sie einmal gut auf, ich habe Männer wie sie schon wegen geringerer Delikte festgenommen. Außerdem geht es mir gar nicht um den Hund, ich bin wegen etwas ganz Anderem hier.«

»Und weswegen sind sie hier, Herr Polizist?«, fragte Valerian vorsichtig.

»Wegen dem alten Ulrichsthal.«

Valerians Kehle schnürte sich zu, sein Herz schlug wie wild und sein rechter Fuß juckte so stark, also ob tausend Ameisen darüber laufen würden. Der Polizist fixierte ihn mit seinen stahlblauen Augen so sehr, dass Valerian gar nicht mehr wusste, wo er hinsehen sollte.

»Ich erkenne sofort, ob jemand etwas verheimlicht oder nicht. Und bei Ihnen weiß ich, dass sie etwas verheimlichen. Ich erkenne das an ihrem Gesichtsausdruck und an ihren Schweißperlen auf der Stirn.«

Jetzt erst wurde Valerian heiß und er begann auch tatsächlich zu schwitzen. Gedanken fetzten unwillkürlich durch sein Hirn: Sollte er sofort alles gestehen? Oder nur die Sache mit Ulrichsthal? Oder sollte er alles abstreiten? Sollte er Niko für alles verantwortlich machen? Sollte er flüchten? Ein Ablenkungsmanöver mit Haagen starten? Er musste etwas tun oder zumindest etwas sagen.

Doch der Inspektor schien seine Gedanken lesen zu können: »Na, ich sehe schon, sie überlegen sich gerade, was sie mir alles gestehen sollen. Ich gebe ihnen einen guten Rat: je früher sie alles zugeben, desto leichter wird es für sie. Andererseits bringen sie mich um ein sensationelles Vergnügen: Ich möchte sie verhören, und zwar mit allen Mitteln, die mir von Rechtswegen zustehen, oder auch nicht. Ich bin da sehr flexibel, müssen sie wissen.« Der Blick des

Polizisten schien Valerian zu durchdringen wie ein Laserstrahl, der ihn handlungsunfähig machte. Sekundenlang starrte er ihm in die Augen, ohne auch nur annähernd mit den Wimpern zu zucken. Jetzt war wohl der Zeitpunkt gekommen, um alles zu gestehen, Valerian war sich sicher, dass er alles erzählen müsse.

Gerade in diesem Moment kam die Kollegin des Inspektors die Stiege hinauf.

»Erschreckst du schon wieder unschuldige Bürger?« Sie hatte ein entzückendes Lächeln, wie Valerian trotz seines Angstzustandes bemerkte.

»Aber nein, ich befrage nur die Nachbarn. Nichts für ungut, Kollegin«, sagte der Polizist in einem plötzlich gekünstelten freundlichen Ton und lächelte Valerian schmierig an. »Und passen Sie auf ihren Kampfhund auf. Dieses Mal drücke ich noch ein Auge zu, aber das nächste Mal werde ich exekutieren. Ich beobachte Sie, Herr…?«

»Valerian«, antwortete er schnell.

»Valerian? Sind wir schon per du? Ich kann mich nicht daran erinnern. Also, ihr Nachname, und zwar flott!«

»Bender« stotterte Valerian.

»Valerian Bender. Klingt ein wenig seltsam, diese Kombination. Sie waren wohl kein Wunschkind. Was ich auch verstehen kann, wenn ich mir sie so ansehe« zischte ihn der Inspektor herablassend an.

»Ich, ich weiß nicht, ob ich ein Wunschkind war.« Valerians Stirn schwitzte noch stärker und seine Knie zitterten.

Die Polizistin sprang jetzt endgültig dazwischen: »Komm jetzt endlich mit, Georg. Lass den Herrn in Ruhe, wir müssen zur Ulrichsthal hinauf. Auf Wiedersehen. Und nehmen sie es ihm nicht übel, der Herr Kollege macht gern einen auf Bruce Willis, nicht wahr Schorschi.«

»Meine liebe Susanne, ich nehme meine Arbeit sehr ernst und da muss man manchmal ein wenig härter sein. Du bist ja immer nur der ›good Cop‹, immer freundlich, immer lächeln. Lass mich aber bitte in Ruhe.«

Und dann drehte sich Georg noch einmal zu Valerian um: »Und ein guter Tipp zum Abschluss: vergessen sie ihren Schlüssel nicht.« Der Polizist deutete auf den Herrn vom Schlüsseldienst und zwinkerte Valerian mit dem rechten Auge zu, bevor er gemeinsam mit Susanne hämisch lachend in den dritten Stock hinaufging.

»Jetzt sagen sie aber nicht, sie haben dem blöden Polizisten geglaubt.« Der Herr vom Schlüsseldienst sah ungläubig lächelnd zu Valerian und öffnete die Wohnungstüre, die er zwischenzeitlich entsperrt hatte. »Hereinspaziert, Herr Bender.«

In diesem Moment war Valerians Anspannung der letzten Minuten verflogen, denn endlich war er wieder zuhause, in seinen eigenen vier Wänden. Als er dem Mitarbeiter des Schlüsseldienstes das Geld gab, war er ihm so dankbar, dass er ihn fast umarmt hätte. Noch nie war Valerian so froh gewesen, einen unangemessen hohen Betrag für eine Dienstleistung zu bezahlen wie an diesem Tag.

Kaum war der Herr gegangen, musste Valerian seinem frischgebackenen vierbeinigen Mitbewohner das neue Zuhause zeigen. Er startete im Wohnzimmer, in dem gleich hinter der Türe eine Slackline quer durch das gesamte Zimmer gespannt war. Um zur Couch zu gelangen, musste man achtgeben, nicht über die Schnur zu stolpern, was einigen seiner Freunde immer wieder passiert war, vor allem in einem nicht mehr ganz nüchternen Zustand. Valerian hatte daher kleine bunte Fetzen an die Leine gehängt, genau nach der Art, wie es Buddhisten machten, um jeden Besucher auf friedvolle Weise vor möglichen bösen Schmerzen zu warnen. Seine alte Ledercouch war in einer schlechten Verfassung, das Leder war an mehreren Stellen brüchig geworden, weshalb er ein buntes Tuch mit Elefanten aus Indien darübergelegt hatte. Elefanten waren Valerians erklärte Lieblingstiere. Gleich danach kamen die Kühe, für die er vor allem in seiner Jugend ein starkes Faible hatte. Zu Beginn seiner Studentenzeit befanden sich in seiner Wohnung Hocker mit einem Kuhfellbezug, eine Klobrille im Kuhfelldesign, passend dazu hingen an der Wand legendäre Kuhcomics von Gary Larson, er hatte Geschirrtücher mit Kühen darauf und sogar seine Bettwäsche war mit einer Kuh bedruckt, allerdings ohne Kopf, und wenn man im Bett lag, sah es so aus, als hätte man einen Kuhkörper. Einer der beiden Kuh-Überzüge hatte einen Euter, was Valerian unglaublich komisch fand, den seine damalige Freundin aber nach wenigen Tagen entsorgte, da sie sich in so einem »Machobett« nicht vollständig entfalten könne.

Das einzige Relikt aus Valerians Kuh-Zeit war der Teppich im Wohnzimmer, ein Kuhfell. Haagen mochte das Fell offensichtlich, legte sich auf den Rücken und rieb sich genussvoll darin. Gegenüber der Couch stand eine Biedermeier Kommode an der Wand, die ihm seine Eltern als eine Art Mitgift mitgegeben hatten. Valerian fand dieses Möbelstück, das ursprünglich in der Wohnung seiner Großmutter gestanden war, spießig und hässlich und hängte daher immer Tücher darüber, beispielsweise mit einem Porträt von Bob Marley oder eine Fahne der UdSSR. Nur wenn seine Eltern zu

Besuch kamen, was einmal im Jahr höflichkeitshalber stattfand, wurde die Kommode vollkommen frei gegeben.

Valerian nahm einen kleinen, schwarzen, hölzernen Elefanten in die Hand, der auf der Kommode stand, lächelte zufrieden, gab ihm einen kleinen Kuss auf den Kopf und stellte ihn wieder zurück. Ja, er war wieder zu Hause.

Er ging in die Küche und holte einen Beerenmix-Smoothie aus dem Kühlschrank, den er genussvoll trank, während er in sein Schlafzimmer ging. Sein geliebtes Schlafzimmer, sein Ruhepol, in dem er so gerne meditierte. An der Wand stand ein schmaler Tisch mit Duftstäbchen darauf, zwei zur Hälfte abgebrannten Kerzen und das Bildnis einer indischen Göttin. Welche Göttin das sein könnte, wusste Valerian nicht, er hatte sie einem Straßenhändler in Kalkutta abgekauft. Dieser hatte ihm zwar eine lange Geschichte zur Göttin erzählt, doch Valerian hatte kein einziges Wort verstanden, obwohl der Verkäufer englisch mit ihm gesprochen hatte.

Langsam setzte sich Valerian auf sein Bett, hob Haagen auf und legte ihn neben sich. Der Hund beschnüffelte sofort seine neue Umgebung, drehte sich mehrmals um seine eigene Achse und richtete sich dabei mit seinen kleinen Pfoten die Decken so her, dass er schließlich ein kleines Nest hatte, in das er sich genussvoll kuschelte. »Das ist wohl der richtige Zeitpunkt für eine ausgiebige Dusche«, dachte sich Valerian, sah den kleinen Dackel liebevoll an und nahm einen großen Schluck seines Smoothies.

Valerian wusste nicht, wie lange er unter der Dusche gestanden war und er kam erst heraus, als er den letzten Tropfen Warmwasser verbraucht hatte. Er griff nach einem kleinen Handtuch und wickelte es sich um seine Lenden, setzte sich zu Haagen auf das Bett und begann zu meditieren. Die schweren Gedanken, die ihn über die vergangenen Stunden begleitet hatten, verschwanden aus seinem Kopf und die Kraft von Mutter Erde strömte durch seine Adern. Er wurde müde und schlief erleichtert ein. Doch leider dauerte der Schlaf nur eine kurze Minute lang.

»Herr Bender, öffnen sie bitte umgehend die Türe«, sagte Georg, der Inspektor, barsch und klopfte dabei an Valerians Wohnungstüre. »Herr Bender!«

Valerian schreckte auf. Was könnte der Polizist denn noch wollen? Wusste er jetzt alles? Aber woher denn? Hatte Valerian sich durch eine Handlung verraten? Hatte er etwas Falsches gesagt? Hatte er zu wenig gesagt? War er gesehen worden? Oder wurde am Ende gar sein Verhältnis mit Magdalena aufgedeckt?

»Herr Bender, aufmachen!« Der Ton des Polizisten wurde rauer und die Stimme lauter. Valerian stand im Vorzimmer und starrte auf seine Wohnungstüre, an die von der anderen Seite heftig geklopft wurde. Er blieb wie angewurzelt regungslos vor der Türe stehen, nur sein Herz raste wie wild.

»Machen Sie auf!«, schrie der Polizist und schlug mit aller Kraft an Valerians Türe. Durch die Schläge erwachte er wie aus einer Trance und öffnete sie. Valerian und Georg starrten sich gegenseitig an. Wortlos und langsam wanderte der Blick des

Polizisten an der nackten Brust seines Gegenübers hinunter und wieder hinauf.

»Sie sind nackt, Herr Bender«, sagte er ruhig und warf ihm einen süffisanten Blick zu.

Valerian erschrak und ohne den Blick abzuwenden, griff er sich ganz langsam auf seinen Popo, stellte entsetzt fest, dass der Polizist recht hatte, schluckte tief und hielt sich beide Hände vor sein Gemächt. Es war wie in einem Alptraum, doch diesmal war es echt. Das kleine Handtuch war am Bett liegen geblieben und in seiner Anspannung hatte Valerian nicht gemerkt, dass er vollkommen unbekleidet die Türe geöffnet hatte.

»Herr Bender, wollen sie mich ärgern? Oder wollen sie mich erfreuen? Ich kann ihnen sagen, sie tun Ersteres! Und das ist eine Beleidigung eines Amtsträgers. Das kann Konsequenzen haben.«

Valerian kratzte sich an seinem rechten Fuß, drehte sich dann blitzartig um, lief ins Schlafzimmer und kam eine Minute später wieder zurück. In seiner Hektik hatte er nur einen Sarong gefunden, den er sich gekonnt um die Hüften gewickelt hatte.

Der Inspektor sah ihn zunächst verstört, dann mit einem verärgerten Blick an: »Sie tragen einen Rock?«

»Das ist ein Sarong, Herr Polizist, das tragen Männer in Indonesien.«

Georg schüttelte nur den Kopf und wollte schon eine typische abfällige Bemerkung über Homosexuelle loslassen, als Susanne, die Kollegin des Inspektors aus dem dritten Stock heruntergekommen war und an Nikos Tür läutete, der auch gleich öffnete.

Niko und Valerian sahen sich an und wussten beide nicht so recht, was sie nun erwarten würde. Ihre Blicke waren ängstlich und Niko war der erste, der sich wieder fing. Er lächelte die Polizistin freundlich, aber verklemmt an.

Valerian versuchte es ihm gleich zu tun, fixierte dabei den Inspektor mit seinen Augen und grinste ihm verkrampft zu. Auf seiner Stirn bildeten sich unweigerlich Schweißtropfen und seine Hände wurden feucht.

»Also, Herr Bender«, begann der Polizist, »wir waren gerade bei Frau Ulrichsthal, die ihren Mann und ihren Hund vermisst. Haben Sie vielleicht den Herrn gesehen? Oder den Hund?«

Valerian schluckte und starrte den Inspektor regungslos an. Niko beobachtete die Situation sichtlich angespannt. »Herr Kolschitzky«, sagte Susanne, »die Frage gilt auch ihnen. Haben sie Herrn Ulrichsthal gestern oder heute gesehen? Sie wissen ja, dass Herr Ulrichsthal schon sehr betagt ist, vielleicht ist ihm etwas zugestoßen, und jeder Hinweis ist für uns sehr hilfreich.«

Niko fasste sich wieder und sah die Polizistin mit einem freundlichen Lächeln an. »Nein, tut mir leid, ich habe den Herrn schon seit längerem nicht gesehen.«

»Was ist mit ihnen, Bender? Hat es ihnen die Sprache verschlagen?« Der Inspektor wurde ungeduldig und sein Ton wurde immer harscher. »Herr Bender! Antworten sie! Haben sie Herrn Ulrichsthal gesehen? Oder vielleicht seinen Dackel?«

In diesem Moment stellte sich Haagen neben sein Herrchen Valerian und knurrte den Polizisten an. Niko bemerkte das und wurde unruhig. Doch wie sollte er eingreifen ohne sich zu verraten oder die Situation noch mehr zu gefährden? Er hoffte, dass sich Valerian irgendwie über die Situation retten würde.

»Da ist er ja wieder, ihr Kampfhund, und schon wieder ist er aggressiv. Halten sie ihn zurück, sonst werde ich ihn endgültig abholen lassen«, zischte der Inspektor Valerian an. »Übrigens, Frau Ulrichsthal sucht genau so einen Dackel.« Während sich der überhebliche Polizist langsam sein kleines Notizbüchlein aus der Hosentasche zog und nach seinen Gesprächsnotizen mit Frau Ulrichsthal suchte, sahen sich Niko und Valerian kurz an. In ihren Blicken spiegelten sich Angst und Verzweiflung wider, bei Valerian, weil er nicht wusste, wie er reagieren sollte, und bei Niko, weil er befürchtete, Valerian würde sie durch seine Unsicherheit verraten.

»Sind sie nervös, Herr Kolschitzky?«, fragte die Polizistin plötzlich.

»Ich, nein, gar nicht, wieso?«, stammelte Niko.

»Sie sehen so angespannt zu ihrem Nachbarn hinüber und sie beginnen zu schwitzen.«

»Nein, hören sie Frau Inspektor, ich ... ich fühle mich nicht wohl und stehe nur ganz wackelig auf meinen Beinen. Ich glaube auch, dass ich Fieber bekomme.« Ob sie ihm diese Ausrede glauben würde?

Sie sah ihn einige Sekunden lang an und verzog dabei keine Miene. Plötzlich lächelte sie sanft. »Na dann legen sie sich besser hin. Geben sie uns bitte Bescheid, wenn sie Herrn Ulrichsthal oder seinen Dackel gesehen haben«, sagte Susanne in einem ruhigen und freundlichen, beinahe schon liebevollen Ton und gab ihm ihre Visitenkarte. Niko gefiel ihr zartes Lächeln, was ihn selbst überraschte, er zögerte kurz, nahm dann die Visitenkarte, grinste noch einmal freundlich und machte schließlich die Türe zu.

Er legte seine Stirn gegen die Innenseite der Wohnungstüre, schloss seine Augen und atmete zweimal tief durch. Er war der Polizistin entkommen, aber wie würde sich Valerian aus dieser

Situation herausreden? Hatte jetzt alles ein Ende? Würde ihn Valerian verraten?

Der Inspektor hatte endlich die richtige Seite in seinem Notizbuch gefunden und las daraus vor: »Der Dackel vom Ulrichsthal ist ein Rauhaardackel, männlich, sieben Jahre alt, tägt ein braunes Lederband, kein Anhänger, keine Hundemarke, hört auf den Namen Haagen.« Mit einem überheblichen Blick sah er auf Haagen herab: »Wie alt sind wir denn, Herr Dackel? Ein Halsband aus braunem Leder haben wir ja auch. Herr Bender, wie heißt denn ihr Dackel?«

Der Blick des Polizisten schien Valerian zu durchdringen, er fühlte förmlich, wie der Inspektor seine Gedanken lesen konnte. Einen Namen, er brauchte sofort einen Namen für den Dackel. Wie sollte er denn heißen? Ihm fielen keine Hundenamen ein. Sein Hirn war scheinbar leer und die Sekunden, in denen er schwieg, kamen ihm wie Minuten vor.

»Sie sagen mir jetzt sofort seinen Namen! Herr Bender!«

Hinter seiner Wohnungstüre hörte Niko, wie der Polizist Valerian anschrie. Er war sich sicher, dass Valerian jetzt unter dem Druck des Inspektors zusammenbrechen und alles erzählen würde.

»Mir reicht das jetzt, lassen sie mich in ihre Wohnung, Herr Bender!« Der Polizist drängte sich an Valerian vorbei und marschierte mit großen Schritten in Richtung Wohnzimmer. Gerade noch in letzter Sekunde sah er die bunten Fetzen an der Slackline und stieg über sie hinweg. Während er die einzelnen Möbelstücke und die kleinen Elefanten abfällig betrachtete, kam auch Susanne herein und wurde von Haagen mit einem freundlichen Schwanzwedeln begrüßt. Sie ging in die Küche und sah sich um.

»Wo ist denn der Hundenapf? Ich sehe hier keinen Napf mit Wasser, aus dem der Hund trinken könnte.« Die Polizistin war offensichtlich eine scharfe Beobachterin.

»Und wo ist der Hundekorb?«, setzte der Inspektor nach. »Und zum letzten Mal: Wie heißt ihr Hund?«

Valerian war im Vorzimmer geblieben und stützte sich auf dem kleinen Tisch ab, da ihm vor Aufregung ganz schwindlig geworden war. Dabei stach ihm die Biografie von Trotzki ins Auge, die auf dem Vorzimmertisch lag.

»Trotzki?«, stammelte Valerian leise. »Mein Hund heißt Trotzki.«

»Wie heißt er?«, fragte Georg arrogant und sah Valerian an, als ob er von einem anderen Stern stammen würde.

»Trotzki. Benannt nach Leo Trotzki, dem berühmten kommunistischen Politiker.«

»Ein Kommunist? Sie geben ihrem Hund den Namen eines Kommunisten? Sind sie etwa auch ein Kommunist?« Der Ton des Polizisten wurde zusehends härter. Seine Kollegin packte ihn an der Schulter und nickte ihm lächelnd zu, worauf er sich wieder beruhigte.

»Also jetzt aber flott: Wo bitte sind Napf und Körbchen von Toasti?«, wollte der Polizist jetzt endlich wissen.

»Ich, ich habe den Hund erst seit kurzem und ich hatte noch keine Zeit, ihm alles zu besorgen. Er frisst aus einem Suppenteller und schläft bei mir im Bett. Schauen sie doch einmal ins Schlafzimmer, da können sie sein Nestchen sehen, dass er sich immer vor dem Schlafengehen aus meiner Decke baut. Und Hundehaare werden sie dort auch entdecken. Und er heißt Trotzki, nicht Toasti.«

Die beiden Beamten sahen sich Valerians Decke an und nickten sich zu.

»Hören sie gut zu, Herr Bender, sie und ihr Frosti, sie verbergen etwas, und wir werden noch dahinterkommen, was es ist. Ein guter letzter Tipp von mir: Wenn sie gestehen, wirkt das strafmildernd. Auf Wiedersehen.« Georg warf Valerian einen abfälligen Blick zu, drehte sich um und verließ mit Susanne die Wohnung.

Plötzlich wandte sich der Polizist zu Nikos Türe und schlug zweimal mit seiner Faust heftig dagegen. Niko, der sich in den letzten Minuten nicht bewegt hatte und immer noch mit der Stirn an der Wohnungstüre lehnte, schreckte ruckartig mit seinem Kopf zurück. Langsam und voller Angst öffnete er und sah die Beamten an.

»Ich sage ihnen das auch, Herr Kolschitzky, ich bin nicht so freundlich wie meine Kollegin, und wenn ich irgendetwas Verdächtiges bei ihnen finde oder sie sich auffällig verhalten, dann werde ich ihnen sehr nahe rücken, näher als ihnen lieb ist. Und ich hoffe für sie beide, meine Herren, dass der alte Ulrichsthal und sein Köter bald wiederauftauchen.« Er wandte sich grußlos ab, während Susanne Niko mit einem Auge zuzwinkerte und ihm zulächelte, als wollte sie ihm sagen, dass er Georg bloß nicht so ernst nehmen sollte.

Als die Polizisten langsam die Treppe hinuntergingen, sahen ihnen Niko und Valerian vorsichtig nach, da sie sichergehen wollten, dass die beiden auch tatsächlich das Haus verlassen würden.

»Du kostest mich den letzten Nerv, du wirst mich noch umbringen.« Niko sah Valerian verzweifelt an und schüttelte den Kopf. »Ich halte das nicht mehr aus, du bist ein Risikofaktor, wegen dir lande ich noch im Gefängnis. Ich kann nicht mehr, aus, vorbei.« Er dreht sich um und ging in seine Wohnung zurück.

»Warte!«, rief ihm Valerian nach und folgte ihm mit Haagen in seine Wohnung. In letzter Sekunde schnappte er sich noch den Wohnungsschlüssel, der auf dem Vorzimmertisch lag.

»Hör mal, Niko, ich habe mich doch ganz gut geschlagen. Immerhin war das mein erstes Verhör, ich habe doch keine Erfahrung damit.«

Niko schien sich nicht um Valerians Worte zu kümmern, ließ sich erschöpft auf seine Couch fallen und schloss die Augen. Sein Gesicht war immer noch angespannt, genau wie sein ganzer Körper, er war steif wie ein Brett.

Valerian setzte sich an das Ende der Couch: »Ich weiß genau, was du jetzt brauchst«, verkündete er voller Stolz und begann, Nikos Socken auszuziehen.

»Was machst du da? Spinnst du?« Niko zog zornig seine Beine an.

»Entspann dich und vertrau mir«, sagte Valerian mit einer immer tiefer und ruhiger werdenden Stimme.

»Genau das macht mir Angst. Lass bitte meine Füße los.«

»Du hast doch nichts zu verlieren. Ich biete dir eine wunderbare Möglichkeit, dich zu entspannen. Du wirst dich nachher viel besser fühlen. Ich werde deine Füße nach der Grinberg Methode massieren.«

»Ich bekomme eine Fußmassage von dir?« Niko verstand die Welt nicht mehr. »Du willst mich jetzt tatsächlich nach dieser komischen Methode massieren? Kommt das aus Thailand? Gibt es auch ein Happy Finish?«

»Hör auf so pubertär zu reden und entspann dich. Es wird dir guttun, glaube mir, schließ die Augen und lass dich einfach fallen.«

Niko wusste, dass er dieser Massage nicht entkommen konnte und ließ daher seine Beine locker. Valerian zog gefühlvoll und gekonnt die Socken aus und fing langsam an, den linken Fuß zu massieren. Es dauerte keine dreißig Sekunden, bis Niko zum ersten Mal einen wohligen Seufzer von sich gab, zwei Minuten später war Niko eingeschlafen. Valerian stand auf, sah auf Niko herab und stellte mit Stolz fest, dass seine Massagekünste doch zu etwas taugten. Er nahm Haagen und ging mit ihm in seine Wohnung zurück, schließlich musste er jetzt den alten rechtsradikalen Dackel an seinen neuen Namen Trotzki gewöhnen und mit ihm trainieren. Ob der tapfere Hund jemals auch das linke Bein zum Pinkeln heben würde?

6 WHISKY UND PINK FLOYD

Es war früher Nachmittag, als die Türglocke Niko das zweite Mal an diesem Tag aufweckte. Wieder schreckte er hoch, rieb seine Augen, trottete langsam durch den Flur und öffnete die Wohnungstüre. Vor ihm stand ein Herr in einem billigen, alten, beigefarbenen Anzug, der ihm noch dazu zumindest eine Nummer zu groß war. Er hatte eine etwas rundliche Figur und war auch nicht sehr groß, seine eckige Brille mit dickem Rahmen verlieh ihm eine gewisse Strenge. Seinen professionellen Auftritt versuchte er durch einen bordeaux-roten Lederkoffer mit goldenen Schnallen, jede mit einem Zahlenschloss versehen, zu unterstreichen. Das schüttere Haar hatte er kunstvoll von der einen auf die andere Seite gekämmt und so versucht, eine Glatze zu kaschieren, was ihm jedoch nicht gelungen war.

»Herr Magister Kolschitzky? Mein Name ist Magister Kuhreiter. Ich komme von der Krankenkasse«, sagte der kleine Mann bestimmt. »Ich möchte bitte zu Frau Magister Magdalena Kolschitzky.«

Niko wurde blass. »Meiner Frau geht es nicht gut und sie schläft gerade. Worum geht es denn?«, fragte er vorsichtig.

»Ich möchte bitte zu ihr«, forderte Kuhreiter bestimmt.

»Wie gesagt, sie ist krank, es geht ihr nicht gut. Können sie nicht bitte später wiederkommen?«

»Darum geht es doch gerade, Herr Magister.« Der Beamte von der Krankenkasse nahm langsam und bedächtig seine Brille ab, hauchte die Gläser an, wischte mit seinem Hemd auf Bauchhöhe darüber, warf einen prüfenden Blick durch die

Gläser und setzte sie wieder auf. »Wir haben einen anonymen Hinweis bekommen, dass der Krankenstand ihrer Frau nur vorgetäuscht sein könnte. Ich bin von Rechtswegen befugt zu kontrollieren, ob hier ein Tatbestand des ungerechtfertigten Fernbleibens der Arbeitsstätte unter Vortäuschung eines Krankenstandes vorliegt. Wenn ich sie nun höflich bitten dürfte, Herr Magister, mir den Weg zu ihrer Gattin zu zeigen.«

»Hören sie bitte«, versuchte sich Niko aus dieser Situation herauszureden, »natürlich kann ich sie zu meiner Frau bringen, aber sie müssen verstehen, dass sie die ganze Nacht unter schwerster Übelkeit gelitten und fast durchgehend auf der Toilette verbracht hat. Endlich schläft sie und ich bitte sie höflich, dass sie sie schlafen lassen und zu einem späteren Zeitpunkt wiederkommen. Wenn sie möchten, kann ich sie auch gern anrufen, sobald es ihr ein wenig besser geht.«

»Herr Magister Kolschitzky«, sagte Kuhreiter bedächtig, »in aller Güte, aber auch Bestimmtheit, möchte ich sie darauf aufmerksam machen, dass sie sich der Mittäterschaft schuldig machen, wenn sie mich nicht unverzüglich zu ihrer Frau bringen. Im Übrigen kann ich auch, wenn ihnen das lieber ist, die Polizei rufen, mit denen ich dann gemeinsam das Recht der örtlichen Überprüfung einer in unmittelbarem Verdacht eines nicht gesetzeskonformen Verhaltens stehenden Person erwirken kann. Sententia est, meinen sie nicht auch, Herr Magister?« Der Beamte schob sein Sakko in der Höhe des Gürtels ein wenig zurück und eine lederne schwarze Halterung für ein Handy an Kuhreiters Gürtelschlaufe kam zum Vorschein, auf die er mit seinen Fingern klopfte. »Na?«, fragte er noch einmal.

Niko wurde in diesem Moment klar, dass er den Herrn von der Krankenkasse definitiv nicht würde abwimmeln können.

»Nun gut«, sagte Niko und atmete tief durch, »Kommen sie bitte herein, ich führe sie zu meiner Frau. Sie werden gleich bei ihr sein.«

Valerian, der es genoss, wieder in seiner eigenen Wohnung sein zu können, war gerade dabei, Haagen seine Künste mit seinem geliebten Flowerstick vorzuzeigen. Insgeheim hatte er gehofft, dem kleinen Dackel ein paar Kunststücke beizubringen, um gemeinsam mit ihm auftreten zu können. Doch nach anfänglichem Interesse beachtete Haagen den Stab nicht mehr, der von Valerian geschickt durch die Luft gewirbelt wurde und machte lieber ein Nickerchen.

Plötzlich waren aus der Nachbarwohnung ein heller Knall und sofort danach ein dumpfes Geräusch zu hören, als ob etwas Schweres auf den Boden gefallen war. Haagen schreckte hoch und begann zu bellen. »Nicht schon wieder«, dachte sich Valerian, denn er wusste nur zu gut, was gerade geschehen war, hatte er doch vor einem Tag genau das gleiche gehört. Er legte seinen Flowerstick auf die Seite und setzte sich zu Haagen auf den Boden, der unaufhörlich bellte. Liebevoll streichelte er den Hund und sprach ihm mit ruhiger und tiefer Stimme gut zu: »Schon gut ... brav ... lieb ... ruhig«, doch nichts half, Haagen bellte und bellte. Valerian suchte in seiner Verzweiflung etwas Essbares in seiner Küche, um den kleinen Racker dadurch abzulenken und zum Schweigen zu bringen und durchstöberte gerade seinen Kühlschrank, als er durch das Klingeln der Türglocke hochschreckte.

»Junger Mann«, hörte er bereits von draußen die Stimme einer älteren Dame. Haagen hörte sofort auf zu bellen, lief zur Tür und wedelte in freudiger Erwartung mit dem Schwanz.

Valerian fuhr zusammen, denn er hatte die Stimme sofort erkannt. Hilde Ulrichsthal war vom dritten Stock heruntergekommen, nachdem sie das Bellen ihres Haagen mit einem großen Glücksgefühl vernommen hatte.

Valerian war klar, dass er den Dackel sofort verstecken musste, da sie sonst Verdacht schöpfen würde. Er packte ihn an seinem Halsband, zerrte ihn schnell ins Wohnzimmer und schloss die Wohnzimmertüre.

»Machen sie auf, aber ein bisschen plötzlich bitte!«, hörte er die resolute alte Dame im Stiegenhaus sagen. Er kontrollierte noch rasch, ob er auch nicht wieder nackt war und griff nach seinem Hemd und Sarong. Dann öffnete Valerian mit einem freundlichen Lächeln die Türe.

Hilde sah ihn mit einem ernsten Blick an: »Sie tragen einen Rock, junger Mann. Finden sie das angebracht?« Sie war sehr streng und konservativ, wenn es um Kleidung ging. Sie selbst hatte nur in jungen Jahren Hosen getragen, wenn sie sich körperlich ertüchtigt hatte.

»Das ist ein Sarong, Frau Ulrichsthal, ein traditionelles indonesisches Gewand, das hauptsächlich von Männern getragen wird.«

»Indonesisch? Weshalb tragen sie keine hiesige Kleidung? Oder sollen wir jetzt alle herumlaufen wie die Buschneger von Borneo?«

»Nicht sie auch noch«, dachte sich Valerian. Andererseits erschien es ihm einleuchtend, dass ein Nazi nur mit einer Gleichgesinnten über all die Jahre glücklich zusammenleben konnte.

»Hören sie, junger Mann. Haben sie meinen Hund gefunden? Ich bin mir sicher, dass ich ihn bellen gehört habe. Ist vielleicht auch mein Mann bei ihnen? Sie wissen ja, dass ich die beiden vermisse.« Sie bemühte sich möglichst freundlich zu klingen.

»Nein«, kam es von Valerian wie aus der Pistole geschossen, »ich habe ihren Mann nicht gesehen und ich habe auch keinen Hund gefunden.«

»Aber ich bin mir sicher, dass ich ihn bellen gehört habe.«

»Liebe Frau Ulrichsthal, glauben sie mir, ich wüsste doch, wenn ein Hund in meiner Wohnung wäre. Ich habe nur einen Goldfisch, und der kann doch nicht bellen, nicht wahr?« Valerian musste über seinen schlechten Scherz selbst lachen, Hilde hingegen sah ihn weiterhin nur streng an.

In diesem Moment bellte Haagen zwei Mal.

Hilde riss plötzlich ihre Augen auf: »Wer hat da gebellt? Ihr Goldfisch ist wohl zu mehr im Stande, als sie ihm zutrauen. Wieso lassen sie mich denn nicht zu Haagen? Haagen, strammer Recke, deine Herrin ist da! Werni, bist du auch da?«, rief sie an Valerian vorbei in seine Wohnung. Haagen quittierte den Ruf seiner Besitzerin mit einem weiteren Bellen.

»Es ist kein Hund bei mir«, sagte Valerian scharf und machte die Wohnungstüre zu. Im letzten Moment stellte die alte Dame ihren Fuß vor den Türstock, stieß die Türe mit ihrem Arm energisch wieder auf und heischte Valerian an: »So, und jetzt ist Schluss mit den Spielchen, Jungchen. Du weißt, dass ich mit vollem Namen Brunhilde heiße und auch genauso stark wie sie bin. Ich sage dir, wenn du mich nicht sofort zu meinem Hund und zu meinem Mann bringst, dann zerquetsche ich deinen schmächtigen Hals mit nur einer Hand. In jungen Jahren war ich Speerwerferin und Wettkampfturnerin, und ich habe in meinem hohen Alter noch so viel Kraft, dass du dir gar nicht ausmalen willst, wie ich dir die Eingeweide mit bloßen Händen aus deinem Körper reißen werde. Ich habe das schon so lange nicht mehr gemacht, dass es mir einen richtigen Genuss bereiten wird.«

Valerian schluckte, denn er glaubte ihr jedes Wort.

»Und jetzt weg mit dir!«, brüllte sie Valerian an, schubste ihn auf die Seite und ging schnell zum Wohnzimmer, in dem Haagen schon auf sie wartete. Mit viel Schwung stieß sie die Wohnzimmertüre auf und machte zwei flotte Schritte auf Haagen zu. Sie lachte vor Freude, als der kleine Recke mit dem Schwanz wedelte und übersah dabei die Slackline.

Ihre letzten Gedanken, als sie über die Leine stolpernd auf den Boden fiel, waren hasserfüllt. Und so starb sie mit genau so einem Gefühl, wie sie den Großteil ihres Lebens verbracht hatte: mit Hass gegenüber anderen Menschen.

Valerian stürzte ins Wohnzimmer und sah, wie Haagen an seinem toten Frauchen schnüffelte und ihre Hand mit seiner Zunge leckte. Er kniete sich neben sie, um ihren Puls zu fühlen, doch er erkannte sofort, dass Brunhilde ihren letzten kurzen Kampf verloren hatte. Der Aufprall war für ihren alten und gebrechlichen Schädel offensichtlich zu heftig gewesen.

Valerian nahm Haagen zu sich und drückte ihn fest an seine Brust. »Du musst jetzt stark sein, mein kleiner tapferer Kerl. Du bist jetzt eine Vollwaise. Aber du hast zwei Onkel gefunden, die sich immer um dich kümmern werden. Das versprechen wir dir. Also ich zumindest. Aber Onkel Niko hat dich auch lieb, er kann es nur nicht zeigen.«

Niko war gerade dabei, alles für die Zerstückelung von Magister Kuhreiter vorzubereiten, der in einer großen Blutlache in seinem Wohnzimmer lag, als Valerian leise an seine Wohnungstüre klopfte.

»Ich bin es, mach bitte auf«, flüsterte Valerian von draußen. Niko trug lediglich eine Unterhose, damit er nachher das Blut von seinem Körper abduschen konnte und nicht wieder Kleidung wegwerfen musste. Bei der letzten Entsorgung hatten sie nämlich die Schutzkleidung gemeinsam mit den Leichen vergraben. Er öffnete schnell die Türe ohne Valerian dabei anzusehen und ging gleich wieder zurück ins Wohnzimmer, um die Sauerei möglichst rasch zu beseitigen.

Noch im Zurückgehen sagte er zu ihm: »Du musst mir bitte helfen. Ich habe hier eine Leiche.«

»Ich auch«, antwortete Valerian kurz.

Niko drehte sich blitzartig um und sah Valerian im Vorzimmer stehen, mit der alten Ulrichsthal, die schlapp in seinem linken Arm hing. Haagen heulte kurz auf.

Vollkommen erstaunt sah Niko Valerian an.

»Was hast du getan?«, fragte er entsetzt. »Du hast sie doch nicht…?«

»Nein, natürlich nicht«, antwortete Valerian schnell. »Sie ist über die Slackline gestolpert und dabei offensichtlich so stark mit dem Kopf aufgeschlagen, dass sie daran gestorben ist.«

»Was für ein Tag«, sagte Niko kopfschüttelnd, »bring sie ins Wohnzimmer zu Magister Kuhreiter, wir werden dort beide zerlegen.«

»Magister wer?«

»Magister Kuhreiter. Er ist … er war von der Krankenkasse,« erklärte Niko, während er Valerian half, Brunhilde neben den Beamten zu legen. »Offensichtlich hatte er einen anonymen Tipp bekommen, dass Magdalena gar nicht krank sei und den Krankenstand nur vortäusche.«

»Wer tut so etwas? Kollegen von Magdalena sicher nicht, oder?« Valerian, der noch nie in einem Büro gearbeitet hatte, wusste nicht, wie intrigant und gehässig manche Kollegen sein konnten.

»Nein, das war bestimmt kein Kollege. Magdalena war sehr selten krank und außerdem hatte sie sich im Büro mit allen gut verstanden.«

»Ja aber, war das Zufall?«

»Nein, ganz bestimmt nicht. Denk einmal nach, wer wusste von Magdalenas Krankenstand, außer ihrem Büro? Da fällt mir spontan nur eine Person ein.«

»Connie!«, fiel es Valerian wie Schuppen von den Augen.

»Ganz recht. Dieses Biest hasst mich und will mich nervlich fertigmachen«, zischte Niko und presste seine Lippen aneinander.

»Aber wieso schickt sie dir einen Beamten von der Krankenkasse? Sie glaubt doch, dass Magdalena krank im Bett liegt. Oder weiß sie etwas?«

Niko überlegte kurz. »Sie weiß, wie sehr ich es hasse, etwas Verbotenes zu tun. Ich werde panisch bei dem Gedanken, ein Vertreter der Steuerbehörde könnte bei mir anklopfen. Davon habe ich ihr einmal erzählt und sie hat mich dafür ausgelacht. Ich solle doch nicht so spießig sein, hat sie gesagt. Sie ist einfach das letzte.«

»Du hasst es, etwas Verbotenes zu tun? Niko, du bringst reihenweise Menschen um. Das ist ziemlich verboten.« Valerian sah ihn mit hochgezogenen Augenbrauen an, während er sein Hemd aufknöpfte.

»Lass mich in Ruhe, du verstehst das doch nicht«, heischte ihn Niko an. »Lass uns die beiden zerlegen und verscharren. Zieh dich aus und hilf mir. Flott jetzt. Und wieso trägst du immer noch einen Rock?«

»Das ist ein Sarong«, sagte er mittlerweile leicht mürrisch und wollte ihn bereits ablegen, als er merkte, dass er darunter ja nackt war. »Ich glaube, ich behalte ihn besser an, ich trage nämlich keine Unterhose und möchte nicht, dass der alte Mann neidisch wird. Und überhaupt, weshalb soll ich mich denn ausziehen? Und wieso trägst du nur diese topmodische und ultraschicke Feinrippunterhose?«

»Denk doch bitte ein einziges Mal mit. Wo ist denn deine Schutzkleidung?«

»Die haben wir vergraben, ok, aber was hat das damit zu tun, dass wir nur Unterhosen tragen?«

»Weil wir dann ganz leicht das Blut abwaschen können, vielleicht deswegen?«

»Ah, hab schon verstanden« gab Valerian kleinlaut bei.

Diesmal legte Niko Pink Floyd's »The Wall« ein und anstatt des Bordeaux trank er einen Whisky. »BenRiach Single Cask, siebzehn Jahre, in einem Sherryfass nachgereift. Sonderabfüllung, limitiert auf 682 Flaschen.« Sorgsam füllte er nur wenig von dem edlen Tropfen in sein Whiskyglas. Er genoss den ersten Schluck mit geschlossenen Augen. »Ein Gedicht. Nimm bloß niemals Eis dazu, das hat guter Whisky nicht verdient. Möchtest du ein Glas?« Niko bot Valerian, der in seinem hochgewickelten Sarong neben der toten Ulrichsthal saß und Haagen streichelte, nur recht widerwillig etwas von seinem seltenen und sehr teuren Whisky an, da er sicher war, Valerian würde ihn nicht gebührend wertschätzen. Aber er fühlte sich durch seine streng anerzogene Höflichkeit und durch die jüngsten Ereignisse irgendwie dazu verpflichtet.

»Nein danke, ich mag keinen Whisky.« Valerian breitete die Folien, die sie noch hatten, unter den beiden Toten aus. »Wobei, vielleicht ein Glas? Wenn du sagst, dass das so eine besondere Flasche ist, dann sollte ich mir das doch nicht entgehen lassen. Und außerdem war auch Brecht ein großer Whiskytrinker.«

Niko sah seinen Nachbarn an und verzweifelte heimlich. Musste immer ein Kommunist etwas getan haben, um Valerian eine Begründung für eine Handlung zu liefern? Und jetzt trank der Bub auch noch von seinem teuersten Whisky, obwohl er ihm wahrscheinlich gar nicht schmeckte.

Valerian nahm das Glas, schwenkte es ein wenig, hielt seine Nase tief hinein, hob seine linke Augenbraue, senkte seine Nase noch einmal und noch tiefer in das Glas und nahm schließlich einen großen Schluck. Und zwar einen viel zu großen, wie sich herausstellte, denn er beutelte sich und hustete heftig. Valerian und Niko kamen gleichzeitig die Tränen, dem einen, weil es so unglaublich in seinem Rachen brannte, dem anderen, weil sein wertvoller Whisky einfach vergeudet worden war.

»Wow, so ein alter Fusel hat es echt in sich. Respekt, Niko, du hast schon scharfen Stoff in deiner Bar. Was hast du denn sonst noch so? Aber lass uns erst einmal den Whisky trinken. Darf ich bitte noch ein wenig davon haben?«

Niko heulte innerlich wie ein kleines Kind. »Natürlich« sagte er mit verhaltener Stimme und schenkte nach.

»Cheers, Niko, lass uns anstoßen.« Er hob das Glas und hielt es in Nikos Richtung.

Niko hob nur ein wenig seine Hand und nickte wortlos. Beide nahmen einen kleinen Schluck.

»Alter Knabe«, sagte Valerian und ahmte einen britischen Adeligen nach, »sehe ich aus wie der alte Naked Duke of Chisterchester, der in wenigen Augenblickchen seine Omi, die alte Lady Brunhildy filetieren wird?«

»Lass die Scherze, Valerian.« Niko wollte schleunigst die beiden Leichen aus der Wohnung schaffen und vergraben. Außerdem sah Valerian in seinem aufgerollten Sarong eher wie ein bekiffter Grunge Sänger aus als wie ein englischer Lord.

»Aber nicht doch, old Chap, es schnippelt sich doch leichter mit einem Gläschen aus der eigenen schottischen Destillerie, nicht wahr. Schüttle doch deine Beinchen und Ärmchen, damit du wieder locker wirst und nimm vor allem noch einen Schluck von dem hervorragenden Wässerchen. Cheers.« Er prostete Niko zu und nahm noch einen Schluck, diesmal einen größeren.

»Noch ein Toast auf unsere Toten, mein Lieber, bevor wir wieder ans Filetieren gehen.« Er räusperte sich, hob sein Glas und sagte mit hochgezogener Augenbraue:

»Die bleichen Leichen müssen weichen, damit die bladen Maden darin baden.«

Valerian kicherte, stellte sein Glas auf die Seite und begann an Brunhildes Körper zu schneiden. Niko schüttelte verständnislos den Kopf und hatte Angst, Valerian wäre bereits nach einem Glas Whisky betrunken.

Doch der Alkohol hatte Valerian nur ein wenig entspannt, ihm seine Hemmschwelle genommen, um ihm das Zerstückeln der beiden Kadaver erträglich zu machen.

Aus den Lautsprechern kamen die zarten Klänge von Pink Floyd's »Mother«, eines von Nikos Lieblingsliedern. Die Melodie hatte ihn immer schon beruhigt, obwohl der Text sowohl Zorn als auch Liebe ihn ihm hervorrief: Die Mutter, die alles für ihren Sohn tut, ihn über alles liebt, ihm aber keine Freiräume lässt und schließlich eine Mauer um ihn herum baut. So war es auch bei Nikos Mutter, und genau diese Gefühle hatte er ebenfalls bei ihr, nämlich Wut und Liebe gleichzeitig.

Welche dieser Empfindungen bei ihm überwog, war unterschiedlich und von Nikos Tagesverfassung abhängig. Oft genügte schon eine Kleinigkeit, ein winziges Detail wie ein Kleidungsstück, das an der falschen Stelle lag oder die Butter, die zu hart war, um bei ihm ein unglaublich starkes Hassgefühl hervorzurufen. Über die Jahre hinweg gewann die Wut überhand über die Liebe und schließlich war sie das beherrschende Gefühl, wenn er seine Mutter traf.

»Mother« war auch das erste Lied, das Niko nach dem Tod seiner Mutter hörte. Und dabei zufrieden lächelte.

--

Connie war stolz auf ihren Schachzug mit der Krankenkasse. Nachdem Niko sie so brutal abgewimmelt hatte, blieb ihr keine andere Wahl. Sie wusste, dass der Besuch des Krankenkasseninspektors ihn viel mehr ärgern würde als Magdalena. Vor allem würde sie Maggie später alles erklären und sie würden darüber lachen, wie sehr Niko erschrocken war. Sie wunderte sich aber, dass sie immer noch nichts von ihr gehört hatte. Spätestens jetzt hätte sie doch angerufen. In diesem Moment kam ihr ein fürchterlicher Gedanke, der sie erschaudern ließ. Konnte das wahr sein? Sie lief aus der Wohnung, stieg in ihr Mini Cabrio und fuhr mit quietschenden Reifen davon.

7 BEKENNTNISSE

Bereits eine Stunde später waren Brunhilde und Magister Kuhreiter in Säcken verstaut und in einem Lieferwagen unterwegs zu ihrem Grab im Wald. Vorne im Auto saßen Niko, wie immer ohne Gesichtsregung, daneben hockte Valerian und auf seinem Schoß lag Haagen, der von nun an nur noch Trotzki gerufen wurde.

Am Nachmittag kamen sie im Wald an, schnappten sich ihre Arbeitsgeräte und gingen zu jener Stelle, an der sie die anderen Leichen vergraben hatten. Trotzki lief fröhlich neben ihnen her, markierte den einen oder anderen Baum mit seinem rechten Haxerl und lief den Stöckchen nach, die ihm Valerian immer wieder warf.

Als sie den Platz erreichten und Valerian die frischen Gräber sah, wandte er sich blitzartig ab und schloss die Augen, doch die schrecklichen Bilder der letzten Nacht erschienen mit einer unglaublichen Vehemenz und ließen sich nicht verdrängen. Er warf die Schaufeln auf den Boden, ging drei Schritte zum nächsten Baum und übergab sich.

»Je eher wir die beiden Leichen vergraben haben, desto schneller ist es auch für dich vorbei«, sagte Niko mit einer ruhigen Stimme. »Komm, lass uns anfangen.«

Während sich Valerian von seiner Übelkeit erholte, suchte Niko nach einem geeigneten Platz für das neue Loch. Er inspizierte den Boden genau und stach immer wieder mit dem

Stiel seiner Spitzhacke in die Erde, um zu testen, ob sie auch weich genug sei.

Plötzlich hielt er inne. Was war das für ein Schuhabdruck? Überall im Umkreis von zehn Metern hatte er seine und Valerians Abdrücke gesehen, doch dieser hier war anders, dieser hatte ein anderes Muster. Es war schwer zu sagen, ob er größer oder kleiner war, da immer nur der vordere oder hintere Teil des Schuhs einen Abdruck hinterlassen hatten.

War das purer Zufall, dass ein Wanderer an dieser Stelle vorbeigekommen war? Oder wusste jemand von den Gräbern? War er nicht vorsichtig genug gewesen in all den Jahren, als er die Leichen vergraben hatte? Oder hatte sie jemand in den letzten zwei Tagen beobachtet? Plötzlich schoss Niko ein Name ein. Konnte es diese eine Person sein? Nein, das war unmöglich, das durfte nicht sein, das wäre eine Katastrophe.

Niko verwarf den Gedanken gleich wieder und beschloss Valerian nichts von den Abdrücken zu erzählen, um ihn nicht unnötig aufzuregen. Mit einem nervösen Gefühl in der Magengegend begann er, die Gräber auszuheben, diesmal ein wenig von den anderen entfernt.

Valerian stieß einige Minuten später dazu, immer noch auf wackeligen Beinen und mit üblem Geschmack im Mund. Stillschweigend und ohne jeglichen Blickkontakt gruben sie in den kommenden zwei Stunden die Löcher für die beiden Leichen und verließen den Platz schnell wieder.

Niko hatte die gesamte Zeit über an die Schuhabdrücke gedacht und sich überlegt, von wem diese hätten sein können und was er jetzt tun solle.

Als sie die Gräber verlassen hatten, war Niko noch einmal schnell umgekehrt, weil er seine Schaufel dort vergessen hatte. Valerian ahnte nicht, dass Niko sie dort absichtlich liegen gelassen hatte, um unbemerkt ihre Fußspuren zu beseitigen. Seine Überlegung war, dass wenn jemand auch nur durch Zufall die Gräber entdecken sollte, dass ihre Schuhabdrücke verschwunden waren.

Niko hatte keine Ahnung, wessen Abdrücke er dort gesehen hatte und redete sich ein, dass diese nur zufällig von einem Wanderer oder Pilzsucher gemacht worden waren.

Dem war allerdings nicht so, denn diese Person war bewusst zu diesem Platz gekommen, und es war auch nicht das erste Mal. Immer wieder, in unregelmäßigen Abständen, war sie in den Wald gegangen und hatte diese für sie so besondere Stelle aufgesucht. Meist ging sie zwischen den einzelnen Gräbern umher, drehte sich so lange, bis sie schwindlig wurde und fiel mit lautem Lachen auf den Boden. Sie genoss die Stille an diesem Ort, lauschte dem Zwitschern der Vögel und dem Rauschen der Bäume im Wind, und immer dachte sie, dass dies ein idealer Platz für Gräber sei. Hier würden die Toten wieder in den Kreislauf der Natur zurückkehren und Nahrung für Maden und andere Tiere werden. Sie liebte es, mit der Handfläche über das frischeste Grab zu fahren, als ob sie noch eine gewisse Strahlung oder die Aura des Toten spüren könnte. Am schönsten war es, wenn sie dabei einen Joint rauchte, dann fühlte sie sich vollkommen frei.

Doch das letzte Mal, als die Person die Gräber aufsuchte, war alles anders, die Leichtigkeit, das Schöne, die Lust war nicht da. Nur kurz konnte sie an diesem Ort verweilen, dann schossen ihr die Tränen in die Augen und sie verließ überstürzt die Gräber, ohne ihre Fußspuren zu beseitigen.

Niko und Valerian fuhren zurück in die Stadt, als die Sonne langsam unterging.

Plötzlich klingelte es wieder – *»It's raining men, halleluja…«*. Valerian sah, wie sich Nikos Ausdruck schlagartig verkrampfte, als er mühsam das Handy aus seiner Tasche zog und Connie wegdrückte.

»Hast du Lust auf ein Bier?«, fragte Niko.

»Ja, schon, warum nicht. Ein kleines aber nur, ich möchte nicht zu viel Alkohol trinken.«

In einem Ort knapp vor der Stadtgrenze kehrten sie in den lokalen Gasthof ein. Der Name »Zum vollen Krug« und der Hinweis auf ländliche Wirtshauskultur wirkten einladend und die beiden suchten sich einen abgeschiedenen Platz in einer Ecke der nach altem Fett riechenden Stube. Am Stammtisch saßen zwei ältere Männer, die sich über die Korruption in der Politik ausließen. An einem anderen Tisch diskutierten drei junge Burschen, die mit ihren getunten Mopeds gekommen waren, über die Vor- und Nachteile tiefergelegter BMWs und träumten von ultimativen Drifts mit großbusigen Blondinen auf dem Beifahrersitz. Die einzige Frau im Lokal war die Wirtin, sie war um die Fünfzig, hatte einigen Speck um die Hüften angelegt und trug einen klassischen Hauskittel mit Blumenmuster, den Valerian schon für ausgestorben gehalten hatte. Aus den Lautsprechern ertönte die typische volkstümliche Musik des lokalen Radiosenders.

Niko und Valerian bestellten jeweils ein Bier, Niko ein großes, Valerian ein kleines.

Der erste Schluck tat gut und die beiden wischten sich den Schaum vom Mund wie in einer schlechten Werbung. Auch Trotzki genoss sichtlich das Wasser, das ihm die Wirtin hingestellt hatte. »Vierbeiner sind ja die besseren Menschen, nicht wahr?«, hatte sie gesagt und ihm auch noch einen Hundekeks gegeben.

»Was machst du eigentlich?«, fragte Niko Valerian. »Ich weiß ehrlich gesagt nicht einmal, seit wann du neben mir wohnst, zwei oder drei Jahre werden es schon sein, oder.«

»Vier Jahre«, antwortete Valerian ruhig, obwohl er sich darüber ärgerte, dass Niko das nicht wusste. »Ich wohne seit vier Jahren neben dir und studiere Medizin.«

»Und wie lange hast du noch?«

Valerian hasste diese und ähnliche Fragen, die normalerweise von seiner Familie, vor allem von den Großmüttern, gestellt wurden: »Hast du wieder viele schwere Prüfungen bestanden? Musst du viel lernen? Wahrscheinlich kommst du nicht viel dazu, weil du viel mit Mädchen ausgehst, gell?« Aber heute klang für ihn die Frage ganz anders, vielleicht, weil Niko sie gestellt hatte, oder weil er zum ersten Mal nicht lügen musste, wenn er darauf antwortete: »Wahrscheinlich ewig. Ich hasse das Studium. Ich bin auch noch gar nicht weit, mittlerweile bin ich bei weitem der älteste in den Seminaren.« Valerian war erleichtert, als er das sagte, wie schön es doch war, einmal die Wahrheit sagen zu dürfen.

Niko hingegen wurde richtiggehend zornig: »Aber weshalb wechselst du nicht? Oder nimmst das Studium endlich ernst und gibst Gas? Immerhin kannst du ja nicht ewig studieren. Was sagen deine Eltern dazu?« Er konnte diese typischen ewigen Studenten nicht ausstehen, die in seinen Augen einfach nur Nichtsnutze waren. Bei seinen Kindern wäre das alles ganz anders gewesen, die hätte er zu einem schnellen Studium mit den besten Noten gezwungen, sonst hätte er ihnen die finanzielle Unterstützung entzogen.

Valerian nahm einen großen Schluck, starrte in sein Glas und sagte leise: »Es ist alles ein wenig komplizierter, als du denkst. Wenn doch alles so einfach wäre, aber mein Vater ist, nun …«. Er nahm noch einen großen Schluck und leerte sein Glas.

Er winkte der Wirtin: »Noch ein Glas bitte, und einen Schnaps dazu, egal welchen. Für meinen Freund auch.« Niko sah Valerian recht überrascht an, da dieser doch angeblich so gut wie nie etwas trank. Dann erkannte er jedoch den ernsten Blick, mit dem Valerian auf den Bierdeckel starrte, als ob dieser eine geheime Botschaft enthielt, die es zu entschlüsseln galt.

Beide sagten kein Wort, bis die Kellnerin die Schnäpse und das Bier brachte. Für Trotzki hatte sie noch einen Keks dabei: »Ich habe ihnen einen Obstler gebracht. Kommt aus der Gegend.« Dann sah sie zu Trotzki hinunter, faltete ihre Hände und sagte: »Hunde sind ja die besseren Menschen, nicht wahr?«

»Ja, danke. Das sagten sie bereits. Sehr netter Spruch, der steht wahrscheinlich auf ihrem Kalender, oder?«, versuchte Niko sie abzuwimmeln.

»Und an dem Kerl sieht man, wie sehr der Spruch stimmt«, murmelte sie beleidigt zu sich selbst.

»Und jetzt ex, Niko, hau rein.« Valerian nahm das Stamperl und kippte sich den Obstler in den Rachen, ohne Niko dabei anzusehen. Es beutelte ihn gehörig und er musste dreimal husten. Niko zögerte noch ein wenig, dann stürzte auch er den Schnaps auf einmal hinunter. »Was war das? Spiritus?«, keuchte er mit zugekniffenen Augen und fragte sich, ob die Menschen in der Gegend alle blind waren, wenn sie dieses Gesöff tranken. Er löschte seinen brennenden Rachen mit zwei großen Schlucken Bier und bestellte sich gleich noch eines.

»Also«, setzte Valerian fort, »mein Vater. Nein, ich muss bei meinem Großvater beginnen, der war nämlich Chefarzt für Hals, Nasen und Ohren an einem großen Spital. Mein Vater stapfte in die gleichen Fußstapfen und ist ebenfalls Chefarzt für HNO in einer Klinik hier in der Stadt. Seine jüngere Schwester wurde Orthopädin, was auch in Ordnung war, vor allem, weil sie auch noch Mutter von vier Kindern wurde. Nur der jüngste Sohn wollte Tischler werden, was ihm der Vater natürlich verbot. Er zwang ihn dazu, Rechtsanwalt zu werden, woran mein Onkel kläglich zugrunde ging. Nach einigen Jahren in einer Kanzlei war er zu einem Alkoholiker geworden, hatte sich immer mehr zurückgezogen und mittlerweile wissen wir gar nicht mehr, wo und ob er überhaupt noch lebt. Und meinem Großvater und Vater war das Schicksal meines Onkels vollkommen egal. ›Wer am Leben zerbricht, war eben nicht stark genug‹, sagten sie immer.« Valerian nahm einen großen Schluck Bier. »Obwohl ich ihn nie kennengelernt habe, fühle ich mich ihm auf eine besondere Weise verbunden, es ist schwer zu erklären. Vielleicht deshalb, weil auch ich zu einem Studium gezwungen werde, das ich nicht wollte und Angst davor habe, genau so zu enden wie mein Onkel?«

Während sich Valerians Augen mit Tränen füllten, bestellte Niko noch zwei Schnäpse.

»Wissen sie«, sagte die Kellnerin in einem beleidigten Ton, als sie die Obstler brachte, »die ›Kastelruther Spatzen‹ singen ein sehr schönes Lied, das heißt *›Hochmut kommt vor dem Fall‹*. Ja, das sollten sie sich einmal anhören, meine Herren. Weil das liebe Hundi, das kennt keinen Hochmut, gell, nur die Menschen sind so.« Sie drehte sich um und warf einen verächtlichen Blick auf Niko und Valerian, schritt trotzig zurück zur Bar und sah auf ihren Wandkalender mit den Stars der volkstümlichen Musik, diesen Monat waren es die besagten »Kastelruther Spatzen«.

Die beiden schauten der Wirtin nach und versuchten nachzuvollziehen, was sie denn da gerade von sich gegeben hatte. Was waren die »Kasnudler Spatzen«? Und was sangen diese Vögel? Oder war das eine lokale Speise? Nach einigen Sekunden hatten sie die Kellnerin aber wieder vergessen und stürzten sich die Schnäpse in ihre Kehlen. Nach dem zweiten Obstler hatte das Brennen abgenommen und es beutelte sie auch kaum noch, besser schmeckte er allerdings nicht.

»Mein Vater«, sagte Valerian langsam mit beschlagener Stimme, »hat offensichtlich nichts daraus gelernt, er ist wie sein Vater, hart, unerbittlich, immer nur um den Namen besorgt, um seinen Ruf in der Gesellschaft. Darum geht es ihm, nur um sein Standing. Seine Kinder sind ihm im Endeffekt egal, aber er will sich mit ihren Erfolgen schmücken, wie mit einer aztekischen Federkrone.«

»Mit einer Federkrone?«, Niko sah Valerian fragend an und kratzte sich dabei am Kopf.

»Ja, mein Vater liebt alles von den Azteken, den Mayas und was weiß ich wie die alle heißen. Er hat sich in Mexiko vor vielen Jahren auf einem Ärztekongress eine Federkrone gekauft, wahrscheinlich in einem Souvenirshop, er sagt allerdings, er hätte sie von einem alten Medizinmann, einem der letzten nachweislichen Nachfahren der Azteken, angeboten bekommen. Ich glaube, er hat ein Vermögen dafür bezahlt. Mittlerweile bekommt man die Dinge ja nachgeschmissen, auch im Internet, für ihn bedeutet diese Maske jedenfalls alles. Und zwar so viel, dass er Jahre später wieder nach Mexiko zu einem Kongress geflogen ist und sich einen dazu passenden Lendenschurz besorgt hat. Natürlich wieder aus einer sehr vertrauenserweckenden Quelle und wahrscheinlich wieder zu einem stark überhöhten Preis.«

Valerian trank sein Glas aus und deutete der Kellnerin, sie solle noch zwei Bier bringen, und gleich zwei Schnäpse dazu.

»Kannst du dir vorstellen«, fuhr er mit mittlerweile leichtem Zungenschlag fort, »dass mein Vater, dieser hochseriöse Arzt, allen Ernstes zu jedem seiner Geburtstage nur mit Federkrone und Lendenschurz bekleidet zum Essen erscheint? Die ganze Feier, vor allem die Torte, muss ihm wie eine Art Opfer dargebracht werden. Ich sage dir, das ist echt krank, vor allem, weil er von uns verlangt, irgendwelche komische Sachen zu vollführen, wie einen Regentanz um den Tisch oder so. Das ist bei ihm aber mehr als eine Macke, das ist schon psychische Gewalt, die er auf uns ausübt. Mein Vater ist ein Despot, ein brutaler Kerl, nicht physisch, aber er konnte uns alle, meine Mutter und uns Kinder, immer bis aufs Blut reizen und auch demütigen. Kritik oder gar ein Auflehnen waren natürlich verboten, wir hatten zu gehorchen, wir mussten parieren, wie kleine Soldaten. Und ich weiß genau, wie er reagieren würde, wenn ich das Studium wechseln wollte.«

Die ganze Zeit, während er von seinem Vater erzählte, hatte Valerian immer nur auf den Bierdeckel gestarrt. Jetzt, da er sich den nächsten Schnaps hinunterstürzte, sah er Niko an. Dieser wollte etwas sagen, doch ihm fiel nichts ein, und aus Angst, er könnte etwas Falsches sagen und auch, um seine Solidarität mit Valerian zu bekunden, trank er seinen Schnaps auf einen Zug aus.

»Frau Wirtin, noch zwei bitte, von allem. Und etwas zu essen, Schnitzel am besten. Hast du Geld dabei?«, fragte Valerian vorsichtig. Niko nickte.

»Wissen sie, was das ist?«, fragte die Kellnerin plötzlich und kam mit einer Einkaufstasche aus Stoff zum Tisch der beiden. Auf der Tasche war ein Foto eines hübschen Mannes mit blonden Haaren zu sehen. »Das ist eine Tasche von Hansi Hinterseer. Und das Bild heißt ›Gefühle‹. Und sie müssen etwas wissen, meine Herren, der Hansi ist ein Star. Und er ist trotzdem einer von uns geblieben. Der weiß nicht, was Hochmut ist. Von dem können sie sich etwas abschauen.«

Niko und Valerian taten sich schwer, der Frau zu folgen und nickten daher nur freundlich lächelnd.

»Wo waren wir stehen geblieben?«, lallte Valerian in Nikos Richtung, »wie sind wir auf diese blöde Geschichte gekommen? Wieso habe ich sie dir überhaupt erzählt, gerade dir? Du bist ein schlechter Mensch. Hast du auch einen bösen Vater?«

»Mein Vater ist gestorben, als ich noch sehr klein war, ich hatte nur meine Mutter als Bezugsperson. Sie starb vor ein paar Jahren.« Niko sagte das kühl und emotionslos.

»Warst du immer schon so?«

»Wie ›so‹?«, fragte Niko absichtlich pointiert. Natürlich hatte er die Frage verstanden, aber er wollte sie nicht hören.

»Naja, so spießig eben, so brav, so korrekt. So langweilig.«

»Langweilig? Ich war nie langweilig. Aber der Ernst des Lebens verlangte von mir, so zu werden, wie ich eben bin.«

»Soll das heißen, du warst in jungen Jahren einmal ein wilder Draufgänger, wie Marlon Brando auf seinem Motorrad, bist vielleicht auch Che Guevara nach Südamerika gefolgt?«

»Moment, so alt bin ich nun auch wieder nicht, ich habe auch die Hippiezeit nur als kleines Kind mitbekommen. Aber wie einige meiner Klassenkameraden ließ ich mir mit siebzehn die Haare wachsen und fand prinzipiell alles bescheuert. Als ich während des Studiums für ein Semester nach Sydney ging, konnte ich mich so richtig ausleben, fühlte mich vollkommen frei und ungebunden, und habe mir in einer durchzechten Nacht auch ein Tattoo machen lassen.«

»Nicht wahr, du flunkerst, du willst einfach nur cool erscheinen, gib es zu.« Valerian sah Niko mit offenem Mund an, als dieser sein Hemd lupfte, gleichzeitig seine Hose ein wenig nach unten drückte und oberhalb der rechten Pobacke tatsächlich ein Tattoo zum Vorschein kam. Es zeigte den aggressiven Kopf eines Widders, darunter die Worte »Ready to Rumble«. Valerian begann herzhaft zu lachen, leerte seinen Schnaps und bestellte gleich noch einen.

»Scheiß die Wand an! Das ist ja unglaublich. Du hast ja wirklich ein Tattoo am Arsch! Wie bist du denn bloß auf dieses Motiv gekommen?«, wollte Valerian verzückt wissen.

»Ehrlich gesagt, ich weiß es nicht. Ich kann mich nur noch daran erinnern, dass wir zu fünft ziemlich betrunken in dieses Tattoo Studio gegangen sind, was danach geschah, weiß ich nicht, aber aufgewacht bin ich mit diesem Freund hier oberhalb meiner Pobacke. Wir nannten ihn Herbie.«

»Herbie? Wie der kleine süße Käfer? Wieso nicht Keiler oder The Beast oder so?«

»Keine Ahnung, irgendwie schien Herbie zu mir zu passen, ich wurde von meinen Freunden von diesem Moment auch nur noch so genannt. Das war lustig.«

»Nennt dich heute auch noch jemand Herbie?«

»Nein, als ich zu Hause ankam, mit langen Haaren und zerfetzten Jeans, war meine Mutter entsetzt. Sie kleidete mich vollkommen neu ein und sagte mir genau, mit wem ich ausgehen durfte und mit wem nicht. Von Herbie hat sie nie erfahren.«

»Sie hat Herbie nie gesehen?«

»Nein, das hätte sie wahrscheinlich umgebracht.«

»Aber Niko, wieso bist du nicht ausgegangen, mit wem du wolltest, hast dich mit lustigen Leuten getroffen, auf der Uni hängen doch genügend strange Typen herum.«

»Vielleicht gehorchte ich meiner Mutter aus demselben Grund, aus dem du nicht das Studium wechselst. Auf jeden Fall habe ich mich an mein Leben gewöhnt, ob du es nun langweilig oder spießig nennen möchtest, es gefällt mir so. Ich habe fertig studiert, einen netten Job bekommen, geheiratet, eine Wohnung gekauft, was man halt so macht.«

Die beiden Männer sahen sich lange an, als in diese ungewollte Stille die Wirtin mit den Schnitzeln platzte.

»Endlich, herrlich, ich habe echt schon mörder Hunger.« Valerian stach genussvoll in das vor Fett triefende Schnitzel und genoss den ersten Bissen.

»Schmeckt es ihnen?«, fragte die Wirtin, die am Tisch der beiden stehengeblieben war und darauf gewartet hatte, bis einer der beiden das erste Stück des Schnitzels gegessen hätte.

»Danke, sehr gut«, antwortete Niko gelangweilt mit vollem Mund, ohne sie dabei anzusehen.

»Wirklich gut«, bestätigte auch Valerian. »Das war sicher ein glückliches Schwein, das hier aus der Umgebung kommt, habe ich Recht?«

»Ganz genau«, sagte die Frau bestimmt und verschränkte die Arme. »Offensichtlich kennen sich die Herren mit guter Qualität aus.«

»Oh ja, Frau Wirtin, glauben sie mir, ich esse viele Schnitzel, aber das hier ist schon etwas Besonderes. Das haben sie wahrscheinlich mit sehr viel Liebe zubereitet, vielleicht bei einem

Lied von Hansi Hinterseer?« Valerian zwinkerte ihr mit einem Auge zu.

»Genau. Sie scheinen ein netter Kerl zu sein, netter auf jeden Fall als der Alte da«, sagte sie und zeigte abfällig auf Niko. Dem war die ganze Konversation vollkommen egal, er genoss nur sein Essen.

»Aber ich sag ihnen etwas, meine Herren, ganz im Vertrauen«, die Wirtin stützte sich mit den Händen auf den Tisch und beugte sich weit nach vorne, »gäbe es nur gute Schnitzel, gäbe es auch keine Kriege mehr. Weil ein Schnitzel isst jeder gerne, glauben sie mir, egal wo jemand herkommt oder welche Hautfarbe oder welche Religion er hat. Da können sie mir vertrauen, damit kenne ich mich aus.«

Valerian lächelte sie höflich an und während die Wirtin mit erhobenem Zeigefinger zurück zu ihrer Schank ging, fragte er sich, wie viele Moslems wohl jemals in ihrem Gasthaus ein Schweineschnitzel gegessen hatten.

»Und wo arbeitest du jetzt?«, fragte er Niko.

»Bei einem großen Energieversorger, ich bin Key Account Manager für Großkunden.«

»Macht das Spaß?«

»Naja, schon, ich bin viel unterwegs und treffe interessante Leute.«

»Das klingt ja tatsächlich nach irrsinnig viel Spaß! Dein Job ist sicher unglaublich komisch, du könntest wahrscheinlich Pointen ohne Ende aus einem schier unerschöpflichen Repertoire an Anekdoten schmettern.« Valerian lehnte sich zurück, hob sein Schnapsglas und sprach mit nasaler Stimme: »Wisst ihr noch, als ich letztens meinen Kunden, den Dr. Vormberg in Untersberg besucht habe. Der Dr. Vormberg, mein Freund, arbeitet bei den Obernberger Glaswerken. Also sagte ich meinem Freund: ›Lieber Dr. Vormberg, ihr bei Obernberg in Untersberg braucht auch Strom, und zwar den besten von mir.‹ Da sagt er mir doch glatt: ›Lieber Freund, wir von Obernberg bei Untersberg leben doch nicht hinterm Berg, ich als Vormberg bin auch nicht gaga, wir haben schon sehr lange den Strom aus solar!‹ Hahaha, war das eine lustige Episode.«

Valerian streckte den kleinen Finger vom Glas und trank seinen Schnaps.

Niko sah ihn mit ernster Miene an, presste seine Lippen aneinander und sagte schließlich: »Mein Job ist schrecklich. Das heißt, das stimmt so nicht, mein Job ist wirklich in Ordnung, aber mein Chef, er ist ein Tyrann. Er würde sich gut mit deinem Vater und Großvater verstehen. Sein Lieblingsspruch beim Salesmeeting jeden Montag in der Früh ist: ›Meine Herren, wissen sie, was das Schlimme am Wochenende ist? Da kann man niemanden feuern! Endlich ist Montag und die Woche hat begonnen. Ich erwarte Abschlüsse von ihnen, denn wer nicht gut performt, der macht mich unglücklich, und dann muss ich jemanden feuern, damit ich wieder glücklich werde. Also meine Herren, Fahrt aufnehmen!‹ Ich kann es schon nicht mehr hören, immer dieses ›Fahrt aufnehmen‹. Bei jedem Quartalsgespräch, bei dem meine Kunden besprochen werden, streicht er erst seine Haare nach hinten, kratzt sich am Kinn, nimmt seine Brille ab, reibt sich die Augen und sagt ›Kolschitzky, was soll ich mit ihnen machen? Sie sind ein guter Mann, aber ich glaube, da geht noch mehr. Sie sollten jetzt endlich einmal Fahrt aufnehmen.‹ Dabei ist er derjenige, der als letzter ins Büro kommt und als erster geht. So ein A…«, im letzten Moment hielt Niko inne, er konnte das Schimpfwort nicht aussprechen, auch wenn er am liebsten verschiedenste Ausdrücke geschrien hätte, wofür er wegen eines akuten Anfalls von Tourette-Syndrom eingeliefert worden wäre.

»Jetzt sag schon, Niko, was ist er? Wir sind hier unter uns, also los, lass es raus.«

»Nun, er ist ein unnetter Mensch.«

»Unnett? Was ist das für ein Wort? Der Bäcker an der Ecke ist vielleicht unnett, aber dein Chef?«

»Also gut, er ist ein ungehobelter Tyrann und Menschenfeind.«

»Na das war jetzt aber schlimm, und ordinär, na hör mir auf, na Gott sei Dank hat das niemand gehört. Naja, mehr wird wohl nicht aus dir herauskommen. Aber sag mal, sind alle deine Kollegen solche Psychopaten wie dein Chef?«

»Aber nein, wir sind eine ganz nette Truppe, gehen gemeinsam in die Kantine essen und so. Die meisten sind in meinem Alter, haben zwei Kinder und eine Scheidung hinter sich. Das Highlight im Leben ist die Wahl des neuen Dienstautos alle vier Jahre.«

»Seid ihr nur Männer?«

»Ja, unser despotischer Chef will keine Frauen in seiner Abteilung, also zumindest nicht in besseren Positionen. Er sagt immer, dass die Frauen nur schwanger würden oder bei ihren kranken Kindern zu Hause wären, anstatt zu arbeiten. Und wenn sie keine Kinder hätten, dann wären es unsympathische Kampfemanzen, die gegen die Männer in ihrem Büro kämpfen müssten und somit schlechte Stimmung ins Team brächten.« Niko drehte an seinem Bierglas und sinnierte vor sich hin: »Es ist eine Schande, in was für einer Welt leben wir, in der solche alten Chauvi-Ärsche immer noch das Sagen haben?«

Die beiden nickten still und schwiegen eine Zeit lang. Dann warf Niko Valerian einen prüfenden Blick zu: »Wenn du nicht Medizin studieren müsstest, was würdest du tun? Wenn du alle Freiheiten der Welt hättest, wo wärest du?«

»Noch zwei Schnäpse bitte!«, rief Valerian der Wirtin zu, kam mit seinem Kopf ganz nahe zu Nikos Ohr und flüsterte: »Hör gut zu, mein Freund, ich sage dir jetzt etwas, was ich noch niemandem erzählt habe. Noch niemandem, hörst du, ehrlich. Also darfst du es auch niemandem verraten, verstanden? Gibst du mir dein Ehrenwort?«

Niko nickte.

»Sag es, los, ich will hören, dass du mir dein Ehrenwort gibst«, lallte Valerian in Nikos Ohr.

»Natürlich, ich verspreche dir, dass ich alles, was du mir hier erzählst, für mich behalten werde.«

»Schwöre!«

Niko hob seine rechte Hand und legte seine linke auf einen Bierdeckel: »Na gut, ich schwöre.«

Valerian sah ihm einige Sekunden tief in die Augen und fing schließlich an: »Ich habe einen Traum, den habe ich schon, seit ich ein Teenager bin. Also eigentlich seit ich fünf Jahre alt bin, aber seit ich siebzehn bin, weiß ich genau, dass ich nichts Anderes machen möchte und habe mir auch schon die beste Schule dafür herausgesucht. Ich möchte, ich werde…« Valerian geriet ins Stocken. Niko legte seine Hand auf Valerians, wie ein Vater, und sprach mit ruhiger und tiefer Stimme: »Mir kannst du es sagen, vertrau mir, ich werde es niemandem erzählen. Vielleicht kann ich dir ja auch noch weitere Tipps geben, ich kenne auch viele Leute hier.«

»Das ist mir alles egal. Aber du darfst nicht lachen! Versprochen?«

»Versprochen!«

Valerian holte tief Luft: »Ich möchte Clown werden.«

Nach einer Schrecksekunde brach Niko in schallendes Gelächter aus. Er konnte sich gar nicht mehr einkriegen und wiederholte immer nur wieder »Clown … mit einer roten Nase … solche Idioten … und unlustig …«

»Es reicht!«, brüllte Valerian Niko so laut an, dass sogar die Wirtin erschrocken zu den beiden von der Theke hinübersah. »Ich hätte es dir nicht erzählen sollen, das war ein Fehler.«

»Nein, das tut mir leid«, sagte Niko und wischte sich die Tränen aus den Augen, »ehrlich, aber damit hätte ich jetzt wirklich nicht gerechnet.« Er nahm einen großen Schluck Bier und versuchte Valerian zu signalisieren, dass er sich für seinen Lachanfall schämte, tatsächlich würde er am liebsten weiter lachen und allen Menschen erzählen, dass der Typ da Clown werden wollte. Und zwar beruflich. Während er immer noch das Bier in sich hinein leerte, verstand er, dass Valerians Vater ihn dafür enterben und einweisen lassen würde.

Als er das Glas abgestellt hatte, nahm er wieder Valerians Hand: »Es tut mir leid, ich war sehr überrascht das zu hören. Aber je mehr ich darüber nachdenke, glaube ich, dass du bestimmt ein guter und lustiger Clown werden könntest«, log Niko.

»Ja«, sagte Valerian mit leiser Stimme, »ich fühle, dass ich das in mir habe, das Clowneske, ich kann Leute zum Lachen bringen. Weil du nach meinem Traum gefragt hast, am liebsten würde ich die Clownschule von Ivan Prodoloski in Kiew besuchen.«

»Kiew?« Niko konnte es nicht fassen und begann wieder laut zu lachen. Er hielt sich den Bauch, klatschte mit den Händen auf den Tisch, grunzte beinahe schon mehr als er lachte, während ihm die Tränen in Bächen über seine Wangen liefen.

»Valerian, hör doch mal«, versuchte Niko wieder mit einem gewissen Ernst, seinem scheinbar übergeschnappten jungen Nachbarn ins Gewissen zu reden, »Kiew, warum in aller Welt Kiew? Geh doch bitte nach Westeuropa oder Amerika, aber auf jeden Fall in ein zivilisiertes Land. In Kiew gibt es nichts außer politischen Unruhen. Und niemand lacht dort. Alle tragen nur graue Sachen, die Häuser sind alle grau, und alle saufen. Ich war in Kiew und habe das alles so erlebt, kannst mir glauben.«

»Wann warst du dort?«

»1992. Nein, 1993.«

»Niko, du lebst von irgendwelchen Eindrücken, die schon über zwanzig Jahre her sind. Glaubst du nicht, dass sich seither etwas verändert hat, dass die Leute anders geworden sind? Wann hast du das letzte Mal mit jemandem aus der Ukraine gesprochen?«

»Glaube mir, du bist noch jung und voll Enthusiasmus, aber mit meiner Lebenserfahrung kann ich dir sagen, diese Leute dort sind langweilig, verbittert und korrupt. Und sie saufen. Alle.«

»Dann höre mir einmal gut zu, alter weiser Mann mit Lebenserfahrung, die Schule von Ivan Prodoloski gibt es seit den siebziger Jahren, als der russische Nationalzirkus noch einen Namen und eine Bedeutung hatte. Ivan war der weltbeste Clown und hat viele Auszeichnungen bekommen. Seine Schule ist international anerkannt und drei seiner Absolventen durften letztes Jahr beim Festival in Monte Carlo auftreten. Noch Fragen?«

Niko musste in dieser Sache Valerian recht geben und starrte in sein Glas, fand die Idee mit der Clownschule aber immer noch ausgesprochen dumm.

Valerian hingegen kam jetzt erst so richtig in Fahrt, er hatte das Gefühl, einen Sieg über einen ignoranten alten Spießer mit vorgefassten Meinungen errungen zu haben.

»Und ich sage dir noch etwas, mein Freund. Und zwar noch ein Geheimnis, das ich noch niemandem verraten habe. Bist du bereit?«

Niko nickte und hatte Angst vor der nächsten Offenbarung Valerians, dass er sich gleich wieder nicht würde halten können vor lauter Lachen.

»Ich schreibe Gedichte und Liedtexte, und die werde ich an Bands schicken, und mit diesen Texten werden das ganz tolle Lieder und ich werde ein berühmter Songwriter.«

Niko biss sich auf die Unterlippe, nickte wieder stumm und versuchte dabei krampfhaft ernst zu bleiben.

»Ich werde dir jetzt meinen Lieblingstext aufsagen, den ich für ein Lied geschrieben habe, das es noch nicht gibt. Aber der Text enthält so viel Stärke und Kraft und Emotion, dass er bestimmt bald berühmt werden wird. Also:

Du glaubst dein Ende naht,
du siehst dich schon am Boden zerschellen,
doch ich bin schon in Fahrt,
mein Licht wird die Landebahn erhellen.

Ich bin dein Leuchtfeuer in der Nacht,
das habe ich immer schon gemacht.

Du glaubst du wirst ersaufen,
dein Boot wird untergehen,
doch habe keine Angst,
ich bin der Leuchtturm und kann dich sehen.

Ich bin dein Leuchtfeuer in der Nacht,
das habe ich immer schon gemacht.
Doch nun weißt du es ganz bestimmt,
dass dich mir keiner mehr wegnimmt.

Ich bin deine Stütze und dein Halt,
ich bin total in dich verknallt.
Zusammen sind wir eine Einheit,
auf der Suche nach der Freiheit.

Ich bin dein Leuchtfeuer in der Nacht,
und du, nur du, hast das Licht bei mir entfacht,
und es wird ewig für dich brennen,
weil wir gemeinsam durchs Leben rennen.«

Valerian senkte bedächtig seinen Blick und schloss die Augen, um zu betonen, wie sehr ihn dieser Text emotional mitgenommen hatte. Niko hingegen starrte ihn nur fassungslos an, bevor er seine Meinung zu diesem Gedicht kundtat: »Valerian, der Text ist einfach wirklich mitreißend.«

»Ehrlich? Meinst du das wirklich?« Valerian hatte entzückt den Kopf gehoben und strahlte Niko voll Freude an.

»Ja, das letzte Mal, als mich etwas so sehr mitgenommen hatte, war vor zwei Jahren, als ich etwas Schlechtes gegessen hatte und eine ganze Nacht lang am Klo verbracht hatte. Das hat mich wirklich mitgenommen, kannst mir glauben.«

»Du bist echt so ein fieser Arsch, von dir hätte ich mir das nicht erwartet!«

»Komm schon Valerian, das Gedicht ist Schrott, genauso wie der meiste Müll, der derzeit im Radio gespielt wird. Immer diese Texte voller Metaphern, die so unglaublich an den Haaren herbeigezogen sind, dass wenn ich das einer Frau sagen würde, sie wahrscheinlich einen Lachkrampf bekommen und davonlaufen würde.«

»Jetzt mach einmal einen Punkt, du verkorkster alter Sack, ich habe meine Gedanken zum Weltgeschehen, zu brisanten Themen der Gesellschaft, zur Liebe, zu allem möglichen eben in meinen Gedichten verpackt. Meine ganze Lebensphilosophie steckt in meinen Texten. Hast du nicht auch eine Art Philosophie, nach der du lebst?«

Niko musste zunächst lachen, doch dann dachte er nach, nahm dabei einen Schluck Bier, dann noch einen, und schließlich verkündete er voller Stolz:

»Das Leben ist wie ein LKW!«

Valerian blieb der Mund offen: »Willst du mich verarschen? Was ist das für ein Blödsinn? Ach lassen wir das…«

»Nein, nein, Valerian, ehrlich, das Leben ist wie ein LKW. Überlege doch einmal, wenn ein Lastwagen gebaut wird, wird er an jemanden verkauft. Dort bekommt er eine Ladung, irgendeine Ware, egal was, und die muss er jetzt zu seinem Bestimmungsort bringen, dort abladen und dann wieder zurückfahren. Und das wiederholt er so lange, bis er alt und kaputt ist, dann wird er verschrottet. Und mit uns Menschen ist das genauso, wir kommen auf die Welt, leer sozusagen, als Babys, doch je älter wir werden, steigen auch die Aufgaben, die Anforderungen an uns. Stell dir vor, du hast Frau und Kind, dann ist deine Ladung dafür zu sorgen, dass du eine Arbeit hast und Geld nach Hause bringst, dass du ein gutes Vorbild für dein Kind bist und so weiter. Irgendwann zieht das Kind aus und geht seiner eigenen Wege, dann hast du deine Ladung gut abgeliefert. Und diese Ladungen bekommst du dein ganzes Leben lang, eben so lange, bis du alt bist und stirbst, sozusagen verschrottet wirst. Und das Tolle an der Sache ist, dass du bis zu deinem letzten Atemzug immer noch eine Ladung hast, die du abzugeben hast, ob das die Würde ist, mit der du deine Schmerzen erträgst und damit ein Vorbild für andere bist, oder ob das ein Geheimnis ist, das du am Sterbebett preisgibst, irgendetwas hast du auch in deiner letzten Stunde noch geladen. Du musst allerdings danach trachten, diese Fracht an der richtigen Stelle abzuladen, erst dann bist du bereit ordnungsgemäß verschrottet zu werden. Oder vor den Himmelvater zu treten, das klingt vielleicht besser. Daher ist das Leben wie ein LKW.«

Die Wirtin hatte Nikos Lebensphilosophie mitangehört, als sie gerade die leeren Schnitzelteller abräumen wollte. Sie war fassungslos von so viel Lebensweisheit, ging wortlos zur Schank und kam nach nicht einmal einer Minute mit drei Schnapsgläsern wieder: »Herrschaften, das brauchen wir jetzt. Auf das Leben, das wie ein LKW ist.« Alle drei tranken die Gläser auf einmal aus und die Wirtin ging wieder hinter die Schank, wo sie noch ein weiteres Stamperl trank und dabei den Kopf schüttelte, als hätte sie die Weisheit des Lebens erfahren. »Das muss ich dem Hansi schreiben, der muss ein Lied daraus machen«, dachte sie sich und kritzelte einige Worte auf einen kleinen Block, damit sie unter keinen Umständen etwas von dieser Lebensweisheit vergaß.

»Ok«, sagte Valerian schließlich, »das hatte nette Ansätze, ist aber um keinen Deut besser als meine Gedichte.«

»Da gebe ich dir recht, aber ich hatte ja auch nicht wirklich Zeit, um darüber nachzudenken. Ich war auch nie ein Mann der tiefsinnigen Gedanken und Lebensweisheiten oder Gedichte. Ich bin dafür zu pragmatisch. Wenn die Fakten offen am Tisch liegen, dann ist es eben so, egal was es ist.«

»Du bist also vollkommen emotionslos, richtig?«, sagte Valerian und ihm wurde klar, weshalb Magdalena so an ihrem Mann verzweifelt war. »Aber eine Frage drängt sich mir auf, Niko, warst du immer schon so gefühlskalt? Zum Beispiel damals, in Sydney, als du offensichtlich eine schöne Zeit verbracht hattest, gab es da keine Momente der Freude, Trauer, Zorn?«

»Sydney war etwas Anderes, das gilt nicht, denn da war ich wirklich glücklich. Ansonsten konnte ich mich schon freuen, aber mit der Zeit überwog der Zorn, und das war nicht gut, also versuchte ich, dieses Gefühl zu unterdrücken und wurde abgestumpft, rational, wie auch immer du es nennen willst. Nur manchmal wurde das Gefühl des Zornes zu groß und ich musste es herauslassen. Es hat mich dann gepackt, hat mir Schmerzen im Magen verursacht, ich wollte schreien, aber das konnte ich nicht, das durfte ich nicht, das wurde mir verboten, als ich noch ein Kind war, und das habe ich noch in mir, ich darf nicht schreien, das gehört sich nicht. Aber ich musste diesen Schmerz loswerden, dieses fürchterliche Gefühl in meiner Magengegend, es hat so genervt, ja, das ist es, es hat genervt, ich habe am ganzen Körper zu zittern begonnen, also musste ich es beenden, es herauslassen, dieses nervende Gefühl, ich wurde immer zorniger, und ich konnte nicht schreien, aber es musste heraus, da sah ich die Scheune, und die Hacke, und ich lockte sie in die Scheune, sagte, sie müsse sich da bitte etwas ansehen, und sie bückte sich und ich nahm die Hacke und schlug auf sie ein. Ja, das tat gut, und ich schlug noch einmal, und noch einmal, und noch einmal. Und dann hielt ich inne und schloss die Augen. Es war ganz still um mich herum, nichts war zu hören, nicht das Wehen des Windes, das Rauschen des Baches, das Zwitschern der Vögel, nichts. Für einige Minuten war ich in meiner eigenen Welt. Und ich wurde ruhig, das Zittern hatte aufgehört, dieses nervende Gefühl im Magen war weg, komplett verschwunden. Ich atmete tief ein und aus. Und ich lächelte, war das schön, ich konnte fühlen, wie sich meine Mundwinkel nach oben bewegten und schließlich begann ich zu lachen, ganz leise, ich kicherte vor mich hin und war einfach nur glücklich. Ja, ich war erleichtert, dass der Schmerz endlich vorbei war. Es war vorbei.«

Valerian war fassungslos und starrte Niko an. »Du bist wahnsinnig. Komplett wahnsinnig, du gehörst eingeliefert.«

»Aber verstehst du denn nicht, was hätte ich denn tun sollen? Ich hatte die Wahl entweder sie umzubringen oder mich. Und ich entschied mich für mein Leben. Mein Leben. Ha, hatte ich denn ein Leben? Ich habe dahinvegetiert. Gelebt habe ich immer nur in den kurzen Augenblicken, da ich jemanden umgebracht habe. Ich bin kein schlechter Mensch, Valerian, wirklich nicht. Aber ich konnte nicht anders, ich musste es tun!«

»Aber was haben dir denn all die Menschen getan? Was war mit der Frau in dieser Scheune, von der du gerade erzählt hast? Wann war das?«

»Das ist schon lange her, ich war fünfzehn.«

»Wie bitte? Du warst noch ein Kind, hast zu Hause gelebt.«

»Ja genau, ich war mit meiner Mutter auf Urlaub, am Bauernhof, wir hatten uns irgendwo eingemietet. Diese Frau war die Mutter der Bäuerin, sie war schon sehr alt und wollte mir immer den Bauernhof zeigen. Ich war mit meinen fünfzehn Jahren aber überhaupt nicht am Stall oder der Landarbeit interessiert, ich wollte zurück in die Stadt. Und gestunken hat es dort immer, ich hasste dieses Landleben, und das tue ich heute auch noch. Und sie hat mich immer an der Hand genommen und mich in den Stall geführt, sie hat mir gezeigt, wie man Kühe mit den Händen melkt, und ich sollte es auch versuchen. Ich habe mich auf den Schemel gesetzt und zwei Zitzen umklammert, das war ein widerliches Gefühl und ich wollte wieder aufstehen, aber sie hat immer nur gesagt, dass ich doch drücken solle und quetschen. Ich habe mich beinahe übergeben, als die ersten Tropfen warmer Milch in den Kübel fielen. Meine Hände haben geklebt und nach kuhwarmer Milch gerochen. Aber ich durfte nicht aufhören, ich musste immer weitermachen. Sie kam mit ihrem Kopf ganz nahe zu meinem und ich konnte ihren üblen Atem riechen, der durch ihre Zahnlücken aus ihrem verfaulten Maul kam. Diese Tortur dauerte bestimmt fünfzehn Minuten, und als sie mir sagte, dass wir das morgen noch einmal tun würden, da verspürte ich zum ersten Mal diesen Schmerz, dieses nervende Gefühl in meiner Magengegend. Da wollte ich schreien und durfte nicht. Nach dem dritten Mal Kuhmelken habe ich sie umgebracht. Es war rund zehn Minuten, bevor wir wieder in die Stadt zurückfuhren. Die Hacke hatte ich im Auto versteckt, ebenso mein Gewand, das mit Blut bespritzt war. Ich hatte mir schnell frische Wäsche aus den Taschen genommen, die meine Mutter bereits ins Auto getragen hatte. Die Leiche wurde erst gefunden, als wir schon wieder auf dem Weg in die Stadt waren. Die Hacke und die Kleidung hatte ich in große Mülleimer irgendwo in der Stadt geworfen und sie wurden nie gefunden. Meine Mutter hatte einmal nach der Hose und dem

T-Shirt gefragt, aber ich fand eine Ausrede und das hatte ihr offensichtlich gereicht. Die tote Großmutter in der Scheune war natürlich das beherrschende Thema in den Medien in den kommenden Wochen und meine Mutter war entsetzt darüber, dass so eine schreckliche Tat begangen worden war, kurz nachdem sie mit ihrem unschuldigen Kind von dort abgereist war. Nachdem die Mordwaffe nicht gefunden wurde, gab es auch keinen Täter, der überführt werden konnte.«

»Die alte Frau hatte dir nichts getan!«

»Es war eine Befreiung. Ich konnte nicht anders, ich musste etwas tun, ich konnte das nicht mehr in mich hineinfressen.«

»Und mit den anderen war es ähnlich, hatten sie dich alle geärgert? Hatten sie dich im Geschäft nicht gegrüßt, sind sie auf der falschen Straßenseite gegangen, haben sie Kaugummi gekaut?«

»Nein, natürlich nicht, es gibt keinen roten Faden, ich kann es dir nicht sagen, weil ich es selbst nicht weiß. Ich musste sie einfach umbringen, weil sie dieses Gefühl in mir hervorgerufen haben, dieses unglaublich nervende Gefühl, das begonnen hatte, mich innerlich aufzufressen. Ich musste es tun, ich konnte nicht anders.«

»Und wie war das mit Magdalena?«

»Magdalena«, seufzte Niko den Namen seiner Frau, und es kam ein Gefühl der Vertrautheit und Liebe hoch, als er spontan an sie denken musste. »Mit Magdalena war das alles anders«, begann er seine Ausführungen. »Du musst wissen, Valerian, ...«

»It's raining men, halleluja, ...« Niko nahm wortlos das Handy und wollte es in seinem Bierglas ertränken, doch Valerian kam ihm zuvor.

»Gib es mir«, sagte er, nahm das Telefon, schaltete den Flugmodus ein und steckte es in seine Hosentasche. Niko bestellte daraufhin gleich noch ein Bier.

»Also«, fing Niko wieder an, »du musst wissen, dass ich Magdalena geliebt habe, und zwar wirklich und aufrichtig. Aber nur einige Jahre lang. Ich kann dir nicht sagen, wann es geendet hatte, aber nach ein paar Jahren war die Luft draußen und wir langweilten uns im Trott unseres eintönigen Lebens. Es hat sicher dazu beigetragen, dass sie keine Kinder bekommen konnte, aber es wäre unfair, alles nur darauf zurückzuführen. Weder sie noch ich hatten Hobbys, beziehungsweise hatten wir unterschiedliche Interessen. Für sie war Mode einfach alles und ich interessierte mich immer schon für Geschichte. Außerdem wollte sie immer wandern gehen, was ich über alles hasse. Über die Jahre haben wir uns auseinandergelebt, wir teilten nur noch die Wohnung. Wir hatten auch über die letzten Jahre keinen Sex mehr, nicht, weil wir den anderen abstoßend gefunden hätten, es war einfach keine Lust mehr da. Ich glaube auch nicht, dass sie mich betrogen hat, das wäre nicht ihr Stil gewesen. Sie ist einfach viel mit Connie herumgehangen, ist mir ihr in Bars und Discos gegangen. Für mich war das in Ordnung, so hatte ich mehr Ruhe zu Hause.«

Valerian musste unweigerlich an seine letzte Nacht mit Magdalena denken, an ihre Gespräche über Südafrika, ein Leben weit weg von diesem langweiligen Spießer. Sie war über die Jahre emotional neben ihrem Mann verhungert, vertrocknet wie eine Blume, die man nicht gegossen hatte. Valerian brachte sie wieder zum Blühen, und wie. Sie hatte auch schon früher immer wieder kurze Affären mit Männern, die ihr Connie vorgestellt hatte. Sie müsse sich auf ein

Liebesabenteuer einlassen, hatte ihr Connie gesagt, damit sie ihre Lust zu Hause wieder in Fahrt bringe. Aber nichts war geschehen, daheim war es langweilig wie eh und je und die Männer, mit denen sie ihre Seitensprünge hatte, waren im Grunde genau solche Spießer wir ihr Ehemann, nur, dass diese auch noch ihre Frauen betrogen. Mit Valerian aber war alles anders, dieser Mann strahlte pure Lebenslust aus, er war witzig, eloquent und er sah verdammt gut aus. Wenn sie mit ihm im Bett war, fühlte sie sich wie zwanzig, nur, wenn sie nackt im Badezimmer stand, erkannte sie, dass der Zahn der Zeit an ihrem Körper nicht Halt gemacht hatte. Eines Tages hatte sie Valerian überrascht, als sie ihren nicht mehr ganz straffen Po frustriert im Spiegel betrachtete. Sie erschrak, als sie ihn bemerkte und wickelte sich ein Handtuch um ihren Körper. Doch er lächelte nur, flüsterte ihr ins Ohr, was für eine tolle und sexy Frau sie doch wäre, riss ihr das Handtuch aus der Hand und liebte sie an Ort und Stelle nach allen Regeln der Kunst. In seinen Armen konnte sie endlich wieder Frau sein, sich fallen lassen, sich hingeben, sich begehrenswert fühlen. Mit Valerian wollte sie ein neues Leben beginnen und Niko verlassen, doch dazu kam es nicht mehr.

»Wieso hast du Magdalena bloß erschossen?«, fragte Valerian mit einer gewissen Resignation in seiner Stimme.

»Ich wollte das nicht, aber ich hatte keine andere Wahl.«

»Ja, das kenne ich schon von den anderen Morden, du hattest dieses nervende Bauchgefühl.«

»Nein, bei ihr war es anders, ganz anders. Am gleichen Tag, ganz in der Früh, hatte ich einen alten Mann unter einem Vorwand in den Wald gelockt und ihn auf einer kleinen Lichtung getötet. Nicht dort, wo wir die anderen Leichen versteckt hatten, sondern an einer Stelle, die nicht weit von Wanderwegen entfernt war.«

»Du hast am gleichen Tag, nur ein paar Stunden zuvor, schon einen Mann umgebracht?«

»Ja.«

»Wieso?«, fragte Valerian und war außer sich.

»Es würde jetzt zu lange dauern, das zu erklären und es tut nichts zur Sache. Aber ich sage dir, die ganze Woche war recht intensiv, was die Anzahl der Leichen anbelangt. Jedenfalls war es relativ früh und die ersten Sonnenstrahlen schienen auf das taufrische Gras. Ich verstehe jetzt, was Jäger an einer Frühpirsch so schon finden, es geht nichts über einen Mord unter den ersten Sonnenstrahlen. Aber ich schweife ab, ich hatte ihn also dort mit einem dicken Ast erschlagen. Ich habe übrigens alle meine Opfer immer nur erschlagen, die Pistole hatte ich nur für Notfälle dabei. Wie dem auch sei, als Schutz vor seinem Blut trug ich Hose und Jacke aus Gummi, so ähnlich, wie wir sie verwendet haben. Ich zog ihn auf einer Plane, die ich vorher dort platziert hatte, bis zu dem Loch am Rande der Lichtung, das ich während der Nacht ausgehoben hatte, um ihn dort zu vergraben. Dort warf ich den alten Mann mitsamt der Plane und meiner Schutzkleidung hinein, als plötzlich eine alte, aber durchaus noch rüstige Frau mit ihren Nordic Walking Stöcken bei mir vorbeikam. Ich frage mich bis heute, was es mit diesem Nordic Walking auf sich hat, können die Leute nicht einfach ohne Stöcke spazieren gehen? Oder sind alle Skandinavier gehbehindert und brauchen diese Stöcke, damit sie nicht auf dem Weg zum Supermarkt umkippen. Oder sind sie ständig betrunken und benötigen sie deshalb? Verstehst du das, Valerian?«

Valerian starrte ihn nur an und versuchte zu begreifen, was Niko ihm da alles erzählte.

»Na egal«, fuhr Niko fort, »diese Frau kam zu mir nordicgewalked und fragte mich, ob ich für die Forstbetriebe arbeite, weil ich schon so fleißig und früh mit der Schaufel am Werk sei. Ich erklärte ihr recht barsch, dass hier strahlenverseuchtes Material gefunden worden sei, und dass sie so schnell wie möglich von hier verschwinden solle. Sie schaute mich verdutzt an, drehte sich dann aber doch ruckartig von mir weg und ging in den Wald hinein. Als sie sich nach wenigen Metern noch einmal zu mir umdrehte, dabei aber weiterging, stolperte sie über einen kleinen Erdhaufen und fiel hin. Sie bat mich um Hilfe und nachdem ich ein Gentleman alter Schule bin, ging ich zu ihr und half ihr wieder auf. Ob ich denn Jäger sei, wollte sie wissen, was ich natürlich verneinte, und was denn da in dem Loch sei. Ich sagte ihr noch einmal deutlich, dass ich ein Nuklearwissenschaftler sei, dass sie das aber nichts anginge und sie endlich ihre blöden Stöcke nehmen und verschwinden solle. Aber sie schubste mich auf die Seite, schaute in das Loch und entdeckte den toten alten Mann. Sie sah mich entsetzt an, ging einige Schritte rückwärts und nachdem sie ihre Stöcke nicht dabeihatte, stolperte sie über einen anderen Erdhügel, den ich dort vor einigen Tagen angelegt hatte. Sie blickte erschrocken um sich und sah alle sieben Gräber. Offensichtlich war sie eine alte Krimi-Seherin und erkannte sofort, dass rund um sie lauter Leichen lagen. Sie schrie mich an, rief um Hilfe und wollte weglaufen, da nahm ich meine Schaufel und zog sie ihr über den Schädel. Sie liegt jetzt bei dem alten Mann im Grab.«

Niko genoss einen großen Schluck Bier, wischte sich den Schaum vom Mund und erzählte weiter: »Das mit den

Erdhügeln war natürlich unvorsichtig von mir, aber ich hatte damals keine Zeit und musste die Menschen möglichst rasch verschwinden lassen, was ja auch ganz gut funktioniert hat. Nachdem ich die alte Nordic-Walkerin zum Loch gezogen hatte, und da ich meine Schutzkleidung bereits ausgezogen hatte, waren meine Hose und mein Pullover von oben bis unten mit Blut bespritzt. Ich dachte also, dass ich mich zu Hause schnell umziehen und die Kleidung entsorgen würde. Magdalena wäre bis dahin schon längst im Büro und würde das alles nicht mitbekommen. Doch sie war zu Hause. Aus irgendeinem Grund begriff sie sehr schnell, dass ich von oben bis unten Blut an meiner Kleidung hatte und fragte mich auch direkt, ob ich jemandem umgebracht hätte. Ich konnte sie nicht anlügen, das konnte ich noch nie, also sagte ich ihr die Wahrheit und erschoss sie, damit sie mich nicht verraten konnte. Du musst das verstehen, Valerian, es war eine reine Notmaßnahme, ich musste sie töten, um nicht ins Gefängnis zu kommen. Das verstehst du doch?«

»Es ist genug, du bist ein brutaler Massenmörder, ich gehe jetzt zur Polizei und liefere dich aus!«

»Vergiss es, du bist vollkommen betrunken, dir werden sie nicht glauben, und die Gräber wirst du nie wiederfinden. Und außerdem, ich schwöre dir, sobald du an der Schwelle zur Polizeistation stehst, werde ich dich erschießen.«

Die beiden Männer starrten sich an, keiner verzog auch nur eine winzige Miene, als Valerians Kinn leicht zu zucken und er schließlich heftig zu heulen begann. Er stützte seinen Kopf in seine Hände und schluchzte so laut, dass die Wirtin mit zwei Schnäpsen zum Tisch lief.

»Was hat er denn? Geht es ihm nicht gut?«, fragte sie ganz besorgt. »Na, der Schnaps wird ihm schon helfen, das tut er immer«, sagte sie mit offensichtlich großer Erfahrung. »Sie müssen nämlich wissen, dass der Alkohol sowohl eine beruhigende als auch eine aufmunternde Wirkung hat, das ist wissenschaftlich bewiesen.« Wieder hob sie mahnend ihren Zeigefinger wie eine Lehrerin und ließ die beiden alleine.

Nach einer Weile hatte Valerian mit dem Heulen aufgehört, trank den Schnaps und sah Niko mit seinen nassen Augen an: »Warum, Niko, warum? Nur weil du ein frustrierter Typ bist, kannst du doch nicht reihenweise Leute killen. Und lass mich da endlich raus, ich kann nicht mehr. Mein Leben ist genauso beschissen wie deines, ich fühle mich leer, nutzlos, am Arsch. Aber wegen dir will ich nicht im Knast landen, lass mich endlich gehen.«

»Pass auf«, sagte Niko, nahm Valerians Unterarm mit einem so festen Griff, dass es diesem schon weh tat und sah ihm mit einem stechenden Blick in die Augen, ganz anders, als er es bisher getan hatte, so, dass Valerian glaubte, ein anderer Mann säße vor ihm, »Valerian, ich verspreche dir, ich lasse dich vollkommen unbeschadet aus dieser Sache raus, aber auch du musst mir dafür etwas versprechen.«

»Ja?«

»Du bist unglücklich, also ändere dein Leben. Ich habe es verabsäumt, aber du kannst die Kurve noch kratzen. Du hast einen Traum, den du nur umzusetzen brauchst. Steig in den Flieger nach Kiew und werde Clown. Versprich mir, dass du diesen Traum verwirklichen wirst. Du bist noch jung, mach was aus deinem Leben, wirf es nicht weg, denn genau das machst du gerade. Du wirst noch das gleiche Ende nehmen wie dein Onkel. Also tu etwas dagegen.«

»Das geht nicht so leicht, du weißt, mein Vater würde …«

»Hör auf, dich auf deinen Vater auszureden. Du bist zu alt, um immer die Schuld auf deinen Vater zu schieben. Es wird Zeit, dass du dich emanzipierst und deinem Vater heimzahlst, was er dir bisher angetan hat. Werde Clown, damit wird er nicht fertig!«

»Ich wollte das doch schon machen, aber es gibt ein großes Problem: die Schule kostet ein Vermögen.«

»Und du hast natürlich nicht genug Geld und kannst auch nicht deinen Vater fragen. Bekommst du einen Kredit bei deiner Bank?«

»Nein, alles läuft immer nur auf meinen Vater, ich habe gar nichts und würde auch nie Geld von der Bank bekommen.«

»Hat dein Vater kein Aktiendepot oder ein Sparbuch oder sonst etwas für dich angelegt?«

»Nein, er hasst alles, was mit Banken zu tun hat und hat nur einen kleinen Teil am Konto liegen. Das meiste Geld hortet er bei sich zu Hause im Tresor. Wenn ich Geld nötig hatte, gab er es mir immer in bar.«

Niko spielte mit einem Bierdeckel, den er an die Tischkante legte, mit den ausgestreckten Fingern von unten hochwarf und dann in der Luft wieder fing. Das wiederholte er einige Male, bis er leise und ganz nebensächlich fragte: »Hast du den Code zu dem Safe? Oder den Schlüssel?«

»Der Tresor hat ein Zahlenschloss und ich habe den Code, genau wie meine Mutter und meine Geschwister. Wieso?«

Niko hob eine Augenbraue und lächelte Valerian an.

Da wurde ihm klar, was Niko vorhatte: »Nein, niemals, wie soll das gehen?«

»Überleg doch, Valerian«, flüsterte Niko, der den Kopf konspirativ gesenkt hatte und jedes Wort vor der Wirtin und den anderen Männern im Gasthaus geheim halten wollte, »in diesem Tresor liegt deine Zukunft. Wie viel Geld ist da drin, ein paar hunderttausend Euro bestimmt, oder? Wir brechen dort ein, nehmen das Geld und fangen ein neues Leben an, du in Kiew und ich, ich … Egal, wir machen das, was wir wollen. Dein Vater verdient genug Geld, der wird schon nicht am Hungertuch nagen. Und außerdem hat er bestimmt schon ein schönes Sümmchen steuerschonend ins Ausland gebracht, wetten? Also, lass uns bei deinen Eltern einbrechen. Du kennst dich dort gut aus, oder? Du weißt doch bestimmt, wie man die Alarmanlage ausschalten kann, wann deine Eltern einmal verreist oder in die Oper gegangen sind. Was meinst du?«

Valerian hatte aufmerksam zugehört und wusste dennoch nicht, ob er das tun sollte: »Ich bin mir nicht sicher, was ist, wenn wir erwischt werden?«

»Dann nehme ich das auf meine Kappe und sage, dass ich dich erpresst hätte oder so ähnlich. Komm schon, es geht um dich!«

»Aber es ist doch das Geld meines Vaters?«

»Hey, also wer ist hier der Kommunist von uns beiden? Dein kapitalistischer Vater hortet das Vermögen, gibt seinen Kindern nix davon, tyrannisiert seine Familie und du findest das in Ordnung? Das Geld würdest du nach seinem Tod ohnehin erben, weshalb so lange warten, nimm es dir doch jetzt, es steht dir zu, es gehört dir ja schon.«

Da funkelten Valerians Augen plötzlich, Niko hatte den Nagel auf den Kopf getroffen, das Geld wäre tatsächlich seines, allerdings erst in einigen Jahren, und er würde sich doch nur bereits jetzt holen, was ihm ohnehin rechtmäßig zustünde.

Nachdem die Eltern nie wieder etwas von ihm hören würden, bräuchte er auch kein Erbe, somit wäre das in Ordnung.

»Gut, lass es uns machen. Morgen planen wir den Einbruch in das Haus meiner Eltern«, sagte Valerian voller Euphorie.

8 DIE JÄGER

Es war knapp vor Mitternacht, als die beiden Männer das Gasthaus verließen. Vor allem Valerian war vollkommen besoffen und wankte stark nach links und rechts, Niko konnte noch Auto fahren. Zumindest redete er sich das ein, wie das viele Betrunkene machten. Für den Fall, dass die Polizei sie aufhalten würde, hatten sie beschlossen, Trotzki ins Röhrchen blasen zu lassen, da er ja noch am nüchternsten von allen sei.

Sie fuhren mit dem dunkelblauen DPS Lieferwagen langsam die Landstraße entlang, die direkt in die Stadt führte. Niko versuchte einerseits, so nüchtern wie möglich zu wirken und zog dabei die Augenbrauen zusammen, um seine Konzentration zu steigern. Andererseits streckte er seine Hand aus dem Fenster und hielt sie in den Fahrtwind, machte mit ihr Wellenbewegungen und ahmte damit Delphine nach, die zu seinen Lieblingstieren zählten. Das ganze untermauerte er mit Blasgeräuschen, wie Kinder es machten, wenn sie mit einem Spielzeuglastwagen spielten.

Valerian hielt Trotzki mit seinen Händen hoch, sodass beide Köpfe auf gleicher Höhe waren: »Jetzt heißt es Ausschau halten nach dem Feind, Genosse Trotzki.« Hund und Mensch starrten mit zusammengekniffenen Augen starr geradeaus und suchten die Straße nach verdächtigen, nach Polizei aussehenden Autos am Straßenrand ab. Valerian formte dabei aus seinen Händen einen Gucker, den er auch Trotzki reichte. »Konntest du schon ein Mitglied der systemerhaltenden Gruppe von korrupten, obrigkeitshörigen Kapitalisten erspähen, Genosse?«, versuchte Valerian mehrmals zu formulieren, tatsächlich kam aber nur so etwas wie: »Kot … zende Mit … orsch … Gosse«, heraus.

»Genosse Kraftwagenführer!«, schrie Valerian plötzlich in Nikos Richtung, »es ist etwas ganz Schlimmes geschehen.«

»Was ist denn, Valerian, ist jemand gestorben?«

Da musste er kichern. »Der war gut, alter Mann, der war gut«, lallte er und deutete mit dem Daumen in Richtung Laderaum, in dem vor ein paar Stunden noch Leichen lagen, »nein, hör gut zu, all die Menschen, die auf ihre Bestellungen warten, die in unserem Auto liegen, hinten drinnen, die warten jetzt umsonst. Das ist eine Tragödie.«

»Meinst du das im ernst?«

»Ja natürlich. Stell dir vor, nur so als Beispiel, ein Mann hat einen Hund bekommen, ganz plötzlich, und er hat ihm einen Hundenapf bestellt, mit dem russischen Stern darauf, den er mit dem Hund gemeinsam ausgesucht hat, und die beiden warten auf diesen Napf, aber er kommt niemals an.« Valerian sah Trotzki an und begann zu weinen, woraufhin auch Trotzki zu heulen anfing. »Siehst du, was das für eine Tragödie ist?«

»Nun gut,« sagte Niko schnell, um das Heulkonzert zu beenden, »wir werden morgen früh die Pakete ausliefern, in Ordnung?«

»Ja, das sollten wir tun, wir alle drei. Das ist unsere Aufgabe als bewusste Mitbewohner unseres Planeten. Jawohl!«

Niko hatte keine Ahnung, was ein bewusster Mitbewohner sein sollte, führte das aber auf seinen schon recht angeheiterten Zustand zurück.

»Ja«, sagte er schließlich nachdenklich, »morgen werden wir wieder zu braven Mitbürgern, morgen.«

Zielsicher chauffierte Niko den Kleinlastwagen nach Hause und eine halbe Stunde später bogen sie in ihre Gasse ein. Er fuhr sehr langsam und suchte einen Parkplatz, was in seiner Gegend Mangelware war. Genau in dem Moment, als sie an ihrem Haus vorbeischlichen, stolzierte Connie mit großen Schritten in ihren High Heels auf den Hauseingang zu, wie immer mit einer Zigarette in der Hand.

»Verdammt«, flüsterte Niko und rempelte Valerian an, »was macht die da?«

»Hey, vielleicht mag sie mit uns noch einen Tequila trinken? Du hast doch noch einen, oder? Ich werde sie einmal rufen.« Valerian lehnte sich schon über Nikos Schoß, worauf dieser ihn unsanft wieder zurück schubste.

»Spinnst du komplett?« Niko beschleunigte und bog schnell in die nächste Quergasse ein. Böse sah er zu Valerian hinüber: »Connie sucht immer noch Magdalena, wir müssen uns vor ihr verstecken.«

»Aber geh«, lallte Valerian, »sie ist eine nette Frau, und wenn wir ihr alles erklären und erzählen, dass du unglücklich mit Magdalena warst, und dass du sie deshalb umbringen musstest, dann wird sie das bestimmt verstehen. Dann trinken wir alle einen Versöhnungstequila und alles ist wieder gut. Hast du schon einmal einen Versöhnungstequila getrunken? Da trinkt jeder aus seinem Glas und leckt dann das Salz von der Hand eines anderen. Das wirkt so verbindend, Bro, ehrlich.«

»Halt den Mund, du Idiot! Das ist ekelig! Denk doch einmal mit, bitte, nur ein einziges Mal. Du redest so viel Blödsinn!«, brüllte Niko so laut, dass sich sogar Trotzki bei Valerians Füßen verkroch. »Wir müssen uns verstecken, dieses Teufelsweib wird uns noch verraten. Wir fahren in ein Hotel, irgendwo am Stadtrand, in irgendeine billige Absteige, wo wir nicht auffallen. Und morgen werden wir sehen, was wir tun. Aber jetzt dürfen wir kein Aufsehen erregen!«

Niko war außer sich und sein Kopf hatte sich hochrot gefärbt, während er den Wagen immer weiter von zu Hause wegfuhr. »Das ist alles so ein Mist, nichts läuft so, wie ich es geplant hatte, gar nichts. Wir müssen vorsichtig sein, müssen so tun, als ob nichts geschehen wäre. Wir müssen ruhig bleiben, ganz ruhig. Hast du das verstanden, Valerian, hast du mir zugehört?«

»Yes, Captain, yes. Nicht auffallen. Private Trotzki und Sergeant Valerian werden nicht auffallen. Wir werden uns Schuhpaste ins Gesicht schmieren und uns im Schatten der Dunkelheit verstecken«, antwortete Valerian schnell und salutierte dabei mit der Hand.

»Valerian!«, schrie ihn Niko an. »Es geht um unser Leben! Verstehst du das denn nicht? Man darf uns nicht finden! Du bist so ein Kindskopf, werde endlich einmal erwachsen und übernimm Verantwortung für dein Leben. Such dir einen vernünftigen Job und leiste einmal etwas, so wie ich!«

»Oh ja, klar, du bist ja so zufrieden in deinem Beruf und du magst deinen Chef ja so sehr. Niko, du bist mein totales Vorbild«, sagte Valerian, während sie an einer roten Ampel stoppten.

»Lass meinen Chef da raus, diesen Trottel. Dieser …«, plötzlich hielt Niko inne. Denn auf der anderen Straßenseite machte sich ein dicklicher Herr daran, die Straße zu überqueren. »Da ist der Mistkerl! Valerian, das ist mein Chef. Ich hasse ihn!« Nikos Hände begannen zu zittern, als der Mann seinen Fuß auf den Zebrastreifen setzte.

Sein Blick wurde starr. Ganz ruhig sagte Niko: »Ich werde jetzt Fahrt aufnehmen, lieber Chef, so wie sie das immer wollten. Ich nehme jetzt Fahrt auf!«

Der Motor heulte laut auf und die Reifen quietschten kurz, als Niko das Gaspedal bis zum Anschlag durchdrückte und auf den Mann zufuhr, der sich bereits in der Mitte der Straße befand. Valerian erkannte erst jetzt, was Niko vorhatte. »Nein!«, schrie er entsetzt und griff ins Lenkrad, doch in diesem Moment rammte der Lieferwagen den Körper des Mannes. Es hob die beiden fast aus ihren Sitzen, als sie ihn überrollten. Ohne noch einmal in den Rückspiegel zu sehen, raste Niko davon. »Jetzt habe ich wohl genug Fahrt aufgenommen, du Arschloch!«, zischte er und rauschte mit dem Lastwagen Vollgas durch die Straßen.

Die folgenden Minuten herrschte vollkommene Stille im Auto, Niko hatte sein Tempo wieder reduziert und nur das Brummen des Motors war zu hören. Valerian wollte Niko fragen, weshalb er das getan hatte, doch er konnte sich die Antwort selbst geben und ließ es bleiben. Ohne es zu merken, hatte er Trotzki auf seinen Schoss gehoben und streichelte ihn, um sich selbst zu beruhigen. Er war durch den Schock bestimmt nicht nüchtern geworden, doch seine Gedanken schienen jetzt wieder klarer zu werden.

Niko selbst war abwesend, er lenkte das Auto wie ferngesteuert. Wie sehr hatte er sich gewünscht, dass sein widerlicher Chef einmal »ganz unerwartet« das Zeitliche segnete, dass seine verkalkte Aorta beim Stuhlgang platzen würde. Und nun? Sein Peiniger war tot, doch er verspürte keine Genugtuung, keine Erlösung. Denn in diesem

Augenblick war ihm bewusstgeworden, dass er nie wieder ins Büro zurückkehren könne, nicht nach all dem, was in den letzten Tagen geschehen war. Aber seine Kollegen, die ebenfalls unter dem Chef gelitten hatten, waren ab jetzt von ihm befreit. Bei diesem Gedanken überkam ihn ein kurzes Gefühl der Freude, war dies sein erster Mord, der anderen zugutekam, der vielleicht sogar etwas Gutes bewirkt hatte?

»29,90« leuchteten ihnen die roten Ziffern auf der LED Tafel des Hotels entgegen. Sie stellten den Lieferwagen in einer Nebengasse ab und gingen ins Hotel. Der Rezeptionist, ein unrasierter Mann mittleren Alters, hielt den beiden die Meldezettel hin. »Hier eintragen. Name reicht.« Sein Atem roch nach Nikotin und Alkohol. Er schlenderte wieder nach hinten, um einen Zug von seiner Zigarette zu nehmen. Niko und Valerian sahen sich kurz an und wussten, dass sie falsche Namen verwenden müssten.

Valerian starrte auf das Papier, das mit unübersichtlichen Felder bedruckt war, und vor seinen betrunkenen Augen schienen sich diese auch noch zu bewegen. Der Rezeptionist war wieder zurückgekommen, nahm Nikos Zettel entgegen und sah, dass Valerian immer noch nichts geschrieben hatte. Er zeigte mit seinen vom Nikotin vergilbten Finger auf das Namensfeld und sagte: »Bauer. Hier schreiben sie Bauer hinein. Schmid haben wir die Woche schon viele gehabt.« Dann nahm er Nikos Meldezettel: »Sie zahlen bar, Herr, äh, Ulrichsthal?«

Valerian sah Niko fragend an, der nur mit den Achseln zuckte und dem Rezeptionisten dreißig Euro in die Hand drückte.

»Der Hund kostet normalerweise extra, ist mir aber egal. Machen sie mir bitte keine Sauerei. Frühstück gibt es ab sieben.

Zimmer hundertdrei. Wünsche eine gute Nacht und viel Spaß. Ich kann mir schon vorstellen, wer von ihnen der innere Löffel ist.« Der Rezeptionist grinste Valerian an und schob den Schlüssel über den Tresen. »Ach ja, check out ist um zehn Uhr, Frühstück gibt es bis halb elf.«

Das Zimmer war klein, rund um das Doppelbett gab es gerade einmal einen halben Meter Platz. Schief an der Wand hing ein Flachbildfernseher, der nur wenige unscharfe Programme zeigte. Im Badezimmer konnte man sich kaum umdrehen, ohne über die Klomuschel zu stolpern, dafür war die Dusche wenigstens sauber und nicht von Schimmel befallen.

Valerian füllte Wasser in den Plastikbecher neben dem Waschbecken und gab es Trotzki zu trinken. Dann legte er sich auf das Bett und schlief sofort ein.

Niko nahm noch eine Dusche und versuchte, wieder einen klaren Kopf zu bekommen, doch er war so müde, dass er bereits nach wenigen Sekunden auf dem Bett eingeschlafen war.

Plötzlich klopfte jemand ganz laut an die Türe. »Aufstehen. Zimmerservice!« Niko schreckte hoch und wusste im ersten Moment gar nicht, wo er war, geschweige denn, wie spät es denn sein könnte. Er wollte die Frau schon wegschicken, als er aus dem Fenster sah und bemerkte, dass es bereits Vormittag sein musste. Vorsichtig öffnete er die Türe einen Spalt und eine freundliche junge Frau mit einem Staubsauger in der Hand lächelte ihm entgegen: »Bitte aufstehen, ich muss ihr Zimmer machen, es ist schon nach zehn Uhr.«

Niko rieb sich kurz die Augen, nickte der Dame zu und sagte ihr dann, dass sie in zehn Minuten wiederkommen könne.

Müde, blass und mit Kopfweh schleppten sich die beiden Männer hinunter in den Frühstücksraum. Nur Trotzki war munter und wedelte wie immer fröhlich mit dem Schwanz. Valerian saß vor seinem Kaffee, den ihm Niko gebracht hatte, und starrte auf die Tasse. Niko nippte an seinem Espresso und hielt sich den Kopf. Aus dem Radio kamen Schlagerlieder des lokalen Senders. »Nicht schon wieder,« dachte sich Niko und fühlte sich unweigerlich an die letzte Nacht im Gasthof erinnert. »Und jetzt die Schlagzeilen«, tönte es aus den Lautsprechern, »es ist zehn Uhr dreißig. In der Nacht kam es auf der Kennedystraße zu einem schweren Unfall. Ein Lieferwagen eines Paketzustellers überfuhr einen Fußgänger, der gerade die Straße überquerte. Der Mann war auf der Stelle tot, der Fahrer des Lieferwagens beging Fahrerflucht. Derzeit fahndet die Polizei nach dem flüchtigen Lenker.«

Niko und Valerian schreckten hoch und sahen sich entsetzt an. »Wir müssen den Wagen entsorgen. Los, trink aus und lass uns gehen«, sagte Niko schnell und stand auf.

»Warte noch kurz.« Valerian nahm nur einen Schluck seines Kaffees. »Ich bekomme gleich ein Fax aus Darmstadt.«

»Wie bitte? Valerian, lass diese Sprüche, wir müssen gehen.«

»Ehrlich, ich muss die Keramikschale noch füllen, dem Toilettengott ein Opfer bringen.«

»Oh nein, du musst jetzt aufs Klo? Kann das nicht warten?«

»Nein. Niko, du musst wissen, ich habe einen trainierten Darm. Jeden Tag nach dem Aufstehen muss ich auf die Toilette, das war bei mir immer schon so, seit ich in den

Kindergarten gehe. Meine Mutter wollte nämlich nicht, dass ich auf öffentliche Toiletten gehe.«

»Beeil dich aber!« Niko wurde leicht nervös, da der Lieferwagen ja gleich um die Ecke stand und er befürchtete, dass man sie im Hotel suchen würde.

Wenige Minuten später verließen die Männer das Hotel, Valerian hatte dabei seinen Hoodie über den Kopf gezogen, um nur ja nicht erkannt zu werden. Und das war auch gut so, denn als sie um die Ecke bogen, standen bereits mehrere Polizisten rund um das DPS Auto. Niko konnte Valerian gerade noch zurückhalten und so gingen die beiden schnell in die andere Richtung.

»Bloß nicht laufen, damit wir nicht auffallen«, sagte Niko rasch.

»Wir trippeln wie Balletttänzer mit kleinen schnellen Schritten, meinst du nicht, dass das noch auffälliger ist?«

»Egal, lass uns jetzt bloß von hier verschwinden. Zwei Straßen weiter ist die U-Bahn, die sollten wir nehmen und nach Hause fahren.«

»Bist du sicher, Niko? Hör mal, die suchen uns. Hast du nie Scotland Yard gespielt, du weißt schon, das Brettspiel, bei dem ein Mister X von Polizisten in London gejagt wird. Das erste, was die Agenten blockiert hatten, war die U-Bahn.« Valerian erwartete sich eine besserwisserische Antwort von Niko, so wie immer, aber diesmal gab er ihm recht.

»In Ordnung«, sagte Niko, »wir gehen ein Stück zu Fuß. Die suchen ja nicht uns beide, sie wissen ja gar nicht, wen sie suchen sollen. Wir nehmen weiter vorne den Bus und fahren dann nach Hause. Und dort überlegen wir uns die nächsten Schritte.«

Eine halbe Stunde später stiegen Niko und Valerian aus dem Bus und schlichen langsam die wenigen Gassen nach Hause. Sobald sie um eine Ecke biegen mussten, warfen sie einen vorsichtigen Blick in die Straße um sicherzugehen, dass nicht die Polizei irgendwo lauerte. So versuchten sie, möglichst unauffällig bis zu ihrem Haus zu gelangen. Sie schlossen die Türe auf, huschten ins Stiegenhaus und sahen, so weit wie es ging, die Treppen hinauf, um nicht vielleicht doch von der Polizei überrascht zu werden. Auf Zehenspitzen schlichen sie zu Nikos Tür, der ganz leise seine Wohnungstüre aufsperrte.

»Hallo, ihr zwei!«, sagte eine Stimme aus dem dritten Stock ganz ruhig.

Niko und Valerian zuckten zusammen und drehten sich blitzartig um. Connie. Sie schlenderte die Treppen herunter und tötete auf einer Fensterbank ihre Zigarette aus.

»Wo kommt ihr denn her? Saufen gewesen? Ach, Entschuldigung, Niko, du gehst ja niemals saufen, oder, du gehst immer nur trinken, ganz elegant. Und dein Freund hier?«

»Connie«, stammelte Niko, »das ist Valerian, unser Nachbar.«

Connie ging langsam auf Valerian zu und stellte sich ganz nah neben ihn. »Du bist also Valerian, verstehe.« Sie wusste natürlich, wer er war, denn Magdalena hatte ihr schon viele Fotos von ihm gezeigt und ihr ausführlich von seinen körperlichen Fähigkeiten erzählt.

Niko sah sie verdutzt an: »Was verstehst du?«

»Ach nix«, antwortete sie schnell, ohne den Blick von Valerian abzuwenden, dem ganz angst und bange wurde, denn er befürchtete, Connie würde alles verraten.

»Sagt einmal«, sagte sie schließlich, »wie geht es Maggie? Ich wollte sie überraschen, aber sie macht die Türe nicht auf. Und wo warst du, Niko? Du kannst doch nicht deine kranke Frau im Stich lassen?«

»Hör zu, die Sache ist die…«, stotterte Niko und suchte krampfhaft nach einer Erklärung.

»Gehen wir doch alle hinein«, unterbrach ihn Connie und drängte bereits zur Türe.

»Sie ist nicht da«, warf Valerian schnell ein und hielt sie am Arm zurück. »Wir haben sie gerade ins Krankenhaus gebracht.«

»Ins Krankenhaus?« Connie sah Valerian ungläubig an.

»Ja, es ging ihr so schlecht, dass wir sie ins Krankenhaus bringen mussten. Niko hat in der Nacht angerufen und ich habe ihm geholfen, wir sind dann zu dritt dorthin gefahren. Ich helfe gerne meinen Nachbarn, musst du wissen.«

»Oh ja«, hauchte Connie sanft, »deine Nachbarschaftshilfe kann ich mir sehr gut vorstellen.« Während sie sich zu Niko drehte, kniff sie versteckt in Valerians Allerwertesten.

»In welches Krankenhaus habt ihr sie denn gebracht?«

Niko und Valerian sahen sich fragend an, sie hatten ja nie mit Spitälern zu tun.

»Zur Heiligen Elisabeth. Ja, dort wollte sie gerne liegen, und daher haben wir dort angerufen und sie dann dorthin gefahren. Nicht wahr, Niko?« Valerian sah ihn mit großen Augen an. Es war das erste Krankenhaus, das ihm eingefallen war, da sein Vater dort arbeitete.

»Ja, zur Heiligen Elisabeth«, bestätigte Niko, »dort liegt Magdalena jetzt und man kümmert sich gut um sie.« Niko und Valerian starrten die Frau mit den wilden Locken an und hofften, sie würde ihnen glauben.

Seit Connie am Abend zuvor diesen schrecklichen Gedanken hatte, hatte sie versucht, Magdalena zu erreichen und war sogar zu später Stunde zu ihr geprescht, um Niko unter Druck zu setzen. Sie hatte lange auf ihn gewartet, war dann aber doch wieder zu sich nach Hause gefahren und erst knapp vor den beiden Männern zurückgekommen. Die Antwort mit dem Krankenhaus war für sie nicht vollkommen zufriedenstellend, doch sie wollte ihm noch einmal glauben, ein letztes Mal.

»Ich freue mich«, sagte sie schließlich mit einem aufgesetzten Lächeln, »dass ihr euch so um Maggie kümmert. Ich melde mich später bei ihr. Richtet ihr bitte liebe Grüße aus.«

»Ach ja«, beeilte sich Niko zu sagen, »das habe ich ganz vergessen, ich habe ihr natürlich erzählt, dass du so oft angerufen hast, und sie lässt dich auch lieb grüßen und sie meldet sich natürlich bei dir, sobald es ihr wieder bessergeht.« Niko setzte ein überaus dämliches Grinsen auf, wie Connie fand.

»Danke. Wir hören uns dann später, ok.« Connie hatte die beiden nicht mehr angesehen und winkte ihnen nur noch flüchtig zu, als sie die Treppen hinunterlief. Sie wollte so schnell wie möglich zum Auto und zu Magdalena düsen.

»Was machen wir jetzt? Sie wird bestimmt ins Krankenhaus fahren und deine Frau suchen«, Valerians Stimme zitterte, denn er wusste nicht mehr weiter.

Niko sah ihn ruhig an: »Das verschafft uns Zeit. Sie wird uns sicherlich anrufen und uns sagen, dass wir sie belogen haben. Dann werden wir sagen, dass das Krankenhaus keine Auskünfte geben darf oder so ähnlich. Wir müssen nur noch diese Nacht überstehen. Wir brechen bei deinem Vater ein, holen uns das Geld und fahren weg. Weit weg. Für immer. Komm jetzt, lass uns etwas essen, ich habe Hunger.«

Die beiden waren müde und froh, endlich in Sicherheit zu sein, als Niko seine Wohnungstüre hinter sich schloss. Sie gingen in die Küche und Niko suchte etwas zu essen. »Verdammt, ich habe nichts zu essen zu Hause, nicht einmal irgendwelche Chips.« Er war verzweifelt, denn so wie Valerian seinen trainierten Darm hatte, hatte Niko seinen trainierten Magen, er musste in der Früh etwas essen, sonst wurde ihm schwindlig und schlecht. »Valerian, ich bitte dich, hast du noch etwas Essbares in deiner Wohnung?«, fragte er verzweifelt.

»Mal sehen«, antwortete er lapidar, ging in seine Wohnung und kam wenige Minuten später mit einer kleinen Schale mit Keksen zurück.

»Schokokekse!«, rief Niko voll Verzückung und stopfte sich einen Keks ohne abzubeißen in den Mund. »Köstlich!« Niko war überglücklich, er spürte, wie seine Lebensgeister wieder zurückkamen und aß gleich noch einen. Valerian schien nicht sonderlich hungrig zu sein, denn er knabberte nur ein wenig an seinem ersten Keks.

Niko stand auf und holte Valerian und sich ein Glas Wasser. Während er die Gläser füllte, überkam ihn ein sonderbares Gefühl und er begann zu grinsen. Und plötzlich, vollkommen ohne Grund, musste er lachen, immer mehr, er konnte gar nicht anders, er musste einfach losprusten.

»Valerian, was ist mit mir los?« Niko kannte sich überhaupt nicht mehr aus.

Es dauerte einige Sekunden, bis Valerian ganz langsam seinen Kopf zu Niko drehte und sagte: »Niko, mein Freund, alles wird gut. Entspann dich.«

»Wie soll ich mich entspannen, wenn ich die ganze Zeit lachen muss?«

»Auf jeden wirkt das Hasch ein wenig anders. Ich werde immer ganz ruhig. Chill, Alter, chill.«

»Da ist Hasch in den Keksen? Spinnst du?« Niko lachte immer noch, war aber gleichzeitig unglaublich wütend. »Du kannst doch nicht einfach … ich meine, das ist illegal. Was ist, wenn die Polizei zu uns kommt?«

»Ja genau, Alter, was ist dann? Werden sie uns zur lebenslänglichen Haft noch zwei Monate zusätzlich geben wegen Haschkonsums. Na, das wäre aber schon schlimm. Wenn ich lebenslänglich habe, dann sterbe ich doch im Gefängnis, oder? Und wenn ich dann noch zwei Monate wegen des Hasches absitzen muss, stellen sie dann meinen Sarg in die Zelle?« Valerian fand seine Ausführungen äußerst philosophisch und weise, während Niko vor lauter Lachen kaum stehen bleiben konnte.

»Das ist nicht witzig, Valerian«, prustete Niko.

Plötzlich läutete es an der Türe. Die beiden sahen sich verdutzt an und Niko versuchte, sein Lachen zu unterdrücken.

Es läutete ein zweites Mal.

»Ich glaube, wir sollten die Türe aufmachen. Was meinst du?« Valerian sah Niko mit großen Augen fragend an.

Niko nickte und machte sich grinsend auf den Weg ins Vorzimmer. Valerian folgte ihm und blieb ganz dicht hinter ihm, wie ein kleines Kind, das sich hinter dem Rock seiner Mutter versteckt.

Vorsichtig öffnete Niko die Tür und schielte hinter ihr hervor. Als er die beiden Personen sah, brach ein schallendes Gelächter aus ihm heraus. Vor ihm stand ein Mann von rund vierzig Jahren, der nicht sehr groß war, mit einer hellbraunen

Glattlederjacke, seine Haare waren fettig und zu einem Scheitel gekämmt. Niko war sich sicher, dass der Mann den Kamm in seiner Hose mitführte. Hinter ihm stand eine Frau, die bestimmt zwei Köpfe größer war als er, sie war stark gebaut und trug eine schwarze Glattlederjacke.

»Sie sind sicher von den Zeugen Jehovas, oder?«, fragte Niko grinsend.

»Herr Magister Kolschitzky, mein Name ist Magister Sven Gladiator, das ist meine Kollegin, Frau Ingenieur Donatella MacDonald. Wir kommen von der Krankenkasse.« Niko konnte sich vor Lachen nicht mehr halten und ging in Richtung Wohnzimmer. Valerian trat hinter der Türe hervor und sagte ganz ruhig wie ein englischer Butler: »Sie wünschen?«

»Magister Eberhart Kuhreiter war gestern bei ihnen. Diese Wohnung ist sein letzter bekannter Aufenthaltsort. Er ist abgängig. Wir suchen ihn. Ich bin von der Spezialeinheit ZVKR von der Krankenkasse. Ich gehe davon aus, dass sie kooperieren werden, korrekt?« Sven Gladiator hob langsam seine Jacke auf der rechten Seite, ohne dabei die Augen von Valerian abzuwenden, und klopfte mit seinen Fingern auf seine Handytasche. Dann hob er die linke Seite der Jacke und klopfte auf einen Leatherman. Die Spezialeinheit war scheinbar mit mehr Werkzeugen bestückt als der gewöhnliche Suchtrupp.

»Meine Kollegin, Frau Ingenieur MacDonald, wird bei uns intern auch ›MacGyver‹ genannt, sie verstehen?«, sagte er mit einem süffisanten Lächeln. MacDonald hob ebenfalls ihre Lederjacke und klopfte mit ihren Fingern dabei sogar auf zwei Leatherman, die an ihrem Gürtel befestigt waren.

Niko war zwischenzeitlich wieder zurückgekommen, sein Lachanfall war scheinbar wieder vorüber, er lächelte die beiden nur an und bat sie mit einer Armbewegung herein. Die zwei Beamten gingen gleich zielstrebig in die Küche.

»Möchten sie einen Keks?«, fragte Valerian höflich.

»Danke, nein.« Die Antwort von Gladiator kam kurz und prägnant.

»Sollten sie aber!«, rief Niko und wieherte vor Lachen.

»Bitte gehen sie in einen anderen Raum und lassen sie uns in Ruhe unsere Arbeit machen. Danke.«

Niko und Valerian gingen kichernd ins Wohnzimmer. »Sag mal« flüsterte Valerian Niko zu, »haben bei der Krankenkasse alle Mitarbeiter so klingende Namen? Kuhreiter, Gladiator, MacDonald. Scheint wohl ein Einstellungskriterium zu sein.« Niko zuckte nur mit den Schultern.

Als sie das Wohnzimmer betraten, entdeckte Niko, dass sein Mantel über der Couch hing, und dass der Schaft seiner Pistole ein kleines Stück aus der Tasche herausragte. Niko stupste Valerian an und deutete auf die Waffe.

»Soll ich?«, fragte er leise.

»Was?«

»Naja, du weißt schon.«

»Magst du noch einen Keks?«

»Nein, du Idiot, soll ich die beiden umlegen?«

Valerian starrte mehrere Sekunden auf die Pistole, ohne eine Reaktion von sich zu geben. Schließlich schüttelte er den Kopf: »Die suchen ja nur nach Kuhreiter, und den werden sie hier nicht finden. Auch keine Überreste von ihm.«

Niko stimmte ihm wortlos zu und blieb brav sitzen. Allerdings wurde ihm das zu langweilig, denn durch die Drogen war er richtig redselig geworden und ging daher zu den beiden Beamten in die Küche: »Sagen Sie, so ein Leatherman, was kann der alles? Brauchen sie den, um Leute umzubringen?«

»Herr Magister, so eine Antwort bin ich nicht befugt ihnen zu geben. Bitte verlassen sie den Untersuchungsraum«, sagte Gladiator bestimmt und zeigte mit dem Finger zur Tür. Niko schlurfte achselzuckend wieder zurück und nahm sich vor, demnächst einmal einen Leatherman zu kaufen. Leider hatte er diesen Gedanken wegen seines Zustandes zwei Meter später schon wieder vergessen. Kaum war er im Wohnzimmer angekommen, drehte er wieder um und torkelte zur Küche, blieb aber sicherheitshalber einen Meter davor stehen.

Er räusperte sich, um sich bemerkbar zu machen, und sagte dann leise: »Wissen sie, wenn sie zurzeit ein wenig angespannt sein sollten, also wegen des Jobs oder so, mein Freund hier, der kann ganz tolle Fußmassagen machen. Die entspannen total. Soll ich ihn holen?«

Donatella nahm einen Apfel, der in der Schale vor ihr lag, in die Hand, drehte sich zu Niko, hob eine Augenbraue und zerquetschte den Apfel, ohne auch nur hinzusehen. »Ich bevorzuge solche Massagen.«

Niko schauderte es. »In Ordnung«, flüsterte er, »ich sage meinem Freund, dass sie vielleicht später Lust dazu haben.« Niko verdrückte sich ganz schnell und beschloss, die beiden nicht mehr zu stören.

Nach einer viertel Stunde, in der Niko und Valerian wie zwei Schüler vor der Direktion auf die beiden Beamten gewartet hatten und in der sie wieder einigermaßen ausgenüchtert waren, stand Niko auf und ging in die Küche um zu fragen, wie lange es denn noch dauern würde. Dort stand Donatella mit einer Küchenlade in der einen und dem Leatherman in der anderen Hand, während Sven mit seinem Handy Fotos von der Schublade mache.

»Kann ich ihnen helfen?«, fragte Niko.

»Bitte stören sie keine Amtshandlung. Und machen sie sich keine Sorgen, wir werden alles im Originalzustand hinterlassen.« Magister Gladiator warf Niko dabei einen sehr strengen Blick zu, »MacGyver« MacDonald kam hingegen beinahe ein Zucker eines Lächelns über die Lippen.

»Wie lange werden sie denn noch ungefähr für ihre Amtshandlung benötigen?«

»Solange wie es eben dauert. Danke für ihr Verständnis.«

Niko hasste solche Antworten. In seinem Büro gab es auch immer wieder Kollegen, die besonders langsam arbeiteten und denen immer alles andere wichtiger war als das, worum Niko sie gebeten hatte. Er hatte gelernt, damit umzugehen, oder anders ausgedrückt, er hatte resigniert. Also ging er kopfschüttelnd zu Valerian zurück ins Wohnzimmer. Valerian war bereits eingeschlafen, Niko setzte sich zu ihm und schloss ebenfalls die Augen.

In der Zwischenzeit war Connie mit ihrem kleinen schnittigen Cabrio zum Krankenhaus »Zur Heiligen Elisabeth« gefahren und stand an der Rezeption.

»Ich möchte bitte Magdalena Kolschitzky besuchen. Wo liegt sie?«

»Einen kurzen Augenblick bitte, ich sehe gleich nach«, sagte die ausgesprochen höfliche junge Dame hinter der großen Glasscheibe. »Wie schreibt man Kolschitzky, können sie mir das bitte buchstabieren?«

»Mit ›i‹ und ›y‹«, antwortete Connie barsch. Es war schon schlimm genug, dass sie in öffentlichen Gebäuden nicht rauchen durfte, aber dass das Personal an einer Rezeption immer so dumme Fragen stellte, machte sie richtig zornig. Ihr

Kopf lief bereits rot an vor Wut und ungeduldig trommelte sie mit ihren rot lackierten Fingernägeln auf das Pult.

»Es tut mir leid, ich kann die Dame nicht finden. Auf welcher Abteilung liegt sie, ich kann dort gerne für sie anrufen.« Die Rezeptionistin war sichtlich bemüht, das Zimmer von Magdalena herauszufinden, vielleicht, weil sie ahnte, was jetzt auf sie zukommen würde.

»Hören sie zu, sie dummes Stück«, schrie Connie gegen die Glasscheibe, die dabei sogar anlief, »wie schwer kann es sein, einen Namen richtig in den blöden Computer zu klopfen. Haben sie in ihrer Provinzhaushaltsschule nichts gelernt, nicht einmal das Alphabet?«

»Haben wir ein kleines Problem, meine Dame?«, sagte plötzlich eine Stimme mit einem so angenehmen Tremolo, dass Connies Brustkorb in wohlige Schwingungen verfiel. Noch dazu sah der dazugehörende Mann sehr gut aus, war in den Fünfzigern und trug einen weißen Kittel. Ein klassisches Opfer für Connie.

»Ja«, sagte sie wieder ganz ruhig und fuhr sich durch ihre Locken, die sie kurz schüttelte, »ich bin auf der Suche nach meiner Freundin, aber dieser junge Trampel kann sie nicht finden.«

»Ich verstehe das, diese jungen Dinger sind ja heutzutage zu nichts mehr zu gebrauchen, nicht einmal mehr zum, naja, sie wissen schon. Also ich bevorzuge Damen rund um dreißig, so wie sie, nicht wahr?«

So ein Schleimer, dachte sich Connie, aber er könnte ihr vielleicht die Zimmernummer von Maggie sagen. »So charmant, vielen Dank. Ach, wären sie so freundlich und würden nach meiner Freundin suchen? Magdalena Kolschitzky.«

»Mit ›i‹ und ›y‹?«

»Genau. Sie verstehen mich wenigstens, dieses junge Kind ist ja nicht einmal fähig zu tippen. Aber immer am Handy Nachrichten schicken, gell, das können die jungen Barbies. Naja.«

Der gutaussehende Arzt war zur Rezeptionistin hinter den Schalter gegangen und hatte persönlich den Namen eingegeben und natürlich nichts gefunden. Er stellte sich wieder zu Connie vor den Tresen: »Es tut mir leid, meine Teuerste, aber auch ich habe ihre Freundin nicht gefunden. Liegt sie ganz bestimmt in meinem Krankenhaus?«

»Das ist ihr Krankenhaus, Doktor…?« Connie lehnte sich nach vor, um den Namen des Arztes auf dessen Brusttasche zu lesen. Bender! Das war Valerians Vater. Jetzt war sie sich sicher, dass Niko und Valerian sie angelogen hatten. Jetzt gab es für sie nur noch eines: Rache.

»Doktor Bender?«, sagte sie mit ruhiger Stimme. »Sind sie der Vater von Valerian?«

»Ja. Sie kennen meinen Sohn? Lassen sie mich raten, er wollte etwas von ihnen, Frau…?«

»Connie. Einfach nur Connie. Nein, mich hat ihr Sohn nicht angebaggert, wobei er schon sehr schnuckelig aussieht. Aber er hat ein Verhältnis mit meiner besten Freundin.«

»Ach schau wie nett, sie kennen sich also vom gemeinsamen Fortgehen? Was studiert ihre Freundin? Auch Medizin?«

»Meine Freundin ist fast fünfzig und verheiratet.«

»Wie bitte? Mein Sohn ist gerade dreiundzwanzig. Und sie ist verheiratet?« Doktor Bender war sichtlich entsetzt über das Verhalten seines Sohnes.

»Jetzt tun sie doch nicht so scheinheilig, sie haben doch auch gerade mit mir geflirtet, oder es zumindest versucht. Egal, die Beziehung zwischen ihrem Sohn und meiner Freundin dürfte etwas Ernstes sein, sie wollen nämlich durchbrennen.«

»Was? Wohin?«

»Nach Südafrika. Sie schmieden schon fleißig Pläne.«

»Das kann er sich in die Haare schmieren, der Bengel. Ich finanziere ihm sein Studium, in dem er nicht wirklich weiterkommt, weil er offensichtlich alte Frauen beglückt.«

Connie räusperte sich kurz.

»Entschuldigung, nichts gegen ihre Freundin. Aber so geht das nicht. Ich werde ihn gleich anrufen. Danke, dass sie vorbeigekommen sind, Connie. Und viel Glück bei der Suche nach Magdalena.« Doktor Bender zog sein Handy aus der Tasche und lief die Treppen in den ersten Stock hinauf.

Connie war zufrieden mit sich und ihrer Intrige, doch wo war Magdalena?

9 DAS ABENDESSEN

Valerian wurde durch das Klingeln seines Telefons aus dem Schlaf gerissen. Duselig kramte er das Handy aus seiner Hosentasche und sah, dass ihn sein Vater anrief. Zunächst wollte er das Gespräch gar nicht annehmen, aber dann entschied er sich doch dafür. »Hallo Papa« sagte er und torkelte aus dem Wohnzimmer.

Auch Niko war wieder wach, sie hatten eine halbe Stunde auf der Couch gedöst, während die zwei Beamten von der Krankenkasse die Küche und andere Zimmer durchsuchten. Jetzt standen sie im Wohnzimmer und starrten Niko an, der erschrocken von der Couch hochschnellte, als er die beiden sah.

»Wir haben alles durchsucht. Wir haben keinen Hinweis auf Magister Kuhreiter gefunden.« Magister Gladiators Sätze waren wie immer kurz und prägnant.

»Ich habe ihnen aber die zwei schiefen Bretter in ihrem Schrank wieder gerichtet, und die rechte Schublade quietscht auch nicht mehr«, sagte Donatella mit einem kleinen Lächeln.

»Vielen Dank, das war sehr freundlich von ihnen.« Niko wusste gar nicht, wie ihm geschah. Außerdem pochte es in seinem Kopf als Nachwirkung vom Hasch.

»Freuen sie sich nicht zu früh. Hier stimmt etwas nicht. Ich weiß aber nicht was. Wir kommen wieder. Und zum Abschied sage ich ihnen noch meinen Spitznamen: ›der schreckliche Sven‹. Und diesen Namen habe ich nicht ohne Grund. Auf Wiedersehen. Wir finden selbst hinaus.« Sven entfernte sich mit zu großen Schritten in Richtung Tür, »MacGyver« MacDonald drehte sich noch einmal zu Niko um und flüsterte ihm zu: »Wenn sie etwas zu montieren haben, zum Beispiel einen Ikea Schrank, dann rufen sie mich an, ich komme gerne, gratis. Das macht mir Spaß.«

Kaum hatten die beiden die Wohnung verlassen, kam Valerian zurück ins Wohnzimmer: »Stell dir vor, Niko, mein Vater hat mich zum Abendessen eingeladen. Einfach so. Ich wollte ihm gleich absagen, aber dann dachte ich mir, dass ich dich dadurch viel leichter in das Haus hineinlassen kann und du unbemerkt den Safe ausräumen kannst. Was meinst du?«

Niko war von Valerians Plan positiv überrascht, nachdem er ja bisher hauptsächlich Chaos verursacht hatte.

»Ok«, sagte Niko, »klingt vernünftig. Erkläre mir genau, wie es bei deinen Eltern aussieht und wo sich der Safe befindet.«

Während Niko Papier und Stifte holte, dachte Valerian an das Telefonat mit seinem Vater. Dieser wusste von Magdalena und wollte ihn bei dem Abendessen zur Rede stellen, was Valerian aber unter keinen Umständen Niko erzählen durfte.

Niko breitete das Papier auf dem Boden aus und Valerian begann alles genau aufzuzeichnen. Also mehr oder weniger genau, denn Niko verlangte eine maßstabsgetreue Zeichnung mit geraden Wänden und rechtwinkeligen Ecken, Valerians Plan hatte aber eher etwas von Picasso.

Sie planten den Einbruch zwar nicht minutiös genau, aber doch relativ detailliert. Valerian sollte zwischen Vorspeise und Hauptspeise auf die Toilette gehen und dabei Niko hereinlassen. Dieser würde schnell die Treppen hinauflaufen, ohne dabei die Stufen zwei, fünf und neun zu berühren, da diese besonders laut knarrten, dann in das Schlafzimmer der Eltern gehen, die dritte Schranktüre von links öffnen, die Kleider seiner Mutter auf die Seite schieben und schließlich den Safe in der Wand öffnen. Der Code für den Safe war fünfzehn-sieben-siebzehn-dreiundzwanzig-siebenundzwanzig-fünfzehn, wobei die einzelnen Zahlen mittels eines Drehrades einzugeben waren. Die Zahlen waren die Geburtstage der Familienmitglieder, wobei die Fünfzehn, der Geburtstag des Vaters, gleich zweimal vorkam, da er ja das Familienoberhaupt war. Sobald Niko das Geld in die Sporttasche, die ihm Valerian geben würde, da er ja keine besaß, gestopft hätte, sollte er möglichst lautlos auf dem Treppengeländer hinunterrutschen und das Haus verlassen. Die ganze Aktion wäre noch während des Hauptganges abgeschlossen. Valerian hätte sich auch bereits im Vorfeld darum gekümmert, dass die Alarmanlage ausgeschaltet sein würde. Zur Sicherheit sollte Niko eine Strumpfhose über den Kopf ziehen, damit er nur ja nicht erkannt werden konnte. Nachdem sie keine Erfahrung mit Strumpfhosen auf Köpfen hatten, musste sich Niko mehrere verschiedene Modelle aus Magdalenas Fundus überziehen. Die Kriterien für die Wahl der geeigneten Strumpfhose waren die Unkenntlichkeit von Nikos Gesicht von außen und die Möglichkeit für Niko, durch die Strumpfhose noch etwas sehen zu können. Sie entschieden sich für ein schwarzes blickdichtes Modell, da es dem Anlass entsprechend dezenter war als das blickdichte Modell in Gold mit Strass.

Der Plan kam den beiden so simpel und genial vor, dass sie richtig stolz darauf waren, sich als Einbrecher zu bezeichnen. Um sich auf den Abend einzustimmen und Mut anzutrinken, öffnete Niko einen Cognac, Albert de Montaubert, XO Imperial, 1981. Diesmal gab Niko auch gerne einen Schluck an Valerian ab, der sich produktiv in die Einbruchsplanung eingebracht hatte. Valerian hatte den Cognac sogar nötiger als

Niko, denn er würde seinem Vater Rede und Antwort über Magdalena stehen müssen, und das könnte einer Folter gleichkommen. Der Cognac tat ihm daher richtig gut, als er seine Kehle hinunter brannte.

Um achtzehn Uhr dreißig brachen die beiden Premierendiebe planmäßig mit Nikos Kombi zu Valerians Eltern auf. Niko war ganz in Schwarz gekleidet, wobei ihm der Rollkragenpullover bereits zu klein war und der Bauch ziemlich hervortrat. Die blickdichte Feinstrumpfhose hatte er in seine rechte Hosentasche gesteckt, in der linken befand sich der Zettel mit dem Code des Safes. Valerian hatte sich für seine Eltern richtig hübsch gemacht, was in seinen Augen einfach nur spießbürgerlich bedeutete. Seine Haare hatte er mit einem Gummiband klassisch zu einem Pferdeschwanz gebunden, und er hatte sich auch nicht, wie er es sonst für die Besuche bei seinen Eltern tat, geschminkt. Lange Hose, Hemd, Pullover mit V-Ausschnitt, Schnürschuhe, so wollte er in den Augen seiner Erzieher punkten, frei nach dem Modell »idealer Schwiegersohn«.

Um achtzehn Uhr fünfzig parkten sie das Auto in der Parallelstraße des Hauses, weit genug, um nicht verdächtig zu erscheinen, nah genug, um mit der Beute schnell abzuhauen. Valerian ging schon einmal vor, klingelte und wurde von seiner Mutter herzlich begrüßt. Zwanzig Minuten später sollte sich Niko auf den Weg machen.

Valerians Mutter umarmte ihren Sohn so inniglich, wie sie es immer tat. »Bekommst du auch genug zu essen, mein Kind?« Diese Frage war immer die erste, offensichtlich hatte sie Angst, er würde verhungern. Sein Vater saß in der Bibliothek in seinem Chesterfield Lehnsessel, in der rechten Hand ein Glas Whisky, in der linken hielt er einen seltsamen Stab.

»Guten Abend, Papa«, grüßte Valerian seinen Vater höflich, als er das Zimmer betrat.

»Weißt du, was das ist, Valerian?« Doktor Bender wedelte bei der Frage ein wenig mit diesem seltsamen Stock, der aus einem dunklen Holz geschnitzt war, dünn und leicht schien, und der am Ende ein paar kurze Lederbänder trug, sodass das ganze aussah wie ein antiker Staubwedel. Irgendwie erinnerte ihn der Stab an seinen Flowerstick.

»Nein Papa, ich habe keine Ahnung.«

»Das ist der Richterstab des Huitzilopochtli, einem aztekischen Kriegs- und Sonnengott. Diesen Stab nutzte er aber nicht nur zum Richten, er gab damit auch den Befehl für Kriege. Nachdem die Spanier diesen Stab nach Europa brachten, wurde er im fünfzehnten Jahrhundert zum Vorbild für den klassischen mitteleuropäischen Richterstab, der vor allem bei den Hexenprozessen eingesetzt wurde. Setz dich mein Sohn.« Der Vater deutete mit dem Wedel auf einen Stuhl, auf dem Tisch gleich daneben stand bereits ein Glas Whisky. »Trink. Du wirst ihn noch brauchen.«

Valerian setzte sich langsam, nahm einen Schluck von dem Whisky und wollte zu einer Verteidigungsrede ansetzen, als ihn sein Vater sofort unterbrach: »Nicht jetzt, das kommt später. Erzähl mir von deinem Studium. Wie kommst du voran, wofür lernst du gerade?«

Valerian war auf die Frage gefasst, schließlich kam sie bei jedem Besuch wie das Amen im Gebet. Er hatte sich bereits eine Antwort zurechtgelegt, wie sonst auch immer, und berichtete von Fächern, die er erst in einigen Semestern absolvieren müsste. Er konnte seinem Vater auf keinen Fall sagen, dass er immer noch am Anfang des Studiums steckte, weil es ihn überhaupt nicht interessierte. Zwischendurch nippte er an seinem Whisky, der ihm gar nicht schmeckte, und er musste unweigerlich an Niko denken, der einen exquisiteren Geschmack hatte, was Alkohol betraf. Ob Niko wohl bereits auf dem Weg zu ihnen war?

Es war noch hell draußen, als Niko zum Haus der Benders aufbrach. So lange wie möglich war Niko im Auto geblieben, um nur ja nicht aufzufallen, seine schwarze Kleidung war zwar vielleicht dezent, aber bestimmt nicht unauffällig. Vor allem der Rollkragenpullover, der ihm offensichtlich zumindest zwei Nummern zu klein war, würde jedem Passanten ins Auge stechen.

Und natürlich musste das auch genauso kommen: Ein Anrainer kam ihm auf dem Gehsteig entgegen, starrte ihn an und blieb stehen, als Niko an ihm vorbeiging.

»Sagen sie einmal«, rief er von hinten Niko zu, der sich gar nicht umzudrehen wagte und einfach langsam weiterging. »Entschuldigung, warten sie!«

Niko wandte sich schließlich doch zögerlich dem Herrn zu. Der Mann trug einen Anzug ohne Krawatte, die lässig in der Brusttasche seines Sakkos steckte, und hielt eine Sporttasche in der Hand, genau die gleiche wie Niko.

»Sind sie mit ›Jackson's Palace‹ zufrieden? Sie gehen doch auch dorthin, nicht wahr. Ich sage ihnen, seit Frank weg ist, geht es mit denen bergab, finden sie nicht auch? Wie oft gehen sie hin? Könnte auf jeden Fall ein paarmal öfter sein, wenn ich mir ihren Bauch ansehe, nicht wahr? Nichts für ungut, ich war auch einmal so dick wie sie. Aber dann habe ich mit dem Training angefangen, erst dreimal die Woche, dann fünfmal, und wissen sie wieso? Na, wissen sie es? Was glauben sie? Genau! Der Sex! Geht alles viel besser, wenn das Testosteron durch die Muskeln fließt. Und ich sage ihnen etwas, nicht nur zu Hause geht es besser, nein, auch bei mir, in meiner Kanzlei sind die Damen plötzlich gar nicht mehr abzuschütteln. Sie verstehen, was ich meine, nicht wahr? Vor allem die jungen Mädels, die sich als Sekretärinnen bewerben und ständig am Smartphone hängen, die sind so oberflächlich, wollen immer einen Sixpack. Ok, ich will ja auch schöne Brüste sehen, wollen wir Männer doch alle, nicht wahr, aber ich tu ja nur so, als ob ich oberflächlich wäre, tief im Inneren, versteckt unter meinen tollen Brustmuskeln, da schlägt ein großes Herz. Können Sie mir glauben, ich habe ein sehr großes Herz, das ist so groß wie meine Kreditkarten, sie verstehen? Jedes Mal, wenn ich eine Sekretärin zum Diktat gerufen habe, bringe ich meiner Frau etwas mit, ich bin ja nicht umsonst Stammkunde bei Tiffany, sie verstehen? Ich sage ihnen, was mir am meisten geholfen hat, neben dem Gewichtestemmen, sind die Pillen. Keine Shakes oder so, dieses Proteinzeugs ist doch alles nur Blödsinn, nein, echte Pillen, wie sie die Hochleistungssportler nehmen, seitdem bin ich viel aktiver, in allen Bereichen, nicht nur beim Sex. Also, wenn sie einmal Pillen benötigen, geben sie mir doch Bescheid. Ich kann ihnen helfen. Sie werden sehen, kaum ist ihr Bauch weg, sind die Frauen da. Ist ein Gesetz, und mit Gesetzen kenne ich mich aus, sie verstehen? Was machen sie beruflich?«

Niko schwieg für einige Sekunden und sagte schließlich kühl: »Ich töte Menschen«, dann drehte sich um und ging weiter. Er hatte sich während des ganzen Monologs überlegt, wie lange Maden und Käfer wohl bräuchten, um diesen unsympathischen Sixpack zu fressen. Und würden diese

Tierchen dann plötzlich riesengroße Muskel bekommen von dem ganzen Testosteron?

»In Ordnung, hey, toller Beruf«, sagte der Mann mit einem künstlich aufgesetzten Lächeln, »wir sehen uns im Studio.« Er winkte Niko noch ein wenig nach, der sich jetzt sputen musste. Ein kurzer Blick auf seine Uhr hatte ihm gezeigt, dass er fünf Minuten zu spät bei der Haustüre sein würde.

Valerian hatte das Timing des Abends perfekt vorhergesehen. Nach genau zehn Minuten Smalltalk mit seinem Vater in der Bibliothek rief sie seine Mutter zur Vorspeise in das Esszimmer. Die Suppe hatte sie bereits in die Teller geschenkt, so wie es Valerians Vater immer gewünscht hatte, da er es hasste, wenn sie zu heiß war. Während der Vorspeise gab die Mutter die Gesprächsthemen vor, dieses Recht hatte sie sich mit ihrem Mann erstritten und galt für jedes gemeinsame Familienessen. Dafür durfte sie bei der Hauptspeise so gut wie gar nichts sagen, und beim Dessert wurde ohnehin selten gesprochen, da aufgrund des Gesprächsverlaufs während des Hauptgangs entweder ein Kind oder der Vater zutiefst beleidigt war.

Nach genau zehn Minuten belangloser Konversation mit der Mutter räumte sie die Suppe ab und brachte die Teller in die Küche. Valerian stand auf und entschuldigte sich, aber er müsse leider kurz auf die Toilette. Er huschte zur Eingangstür, öffnete sie schnell um Niko hereinzulassen, doch der war nicht da. Wo konnte er nur sein? Valerian wartete eine halbe Minute, die ihm vorkam wie zehn, doch Niko erschien nicht. Auf dem Klosett, das sich neben der Eingangstür befand, überlegte sich Valerian, was er jetzt tun könnte, wie er Niko hereinlassen könnte, aber ihm fiel nichts ein. Denn die Hintertüre war keine Option, da man vom Garten entweder direkt in die Küche oder ins Wohnzimmer gelangen konnte, und da hätte er viel zu leicht entdeckt werden können. Als er die Toilette verließ, sah er noch einmal bei der Haustüre nach, doch Niko war nicht aufgetaucht.

Als er sich wieder an den Tisch setzte, sah ihn sein Vater nur böse an, sagte aber kein Wort. Auch als die Mutter den perfekt aussehenden und herrlich riechenden Schweinebraten auf den Tisch stellte, verzog Dr. Bender keine Miene und starrte weiterhin seinen Sohn an. Valerians Mutter wusste nichts von dem Gespräch, das ihr Mann jetzt führen wollte, er hatte ihr nicht vom Treffen mit Connie erzählt. Als sie die Rosmarinkartoffeln und die Erbsen brachte, versuchte sie, die Spannung ein wenig aufzulockern: »Ich bin schon sehr neugierig, ob euch die Kartoffeln schmecken werden, ich habe nämlich ein neues Rezept ausprobiert, das ich von Brigitte bekommen habe, die damit einen großen Erfolg beim Charity-Golf-Dinner vor zwei Wochen hatte, zu dem sogar der Bürgermeister und seine Frau gekommen waren, was jeden verwundert hat, da ja quasi öffentlich bekannt ist, dass sie eine Affäre mit genau dem Golf Trainer hat, der in eben jenem Golf Club arbeitet, bei dem das Charity Event stattgefunden hat, obwohl es ja ursprünglich in einem anderen Club hätte stattfinden sollen, nämlich im Norden, aber dort…«

Mutters Redeschwall wurde durch ein ohrenbetäubendes Kreischen unterbrochen. Valerian erschrak, die Alarmanlage! Er hatte vergessen sie auszuschalten. »Ach schon wieder so eine blöde Katze«, sagte Valerians Mutter, »Schatz, ruf bitte endlich den Mann von der Alarmanlage an, ständig geht dieses Ding wegen irgendeines Tieres an. Ich werde sie schnell ausschalten, nehmt euch bitte schon ein Fleisch.«

»Aber nein, Mama«, warf Valerian schnell ein, »ich gehe schon, du hast so toll gekocht, setzt dich bitte.« Er schob eilig seinen Stuhl zurück und lief zur Eingangstür. Durch das Gejaule der Alarmanlage bemerkte auch niemand, wie Valerian die Türe öffnete und Niko fragte, wo er denn geblieben sei, dieser antwortete, dass das jetzt egal sei und lief schnell zur Treppe. Valerian tippte den Code in die Steuereinheit gleich neben der Türe.

Der Lärm verstummte so plötzlich wie er begonnen hatte, als Niko just in diesem Moment auf Stufe Nummer fünf trat, die so laut knarrte, dass es jeder hören musste. Niko und Valerian sahen sich erschrocken an.

»Wohin gehst du? Ist etwas nicht in Ordnung?«, fragte Valerians Mutter und ging in Richtung Vorzimmer. Valerian sprintete in Richtung Treppe und deutete Niko, er solle weiterlaufen. Die beiden trampelten die Stufen hinauf, dass man glauben musste, eine Armee wäre in den ersten Stock marschiert. Niko konnte sich gerade noch rechtzeitig im ersten Zimmer verstecken, als die Mutter im Vorzimmer stand und Valerian in der Mitte der Treppe entdeckte.

»Was machst du für einen Krach? Und was machst du da oben? Komm bitte essen, der Braten wird kalt. Und dein Vater wartet schon.« Ohne eine Antwort abzuwarten, drehte sie sich wieder um und ging zurück ins Esszimmer. Valerian sah ihr einen Augenblick verdutzt nach und folgte ihr schließlich. Niko wartete noch einen kurzen Moment, öffnete vorsichtig die Türe und schlich den dunklen Gang entlang zum Schlafzimmer der Eltern, das sich ganz am Ende befand. Das

Schlafzimmer war leicht zu erkennen, denn an der Tür hing sehr prominent die Federmaske des Montezumas. Es schauderte ihn, als er an dem hässlichen Ding vorbeischlich. Er ging ins Zimmer und schloss die Türe wieder hinter sich, öffnete die dritte Schranktüre, schob Mutters Kleidung auf die Seite und fand tatsächlich den Tresor, alles war dort, wo Valerian es beschrieben hatte. Schnell kramte er den Zettel mit dem Code aus seiner Hosentasche, leuchtete mit seinem Handy auf die Zahlen und begann das Rad genau auf die Zahlen zu drehen, die Valerian ihm genannt hatte. Fünfzehn - sieben - siebzehn - sein Herz pochte immer stärker - dreiundzwanzig - siebenundzwanzig - er konnte seinen Herzschlag beinahe schon hören - fünfzehn und jetzt den Hebel nach oben und das Geld nehmen!

Doch der Hebel ließ sich nicht bewegen. Verdammt, wie konnte das sein. Er rüttelte und zog und drückte, doch der Hebel rührte sich nicht einen Millimeter. Niko gab den Code noch einmal ein, ganz vorsichtig, langsam, gefühlvoll, wie machten das die Safeknacker in den Filmen doch gleich? Er hielt sogar sein Ohr an den Safe, doch er konnte natürlich nichts hören.

Nach dem siebenten Versuch wurde Niko so zornig, dass er keine andere Möglichkeit sah, als hinunter zu gehen und den Vater zu zwingen, den Safe zu öffnen, nachdem dieser den Code offensichtlich in letzter Zeit geändert hatte. Er war froh, dass er die Pistole doch mitgenommen hatte, obwohl er Valerian versprochen hatte, dass er sie zuhause lassen würde. Wutendbrand stülpte sich Niko die blickdichte Feinstrumpfhose über seinen Kopf und setzte sich beim Verlassen des Zimmers auch noch die Federkrone auf, um dem Vater zu signalisieren, wie ernst er es meinte und ging hinunter. Wie beim Plan zu Hause besprochen, wollte Niko das Geländer der Treppe herunterrutschen, um nur ja möglichst leise zu sein. Er drehte sich mit dem Rücken zu den Stufen, legte seinen Bauch auf das Geländer und schwang sein rechtes Bein nach vor und zurück, um sich geschmeidig über das Holz zu heben. Doch schon beim ersten Versuch verspürte er einen stechenden Schmerz im Schritt.

»Trotzdem werde ich kein Yoga machen. Zu Fuß ist doch gesünder«, dachte er sich und schlich die Treppe vorsichtig hinunter, stieg auch nicht auf die Stufen zwei, fünf und neun und ging langsam auf Zehenspitzen in Richtung Esszimmer. Je näher er kam, desto deutlicher hörte er den Vater schreien: »Wozu? Wozu, mein Sohn, habe ich dir all die Jahre dein Medizinstudium finanziert, wenn du mit dieser Frau durchbrennen willst? Du wirfst deine Zukunft weg, einfach so. Oder willst du in Südafrika weiterstudieren?«

»Papa, hör zu«, versuchte sich Valerian ganz kleinlaut zu rechtfertigen, »die Sache ist ein wenig anders. Ich will ja gar nicht nach Südafrika.«

»Aber meine Quelle hat mir versichert, dass du mit der Frau abhauen willst, nach Südafrika, jetzt steh wenigstens zu deinem Plan!«

Niko wollte bereits in das Esszimmer stürmen, hielt dann aber doch inne und lauschte hinter der Türe dem Gespräch.

»Ja, ich habe der Frau gesagt, dass ich mit ihr durchbrennen möchte, aber ich habe es nicht so gemeint. Du musst das verstehen, Papa, seit über zwanzig Jahren ist sie mit einem langweiligen Mann verheiratet, sie ist sehr unglücklich in ihrer Ehe, und ich bin für sie die Chance, aus dieser Langeweile auszubrechen. Wir haben zusammen Pläne geschmiedet, wir haben geträumt, wie ein Leben in Südafrika wohl sein könnte, frei von all den Zwängen hier. Und diese Tagträume alleine haben ihr wieder so viel Mut gegeben, so viel Freude gemacht, dass sie in den letzten Wochen richtig aufgeblüht ist.«

»Und wann wolltest du ihr sagen, dass du nicht mit ihr nach Südafrika fährst?«, fragte Valerians Mutter ganz besorgt, da sie sich sehr gut in diese Frau einfühlen konnte.

»Ich weiß es nicht, jetzt irgendwann.«

Seine Mutter seufzte: »Woher kennst du die Frau? Wie heißt sie?«

»Magdalena, sie ist meine Nachbarin.«

Als Niko Magdalenas Namen hörte, brannten bei ihm alle Sicherungen durch.

Er stürzte ins Esszimmer und packte Valerian mit einer Hand am Hals, in der anderen hielt er die Pistole an seine Schläfe. »Du Scheißkerl!«, schrie er ihn an und stieß ihn vom Stuhl, die Federkrone schien ihm zusätzliche Kraft zu verleihen. »Wie kannst du es wagen, mit einer verheirateten Frau zu vögeln! Sie hatte auch einen Mann, und der hat auch Gefühle! Du bist das Letzte, echt, du bist ein widerlicher Dreckskerl! Und das gemeinste ist, dass du sie belogen hast. Du hast ihr nur vorgetäuscht, dass du sie lieben würdest. Sie hatte dich nicht verdient, nicht dich!«

»Hören sie«, mischte sich jetzt der Vater ein, »was wollen sie von uns?«

Niko drehte sich um und richtete die Pistole auf ihn: »Dein Geld! Los, aufstehen, alle drei. Wir gehen zum Safe, ihr geht vor.«

Dr. Bender überlegte sich, wie er sich gegen diesen Einbrecher wehren könnte, ohne dabei die Federkrone zu zerstören. Während er langsam um den Tisch ging, sah er sich im Zimmer nach Gegenständen um, die er als Waffe benutzen konnte. Sein Blick fiel auf den gusseisernen Schürhaken beim Kamin. Mit ihm könnte er den übergewichtigen Einbrecher zumindest so schwer verletzen, dass sie ihn zu dritt würden überwältigen können. Während Dr. Bender den Mann mit der Federkrone fixierte, griff er ganz langsam nach dem Schürhaken, was Niko aber sofort bemerkte: »Keine gute Idee, Herr Chefarzt. Ich schieße in ihre Hand, und das war es dann mit dem Operieren und Geldverdienen. Also mitkommen, verstanden?«

Dr. Bender war klar, dass der Mann nicht scherzen würde und unterließ daher alle weiteren Rettungsversuche. Der Vater ging als erster, gefolgt von seiner Frau, Valerian trottete direkt vor Niko, von dem er ständig einen Schlag auf den Rücken bekam. Niko dachte gar nicht mehr so sehr an das Geld, als vielmehr an seine Frau und warum sie fremdgegangen war. Die Strumpfhose und die Maske über seinem Gesicht verbargen die Tränen, durch die er beinahe nichts mehr sehen konnte. So wütend er auf Valerian war, so entsetzt war er von sich selbst, dass er es über all die Jahre so weit kommen lassen konnte.

Im Schlafzimmer öffnete der Vater den Safe und gab das Geld direkt in die Sporttasche. Niko überzeugte sich kurz davon, dass auch tatsächlich kein Geld mehr im Safe geblieben war, und stieß die drei wieder vor sich her, hinunter zur Eingangstüre.

»Den Jungen nehme ich als Geisel mit. Sie verhalten sich ruhig und rufen keine Polizei, sonst ist ihr Sohn tot. Haben sie mich verstanden?«, brüllte Niko voller Wut die Eltern an.

»Bitte«, flehte der Vater und ging sogar auf die Knie, »bitte, haben sie ein Herz, nehmen sie das Geld, aber bitte, geben sie mir die Federkrone zurück. Sie bedeutet mir alles.«

Niko war sprachlos und die Mutter sah ihren Mann entsetzt an. »Die Federkrone? Nicht den Sohn?«, dachte sie sich. Valerian aber zuckte nur mit Schultern und sagte emotionslos: »Von einer Geiselhaft zur nächsten. Ich bin es gewöhnt.«

Langsam öffnete Niko die Türe, packte seine Geisel am Kragen und ging rückwärts aus dem Haus, die Pistole immer auf die Eltern gerichtet. »Schließen sie jetzt die Türe«, befahl er der Mutter und lief mit Valerian zum Auto.

Niko warf die Tasche mit dem Geld und die Federkrone auf den Rücksitz, die Strumpfhose schleuderte er Valerian ins Gesicht und fuhr los. Trotzki, der brav auf der Rückbank im Auto gewartet hatte, freute sich über sein neues Spielzeug und begann, an jeder einzelnen Feder zu knabbern und zu zerren.

Valerian seufzte einmal ganz tief und mit zittriger Stimme hob er an: »Hör zu, Niko, ich kann dir das erklären …«

»Halt den Mund. Sag jetzt nichts. Kein Wort. Schweig einfach«, fuhr ihm Niko dazwischen und starrte auf die Straße, während er versuchte, seine Tränen zu unterdrücken.

Fünf Minuten später mussten sie an einer roten Ampel halten. Ohne Valerian dabei anzusehen, sagte Niko: »Trotzki liebt den Federschmuck. Das ist ein schönes Spielzeug für ihn.«

Valerian musste lächeln.

»Zähl einmal das Geld.«

Valerian griff nach der Tasche und holte viele Bündel mit hundert Euro Noten hervor. »Das müssen Millionen sein! Niko, schau dir das an, wir sind reich!«

Niko sah weiterhin starr auf die Straße und grinste einen kurzen Augenblick zufrieden, wurde aber sofort wieder ernst. »Du bist trotzdem das Letzte«, sagte er zu Valerian.

Dieser konnte kaum fassen, wie viel Geld in der Tasche war und er fragte sich, was für ein unvorstellbar hohes Gehalt sein Vater verdienen müsste.

»Wohin fahren wir jetzt?«, fragte er Niko.

»Nach Hause. Dort holen wir die Pässe und verschwinden.« Nikos Stimme klang ruhig und fokussiert, ohne einen Anflug von Nervosität.

Es dauerte ein wenig bis Valerian stutzig wurde: »Wieso fahren wir denn nach Hause? Mein Vater wird die Polizei rufen und die Entführung melden. Und sie werden natürlich zu meiner Wohnung fahren.«

»Warum sollten sie das denn tun? Zuerst wird die Polizei zu deinen Eltern nach Hause fahren und die ganze Geschichte aufnehmen, Spuren sichern und so weiter. Die Polizei geht ja davon aus, dass ich dich in mein dreckiges Versteck schleppe. Mach dir keine Sorgen, niemand wird zu Hause auf uns warten. Vertrau mir.«

10 GESTÄNDNISSE

Einige Minuten später bogen sie mit Nikos Auto in ihre Gasse ein und erschraken. Denn vor ihrem Haus stand Connie, wie immer rauchend, mit den zwei schon bekannten Polizisten, Georg und Susanne, die sie wegen des Verschwindens des alten Ulrichsthal befragt hatten.

»Duck dich«, sagte Niko schnell, während er an seinem Haus vorbeifuhr und dabei in die andere Richtung blickte, um nur ja nicht von einem der Polizisten oder Connie erkannt zu werden.

Zwei Gassen weiter parkte Niko den Wagen und drückte Valerian den Autoschlüssel in die Hand.

»Hör gut zu, Valerian«, sagte er ernst, »wir machen jetzt folgendes: du bleibst an der Ecke vor unserem Häuserblock stehen, ich gehe mit Connie und den Polizisten in meine Wohnung. In der Zwischenzeit schleichst du dich in deine Wohnung, nimmst deinen Pass und wartest auf mich hier im Auto. Wenn ich in einer halben Stunde nicht gekommen bin, fährst du los, verstanden?«

»Klar, alter Mann, aber wie willst du Connie und den Polizisten entkommen?«

»Mir wird schon etwas einfallen. Mir ist immer etwas eingefallen.«

»Du wirst doch wiederkommen?«, fragte Valerian ängstlich und war im selben Moment erstaunt über diesen Satz und das damit verbundene Gefühl von Sorge um diesen Mann, den er noch vor kurzem selbst der Polizei ausliefern wollte.

»Mach dir wegen mir nicht in die Hose, ok«, versuchte Niko übertrieben locker zu wirken, »ich habe noch einen Trumpf im

Ärmel, den ich spielen kann und auch spielen werde. Und nun lass uns gehen.«

Mit Trotzki an der Leine schlich Valerian ängstlich einige Meter hinter Niko her und blieb wie vereinbart an der Hausecke stehen, an der der Dackel sein rechtes Haxerl hob und die Mauer markierte. Oder war auch Trotzki einfach nur aufgeregt? Valerian musste ebenfalls dringend auf die Toilette, bei ihm drückte Nervosität immer auf die Blase. Niko ging mit seinem schwarzen Einbrecher Outfit mit dem zu kleinen Rollkragenpullover geradewegs auf Connie und die beiden Polizisten zu: »Was gibt es Neues? Was machen sie alle hier?«

»Hallöchen, mein kleiner Spießer«, antwortete Connie schnell mit gekünstelter Freundlichkeit und musterte ihn dabei von Kopf bis Fuß. »Du bist ja wieder einmal so etwas von todschick gekleidet. Trägt man jetzt auch bei den Herren nabelfrei? Dein hässlicher Bauch wirkt dadurch ja richtig sexy.« Doch plötzlich wurde ihr Tonfall ganz ernst: »Aber eines sage ich dir, du kommst jetzt dran, jetzt ist Schluss!« Sie lachte hämisch voll Schadenfreude und dämpfte dabei ihre Zigarette demonstrativ mit der Sohle ihres Lackstiefels aus, als würde sie Niko zermalmen.

»Kolschitzky, wollen sie es auf die harte oder die sanfte Tour?« Georg, der Inspektor, genoss sichtlich diesen Moment.

»Die sanfte Tour bitte, wenn sie mich schon so fragen.«

»Dann kommen sie bitte mit in ihre Wohnung«, sagte Susanne freundlich lächelnd und zwinkerte ihm verstohlen zu.

Niko ging den Beamten und Connie im Stiegenhaus voraus.

»Kann ich ihnen etwas anbieten?«, fragte er ohne sich umzudrehen, als er seine Wohnungstüre aufsperrte.

»Nein danke«, antworteten die beiden Polizisten sofort.

»Na klar«, schoss es aus Connies Mund, »du hast doch diesen geilen Grappa.«

Niko führte seine Besucher ins Wohnzimmer und deutete ihnen Platz zu nehmen, doch nur Connie setzte sich und ließ sich in den ausladenden Lehnsessel fallen. Er nahm eines der kleinen Likörgläser und die Flasche Grappa aus seiner Vitrine, in der sich auch der Whisky und der Cognac befanden, die er noch vor kurzem, während des Zerlegens zweier Leichen genossen hatte. Gekonnt füllte er das Glas mit dem Grappa und reichte es Connie.

»Lass die Flasche gleich bei mir, ich werde sicher mehr davon trinken. Diesen Moment möchte ich nämlich genießen.« Sie lehnte sich zurück, hob ihre rechte Augenbraue und spitzte ihre dunkelroten Lippen. Niko wandte seinen Blick angewidert von ihr ab. »Hoffentlich erstickt das Weib an meinem Grappa. Wobei, ich brauche sie ja noch«, dachte er sich und widmete sich wieder den Polizisten.

»Also, Herr Kolschitzky«, sagte Georg streng, wischte dabei mit seinem Finger über die Kommode und sah gespannt auf Connies Lippen, »wo ist ihre Frau?«

»Sie ist krank und befindet sich im Krankenhaus. Aber was ist daran bitte so schlimm, dass sich die Polizei damit beschäftigt?«

»Schauen sie, ich gebe ihnen jetzt einmal einen guten Rat, und sie können davon ausgehen, dass es der letzte gute Rat sein wird, den sie von mir hören werden«, sagte Georg langsam und legte eine bedächtige Pause ein, »provozieren sie mich nicht. Sie glauben, nur, weil sie studiert haben, sind sie etwas Besseres. Aber das ist mir egal. Weil jetzt stelle ich hier die Fragen und wenn sie nicht kooperieren, kann das äußerst unangenehm für sie werden. Haben wir uns verstanden?«

»Ich habe sie schon verstanden, aber haben sie auch mich verstanden? Ich wollte wissen, seit wann es die Polizei interessiert, dass meine Frau im Spital liegt.«

»Weil sie dort nicht liegt!«, sagte eine fremde Männerstimme aus dem Vorzimmer.

Alle drehten sich erschrocken um. Magister Sven Gladiator kam langsam ins Wohnzimmer, während Ingenieur Donatella MacDonald einen ihrer zwei Leatherman zusammenklappte, mit dem sie offensichtlich das Türschloss geknackt hatte.

Was in diesem Moment niemand bemerkte, war ein kleiner Rauhaardackel, der vom Treppenhaus aus seine Schnauze an der Wohnungstür vorbei ins Vorzimmer steckte, während sein Herrchen, das seinen geliebten Flowerstick und den Reisepass aus der Wohnung geholt hatte, mit ihm die Stufen leise hinunterschlich.

Georg ging auf die beiden neuen Gäste zu: »Und wen haben wir bitte hier?«

Die beiden Beamten von der Krankenkasse zogen vollkommen synchron mit ihrer rechten Hand ihren Ausweis aus der linken Brusttasche. »Magister Sven Gladiator von der Krankenkasse, das ist meine Kollegin Ingenieur Donatella Macdonald. Wir sind von der Abteilung ZVKR, sie verstehen, wir sind also quasi Kollegen.« Gladiator schob seine Jacke auf die Seite und klopfte mit seinen Zeigefingern auf die Handytasche auf der einen und den Leatherman auf der anderen Seite.

»Das glaube ich aber nicht«, entgegnete Schorsch, machte einige Schritte auf Sven zu und klopfte dabei auf seine Pistole.

»Ihr dürft nämlich nichts bei euch tragen, das mit Schwarzpulver funktioniert, oder?«

»Das brauchen wir auch nicht«, zischte Sven und ging dem Polizisten entgegen, »wir haben viel subtilere Waffen, nicht wahr Frau Kollegin?«

Donatella reinigte ihre Fingernägel mit dem Messer des Leatherman und grinste Georg an, was Connie richtig scharf fand.

»Das wird ja noch ein äußerst interessanter Abend«, sagte Connie, spitze die Lippen in Richtung Donatella und schenkte sich noch einen Grappa ein.

»Ich darf wiederholen, was ich soeben gesagt habe, bevor mich der schießwütige Herr Kollege mit der Pistole unterbrochen hat. Frau Magister Magdalena Kolschitzky liegt nicht im Krankenhaus, wie von Herrn Magister Kolschitzky behauptet. Wir haben alle Krankenhäuser der Stadt einer investigativen Interrogationsanalyse unterzogen und mussten feststellen, dass jene Besagte in den vergangenen zweiundfünfzig Stunden in keinem der Spitäler aufgenommen oder entlassen wurde. Ihren Akten konnten wir entnehmen, dass Frau Magister Magdalena Kolschitzky bis dato äußerst gesund war und unter jenes Perzentil fällt, das statistisch gesehen, und ich möchte an dieser Stelle betonen, dass die Krankenkassen über sehr ausführliche Statistiken verfügen, also, dass Frau Magister Magdalena Kolschitzky unter jenes Perzentil fällt, dass die geringsten Krankenstände über einen Zeitraum von ...«

»Jetzt halt einmal die Luft an, du Zwerg!«, fuhr Connie dazwischen und nahm einen Schluck ihres Grappa.

»Genau«, pflichtete ihr Georg bei, der nur die Hälfte von Gladiators Monolog verstanden hatte, »es reicht jetzt. Die Kolschitzky ist in keinem Krankenhaus. Wir haben es kapiert.«

Der Beamte von der Krankenkasse war offensichtlich empört darüber, dass er unterbrochen wurde und griff wütend nach seinem Leatherman. Georg bemerkte das natürlich: »Lass dein Taschenmesser stecken, du Wicht, sonst hebst du dir noch einen Bruch.«

Donatella machte zwei große Schritte, stellte sich schützend vor ihren Kollegen und bäumte sich vor dem Polizisten auf: »Mit dreizehn war ich auch so ein kleines Mädchen wie du. Ohne Pistole wärst du gar nix, du hast es ja auch nur zum Polizisten geschafft.«

»Das reicht!«, brüllte Susanne und stellte sich zwischen die beiden Streithähne. »So kommen wir nicht weiter, wir sind wegen Niko, ich meine, wegen Herrn Kolschitzky hier. Können wir jetzt bitte professionell weiterarbeiten?«

»Wieso?«, mischte sich Connie ein, »ich finde die ganze Unterhaltung hier sehr amüsant, richtig lustig, einfach geil. Andererseits geht es hier um meine beste Freundin. Also Niko, wo ist Maggie? Und jetzt raus mit der Wahrheit!«, heischte sie ihn an.

»Ich weiß es nicht. Wir hatten Streit, ziemlich heftig sogar, wir hatten uns bereits die ganze Woche gestritten. Vorgestern ist sie einfach gegangen.«

»Bullshit. Das hätte sie mir gesagt«, brüllte Connie in den Raum und hielt ihr Handy hoch, »wir haben alles geteilt, jede Info, haben uns ständig auf WhatsApp geschrieben. Ich hätte es gewusst, wenn sie dich verlassen hätte.«

»Wohin könnte sie denn gegangen sein?«, fragte Susanne ruhig, die sich bis jetzt zurückgehalten und viel mehr Nikos Verhalten beobachtet hatte.

Connie hob ihre rechte Augenbraue, musterte ihre knallroten Fingernägel und sagte kühl: »Ich schätze einmal, sie ist zu ihrem Lover gegangen, deinem jungen hübschen Nachbarn.«

Niko sah sie irritiert an, er hatte nicht bedacht, dass Connie von der Affäre seiner Frau gewusst haben könnte, noch dazu vor ihm. »Aber so ein Blödsinn. Magdalena hatte doch keinen Liebhaber.« Er versuchte schnell das Thema zu beenden, einerseits, weil es ihm unangenehm war, andererseits wollte er Valerian schützen.

Doch Connie ließ nicht locker: »Wusstest du eigentlich, dass Maggie dich mit Valerian betrogen hat? Und dass die beiden nach Südafrika durchbrennen wollten?« Ein Stich durchbohrte Nikos Herz.

»Das ist nicht wahr!«, schrie er sie an.

»Natürlich ist es wahr, ich habe alle WhatsApp Nachrichten, hier in meinem Handy, ich kann es beweisen. Du hast es nämlich einfach nicht mehr gebracht, bist ein Schlappschwanz, das habe ich ja immer schon gesagt.«

»Hör auf, du Schlampe!« Nikos Gesicht hatte sich knallrot gefärbt.

»Wenigstens bin ich befriedigt. Du kennst Sex ja nur noch aus dem Internet, oder?« Connie lächelte süffisant und war froh, Niko endlich all das direkt ins Gesicht sagen zu können, was sie sich schon seit Jahren über ihn gedacht hatte. »Du bist ein Versager auf der ganzen Linie, langweilig, überkorrekt, superspießig. Du hast Maggie vernachlässigt, hast ihre Libido vertrocknen lassen, hast sie für selbstverständlich genommen.

Aber sie hat sich nach Liebe gesehnt, nach Aufmerksamkeit. Sie hat dich geliebt, sehr geliebt, und du hast es verschissen!« Sie lehnte sich nach vorne und sagte leise: »Wusstest du, dass sie sich sogar einmal umbringen wollte?« Sie trank ihr Glas mit einem Zug aus.

»Halt dein Schandmaul, das stimmt doch nicht!« Niko wurde plötzlich ganz schwindlig. Konnte das wahr sein?

»Oh doch, es war vor einem Jahr, als du wieder einmal deinen Putzanfall bekommen hast und sie rausgeschickt hast, damit sie dich nicht beim Putzen stört. Dabei hattet ihr euch ausgemacht, an diesem Abend gemeinsam essen zu gehen, zum ersten Mal seit zwei Jahren, und du hast es vergessen. Du wolltest nur putzen! Sie ist hinausgegangen und hat geheult, bitterlich geheult. Sie ist in der Gegend herumgeirrt und ist schließlich auf der Brücke über der Autobahn stehengeblieben, hat die Autos angestarrt, die unter ihr durchfuhren. Ich habe sie angerufen, rein zufällig, aber sie hat nicht abgehoben, also habe ich es wieder versucht, weil ich gespürt hatte, dass da etwas nicht stimmte. Ich musste es siebenmal versuchen, bis sie endlich ans Telefon gegangen ist. Sie hat mir unter Tränen erzählt, wo sie war und was sie vorhatte und ich konnte sie nur mit Mühe davon überzeugen, nicht zu springen. Ich bin so schnell, wie ich konnte zu ihr gefahren, habe sie in mein Auto gepackt und sie bei mir zu Hause getröstet und in die Badewanne gelegt.« Niko hatte sich in der Zwischenzeit von Connie abgewandt und zur Wand gedreht, er wollte niemanden sehen, während ihm die Tränen in die Augen stiegen. »Damals«, fuhr Connie fort, »hat sie zum ersten Mal mir gegenüber das Wort ›Scheidung‹ in den Mund genommen. Als sie spät in der Nacht zu dir zurückgefahren ist, hat sie mich angefleht, dir nichts zu erzählen, damit du dir nur ja keine

Sorgen um sie machen müsstest. So sehr hat sie dich trotz alledem geliebt. Und du Putzneurotiker hast nicht einmal bemerkt, dass sie erst gegen Mitternacht zu Hause war, weil du so in deinem Putzstress vertieft warst. Du bist wirklich das Letzte, Niko, du hast sie ja förmlich in die Arme deines Nachbarn getrieben, sie hatte ja auch gar keine andere Wahl, wenn sie sich noch einen kleinen Funken Lebenswillen und Achtung vor sich selbst bewahren wollte. Du hast ihr Leben beschnitten, hast sie emotional eingekerkert, ihre Selbstachtung genommen und bis zum Selbstmord getrieben.«

Niko fühlte sich am Boden zerstört und hatte schreckliche Gewissensbisse. »Halte doch endlich deinen Mund!«, schrie er Connie an. »Du hast sie doch gegen mich aufgehetzt! Ich habe sie geliebt, bis zum letzten Tag. Was weißt du denn schon von einer Ehe, du warst nie länger als ein paar Stunden mit einem Mann zusammen.«

»Gott sei Dank! Maggies verlorene Jahre haben mir gezeigt, dass es viel besser ist, alleine zu leben als mit einem Versager wie dir das Leben zu vergeuden! Der Selbstmord war die einzige Möglichkeit, um ihr beschissenes Leben zu beenden! Und du hast sie dazu getrieben. Es ist deine Schuld!«

Georg sah, dass sich Niko in die Enge getrieben fühlte, und versuchte diese Situation gleich auszunützen: »Herr Kolschitzky, wo ist ihre Frau? Wo ist Maggie?«

»Sie ist weg. Und nennen sie sie nicht Maggie, das macht nur die da drüben. Meine Frau heißt Magdalena.«

»Noch einmal, Herr Kolschitzky: Wo ist sie?«, fragte Georg mit einer unangenehmen Härte und stellte sich ganz nah neben ihn. »Was haben sie mit ihr gemacht?«, zischte er Niko ins Ohr.

Auch Donatella hatte sich jetzt mit ihrem mächtigen Körper hinter ihm aufgebaut: »Spucken sie es schon aus, sie haben keine Wahl, wir kriegen es aus ihnen schon noch heraus«.

»Hören sie auf!«, schrie Niko in seiner Verzweiflung und stieß die beiden von sich.

»Niko«, sagte Susanne ganz sanft und nahm seine Hand, »komm her.« Sie umarmte ihn inniglich und Connie musste sich über die offensichtlich neuen Methoden der Polizei sehr wundern. Auch Schorsch sah die beiden äußerst angewidert an: »Ist das hier Kuscheln für Anfänger oder was? Wir sind verdammt nochmal Polizisten, Frau Kollegin!«

Doch Susanne ignorierte ihn komplett: »Lass es raus«, sagte sie mit einer engelsgleichen Stimme, wie Niko fand, und drückte ihn noch fester an sich, »es war nicht deine Schuld, lass dir das nicht einreden. Du musstest am Abend putzen, oder? Du konntest nicht anders. Es musste so sein. Habe ich recht?«

»Ja«, schluchzte er in ihre Schulter.

»Wo ist Magdalena?«, fragte sie sanft.

»Weg.«

»Wohin?«

Niko schwieg.

»Wo ist sie?« Susanne hob mit ihrer Hand sein Kinn an und sah ihm tief in die Augen: »Du kannst mit dieser Schuld nicht leben, du musst es sagen, sonst wird dich diese Last innerlich zerfressen.«

Doch das wurde ihm zu viel und er stieß sie von sich: »Was weißt du schon? Du hast ja keine Ahnung, womit ich leben muss, mit welchen Geheimnissen und Zwängen. Ich bin ein schwer gestörter Mann!«

Susanne ging auf ihn zu wie ein Pferdeflüsterer auf ein krankes Pferd: »Niko, lass dir helfen«. Wieder ergriff sie zärtlich seine Hand. »Ich kann dir helfen, und ich werde es auch tun. Vertrau mir.« Als Niko in ihre dunkelbraunen Rehaugen sah, spürte er zum ersten Mal eine absolute Verbundenheit und Vertrautheit zu einer Person. Konnte er ihr den Mord an Magdalena gestehen?

Plötzlich schrillte *»Let's talk about Sex, Baby«* aus Connies Handy. Sie fuhr erschrocken hoch und holte sofort ihr Telefon aus ihrer Handtasche. Es war ein spezieller Klingelton, der immer ertönte, wenn sie eine WhatsApp Nachricht von Maggie erhielt. Aufgeregt las sie die Nachricht laut vor: »Bin durchgebrannt und sitze mit V im Flieger nach Dubai, dann geht's weiter nach Jo'burg. Sorry, dass ich mich nicht gemeldet habe. Ich ruf dich an, sobald wir unsere Endbestimmung erreicht haben. Take care.«

Connie starrte ungläubig das Handy an. Im Zimmer war es totenstill.

»Was, das kann doch nicht sein!«, schrie sie schließlich. »Das gibt es nicht! Sie ist tot! Du Schwein hast sie doch umgebracht!«

»Nein, habe ich nicht, das sage ich doch die ganze Zeit. Sie ist durchgebrannt – und das finde ich nicht sonderlich lustig.« Niko konnte sich keinen Reim darauf machen, woher diese Nachricht gekommen war, war darüber aber heilfroh.

Im Auto saß Valerian und starrte auf Magdalenas Handy. Ob Connie antworten würde? Er hatte in seine Tasche gegriffen und ihr Telefon gefühlt, das er immer noch bei sich trug, seit er es Niko im Gasthaus abgenommen hatte. Aus sentimentalen Gründen nahm er es heraus um Fotos anzusehen, als er die ganzen entgangenen Anrufe und WhatsApp Nachrichten von

Connie gesehen hatte. Da war ihm die Idee gekommen, schnell eine Nachricht zu schicken, da Niko schon viel zu lang weggeblieben war. Und vielleicht würde ihm diese Nachricht genau die Zeit verschaffen, die er benötigte. Erst nachdem er das WhatsApp verschickt hatte, kam ihm der Gedanke, dass er doch froh sein konnte, wenn Niko endlich von der Polizei festgenommen wurde, immerhin war er ein Verbrecher, hatte ihn erpresst und zu fürchterlichen Taten gezwungen.

Aber es war das Gegenteil, was Valerian verspürte, er hoffte, Niko würde entkommen können. »Na toll jetzt habe ich auch noch das Stockholm Syndrom, gerade das habe ich noch gebraucht«, wunderte er sich über sich selbst und sah zu Trotzki hinüber, der mit Hingabe die Federkrone seines Vaters zerfetzte.

Niko war selten so froh über eine Nachricht wie in diesem Fall. Und tatsächlich schien ihm das WhatsApp eine wichtige Atempause verschafft zu haben.

»Zeigen sie einmal her«, verlangte Georg schroff wie immer. Nur widerwillig gab ihm Connie das Handy, die das WhatsApp überhaupt nicht verstand. Wie konnte das sein? Weshalb hatte ihr Maggie nichts gesagt? Hatte sie ihren Status als Vertrauensperson verloren? An diesen komischen Jüngling? Diese Beziehung konnte doch nicht gut gehen, der Junge war doch nur zum Sex zu gebrauchen. Sie nahm die Schachtel Zigaretten aus ihrer Handtasche und fingerte nervös am Feuerzeug herum, als sie sich eine anzünden wollte.

»Würdest du das bitte lassen?«, fuhr Niko entsetzt dazwischen, »ich will nicht, dass in meiner Wohnung geraucht wird.«

»Jetzt mach dir nicht ins Hemd, alter Spießer, du bist doch eh die nächsten Jahre im Knast, wenn sie dir die ganzen Morde anhängen.« Connie war in diesem Moment gar nicht bewusst, was sie soeben gesagt hatte.

»Moment«, fragte Georg, »von welchen Morden sprechen sie? Diese Nachricht von Frau Kolschitzky beweist meiner Meinung nach, dass es sich hier nur um das Verschwinden einer Frau handelt, die ihren Mann aus verständlichen Gründen verlassen will. Und nachdem der Herr Gatte keine Anzeige erstattet hat, gibt es auch kein Verbrechen, das wir ahnden können.«

»Ganz so ist es natürlich nicht.« Sven Gladiator versuchte sich wichtig zu machen, schob Schorsch auf die Seite und baute sich breitbeinig vor Niko auf: »Ihre Frau darf im Krankenstand nicht einfach ins Ausland reisen, geschweige denn, sich überhaupt gleich absetzen. Sie darf nur im Rahmen ihrer Krankheit ihr zumutbare Wege erledigen, sonst nix. Also ist sie soeben straffällig geworden.« Donatella rieb sich dabei lustvoll die Hände und grinste schmierig: »Das wird Konsequenzen haben, Herr Magister. Und die werden ihrer Frau bestimmt mehr weh tun als mir, das können sie mir glauben.«

»Bitte«, warf Niko ein, »meine Frau hat mich verlassen, sie ist unterwegs nach Südafrika, wer weiß, ob sie jemals wiederkommt. Ich habe jetzt echt andere Sorgen als die Krankenkasse!«

»Genau«, meldete sich Georg wieder und nutze die Gelegenheit, um den kleinen wichtigtuerischen Beamten auf die Seite zu schieben, »nämlich die Morde, von denen Frau Connie sprach. Wie heißen sie eigentlich mit vollem Namen? Egal, ich darf sie doch Frau Connie nennen?« Connie kniff die

Augen zusammen und ihr Blick schoss hunderte kleine Messer direkt in sein Gesicht.

»Sie dürfen mich nennen wie sie wollen, solange sie den Typen da endlich festnehmen«, zischte sie böse.

»Wieso sollten wir das tun? Wissen sie etwas, wovon sie uns noch nichts erzählt haben?« Susannes Ton wurde jetzt ein wenig schärfer, vor allem, weil ihr Connie absolut unsympathisch war. »Also, Frau…«

»Vargo. Cornelia Vargo. Was soll das? Meine beste Freundin ist abgehauen und ich will nach Hause und mich betrinken.« Connie war bewusst aggressiv und vom Lehnsessel aufgestanden.

»Ruhe, hinsetzen!« Susanne gab Connie einen kleinen Schubs, sodass diese wieder in den Sessel plumpste. »Niko, wovon redet sie da? Welche Morde?«, fragte sie wieder mit ihrer sanften Stimme und drehte sich zu ihm. Sie legte ihre linke Hand zärtlich auf seine Schulter, während sie mit der rechten auf den Halfter ihrer Pistole griff. Ihre Augen füllten sich mit Tränen, als ob sie wüsste, was jetzt folgen würde. Er hingegen spürte wieder diese Nähe wie vor einigen Minuten, als sie ihn umarmt hatte und er bereits den Mord an Magdalena gestehen wollte. Sie hatte gesagt, er solle ihr vertrauen. Konnte er das tatsächlich tun? Was würde geschehen, wenn er ihr von all den unzähligen Morden erzählen würde? War das der richtige Zeitpunkt, um loszulassen? War sie diejenige, bei der er sich fallen lassen und ohne all seine Zwänge leben könnte? Würde sie ihm helfen, mit seinen Verbrechen klarzukommen? War sie seine Erlösung?

»Niko?«

»Ich«, begann er stotternd, senkte seinen Blick und vergrub seine Hände so tief wie möglich in seinen Hosentaschen, »ich habe Menschen getötet.«

Er konnte Susanne dabei nicht ansehen und daher bemerkte er auch nicht, wie ihr eine Träne die Wange herunter rann, die sie aber sofort wegwischte. Wie gerne hätte sie ihn in diesem Moment umarmt, weil sie stolz darauf war, dass er sich endlich geöffnet hatte, doch sie drückte seine Schulter nur ein wenig fester um zu signalisieren, dass sie ihn verstand.

Plötzlich packte Georg Niko am Arm, drehte ihn mit dem Rücken zu sich und stieß ihn brutal mit dem Gesicht an die Wand. »Ich habe von Anfang an gewusst, dass sie etwas verbergen. Und jetzt ist Schluss mit der Kuschelrunde mit der Frau Kollegin, jetzt geht es ans Eingemachte!«, schrie er ihn an, während er ihm die Handschellen anlegte. »Also los Kolschitzky, wen haben sie umgebracht?«

»Verschiedene Leute,« antwortete Niko leise.

»Bist du ein Perverser?«, stieß Georg nach.

»Nein, ich habe niemanden geschändet, wenn sie das meinen. Aber fragen sie doch Connie, die kann ihnen einiges dazu erzählen.«

Connie verschluckte sich vor Schreck an ihrem letzten Zug und wurde mit einem Schlag kreidebleich.

»Warum sollen wir sie fragen?« Georg brauchte wie üblich ein wenig länger, um die richtigen Schlussfolgerungen zu ziehen.

»Sie hat doch als erste von meinen Morden gesprochen, oder? Woher wusste sie davon?«, antwortete Niko mit einer leichten Schadenfreude in seiner Stimme.

Alle Blicke waren nun auf Connie gerichtet, die ihre Zigarette auf dem Boden abtötete und sich sofort eine neue anzündete.

»Warum denn so nervös, Connie?«, schaltete sich Donatella ein.

»Ich bin gar nicht nervös, wieso auch? Ich bin nur müde und will nach Hause. Und jetzt will ich eine Zigarette rauchen. Wollen sie mich dafür einsperren?« Auch wenn sie es gerne so gewollt hätte, in diesem Moment hatte sie den Satz bei weitem nicht so souverän gesagt wie Sharon Stone in Basic Instinct.

»Connie, mach mir nix vor, ich kenne Frauen wie dich, die glauben, immer über den Dingen stehen zu müssen, die immer cooler und lässiger als alle anderen sind, die sich immer für hübscher und geiler als die anderen Frauen halten. Aber vertrau mir, diese Frauen haben alle etwas zu verbergen, und diese Geheimnisse kotzen sie jeden Tag und nach jeder Mahlzeit mit dem Essen in die Klomuschel.« Donatella stützte sich mit ihren Armen auf den Lehnen des Lehnsessels ab und beugte sich mit ihrem mächtigen Körper ganz nah über Connie. »Du bist genauso gestört wie der Typ da. Und deswegen glaube ich ihm auch, dass du sehr wohl weißt, wovon er spricht. Also, mein krankes Püppchen, bevor ich jetzt meine eigenen – nennen wir es Therapiemethoden – anwenden werde, gebe ich dir noch eine Chance. Sag schon, wovon spricht er? Was weißt du von den Morden?«

Donatellas Mundgeruch war so übel, dass Connie ihr Gesicht auf die Seite drehen musste.

»Sie mich gefälligst an!«, brüllte die Beamtin sie an und kam ihr bis auf wenige Zentimeter nahe an ihre Wange. Connie musste sich beinahe übergeben, doch sie fasste sich wieder, hustete zweimal und setzte ihr bekannt arrogantes Gesicht auf:

»Hör zu, Schätzchen, nur, weil du unter dem Komplex leidest, dass dich kein Mann in den letzten Jahren oder überhaupt jemals angesehen hat, heißt das noch lange nicht, dass ich jemanden umgebracht habe. Also schieb mit deinem fetten Leib endlich ab, freu dich auf deinen Vibrator heute Abend und lass mich gehen.«

»Ich kann es beweisen«, sagte plötzlich Niko kühl. »Sehen sie auf ihrem Handy nach, schauen sie sich die Fotos an. Sie werden dabei einige entdecken, die zeigen, wie ich vor ein paar Jahren einen Mann mit einer Spitzhacke erschlagen habe.«

Georg zog schnell Connies Smartphone aus seiner Hosentasche, das er, nachdem er die WhatsApp Nachricht von Magdalena gelesen hatte, unbedacht dorthinein gesteckt hatte. Er wischte ein wenig auf dem Bildschirm herum. »Wie viele Selfies machen sie pro Tag?« Georg konnte nicht fassen, wie oft sich jemand selbst fotografieren konnte, obwohl er die Fotos in Unterwäsche recht attraktiv fand. Aber wo waren diese Bilder, von denen Niko gesprochen hatte? »Ich kann hier keine verdächtigen Fotos entdecken, Kolschitzky.«

»Sie sind da, ich weiß es, suchen sie genau.«

»Geben sie einmal her, sie Anfänger«, sagte Sven Gladiator genervt und riss Schorsch das Telefon aus der Hand. Er wischte viel herum, nach oben, nach unten, viel nach links, dann wieder nach rechts. Plötzlich hörte er auf, starrte auf das Handy und vergrößerte mit Zeigefinger und Daumen ein Foto. Er starrte noch zwei Sekunden regungslos auf das Bild, dann reckte es ihn, er drückte das Smartphone schnell Donatella in die Hand und lief auf die Toilette. Im Zimmer war es auf einmal ganz still geworden, nur das Übergeben des Herrn Beamten auf der Toilette war zu hören. Alle standen wie angewurzelt da, selbst Donatella, die einen so starken Eindruck vermittelt hatte, bekam zittrige Knie und konnte einfach nicht fassen, was sie hier sah. Tatsächlich war Niko auf einer Lichtung in einem Wald zu erkennen, als er mit einer Spitzhacke auf einen alten Mann einschlug. Connie hatte einen Ordner mit dem Namen »XXX« angelegt, in dem eine ganze Serie dieser Fotos gespeichert war.

»Gib mir mein Handy!«, schrie Connie plötzlich und stürzte auf Donatella zu, doch Georg hielt sie auf und stieß sie zurück in den Lehnsessel.

»Los jetzt, mir reicht's, ich will jetzt die ganze Geschichte hören! Und sie, Frau Vargo, bleiben jetzt endlich einmal ruhig sitzen. Zünden sie sich von mir aus eine Zigarette an und saufen sie ihren Grappa, aber halten sie den Mund!« Georg war genervt, weil er immer noch nicht begriffen hatte, wie Nikos Taten und Connies Fotos zusammenhingen.

»Es war im Mai vor acht Jahren«, begann Niko, »ich musste damals relativ viel und lange im Büro arbeiten, was bei mir sonst nicht vorkam. Magdalena vermutete, ich hätte eine Affäre im Büro und erzählte es Connie, die mich dann, ohne dass es Magdalena wusste, beschattete. Eines Tages beobachtete sie, wie ich ungewöhnlich früh aus der Arbeit kam und in ein kleines Dorf fuhr, rund eine halbe Stunde von hier, wo ich eben jenen alten Mann traf, den sie auf den Fotos gesehen haben. Ich hatte vorgegeben, ein ganzes Nest an weißgezähnelten Träuschlingen, einer sehr seltenen Pilzart, gefunden zu haben. Wir fuhren auf eine Lichtung im angrenzenden Wald, wo ich ihn erschlug. Connie war uns gefolgt und hatte alles fotografiert, wie sie ja gesehen haben. Und jetzt kommt es.« Niko sah zu Connie hinüber, die mit zittriger Hand an ihrer Zigarette zog und aufgeregt an ihrem

Glas herumfingerte. Alle anderen folgten seinem Blick und sahen eine Frau, die in diesem Moment all ihre Souveränität, ihre lockeres Äußeres, ihre ganze Lebendigkeit verloren hatte.

»Ja, was? Na, du Spießer, was kommt jetzt?«, fragte sie schnippisch und kaute an ihrer Unterlippe. »Wir sind schon alle sehr gespannt, was für eine Lügengeschichte du uns jetzt auftischen wirst.«

»Nun, anstatt sofort zur Polizei zu fahren und mich anzuzeigen oder zumindest mit Magdalena zu sprechen, schickte sie mir die Fotos. Sie sagte, ich müsse noch einen weiteren Mord begehen, bei dem sie wieder zusehen würde. Wenn nicht, würde sie mich sofort an die Polizei ausliefern. Und wissen sie, weshalb sie wieder zusehen wollte? Weil es sie anturnte. Es war wie ein Trip für sie, wie ein Rausch, wie Sex in der freien Natur. Das hat sie mir später erzählt. Ich musste also weiter morden, ich hatte keine Wahl. Ich wollte doch nicht ins Gefängnis.« Nikos letzte Worte waren kaum mehr zu verstehen, so sehr hatte er angefangen zu heulen.

»Ach komm schon, es hat dir doch Spaß gemacht, die Leute zu erschlagen!« Connie kippte ein weiteres Glas Grappa auf einmal hinunter. »Und du hast recht, es war einfach geil, dir zuzusehen. Dieser Adrenalinrausch, den ich in diesem Moment verspürte, war einfach der Hammer, so etwas hatte ich noch nicht erlebt. Ich war Bungeejumping, Paragliding, Fallschirmspringen, was auch immer, aber das ist alles nichts verglichen mit dem Kick, wenn man sieht, wie ein Mensch um sein Leben kämpft. Und es hat mich so geil gemacht. Männer schauen sich einen Porno an oder gehen zu einer Domina um sich bestrafen zu lassen für diesen einen kurzen Moment des männlichen Glücks. Aber das ist alles nur vorgespielt, ist alles nicht wahr. Diese Morde waren wahr, Realität, echtes Blut, echtes

Schreien, echte Schmerzen! Das war der Kick, live, nicht im Internet!«

Donatella war die einzige, die Connie zumindest ein wenig zu verstehen schien, und fuhr unbewusst mit der Zunge über ihre Oberlippe.

»Bei den ersten zwei Morden«, fuhr Niko fort, »ist sie gleich wieder nach Hause gefahren, während ich die Leichen an einer bestimmten Stelle im Wald vergraben hatte, doch ab dem dritten Mal wollte sie dabei sein. Sie sagte, es wäre nur der halbe Spaß, wenn man nicht sehen würde, wo die Leichen verschwinden würden und Wanderer einfach über sie hinweggehen, ohne zu wissen, dass ein Toter unter ihnen liegt. Und nicht nur das, sie gab mir auch Namen von Menschen, die ich für sie töten sollte, Menschen, die ich nicht kannte, zu denen ich keinen Bezug hatte. Sie wurde zu meiner Komplizin.«

»Du Arschloch, das stimmt überhaupt nicht!« Connie sprang aus dem Lehnsessel und schlug wie wild auf Niko ein. Nur mit Mühe konnten sie Sven und Georg von ihm losreißen und wieder zurück in den Stuhl werfen.

»Ich habe doch keine Ahnung, wo du deine Leichen vergraben hast, ich bin dir nie gefolgt!«

»Ich habe deinen Schuhabdruck gesehen«, sagte Niko ruhig.

»Bullshit!«, schrie Connie voller Wut und Zorn auf sich selbst, weil sie offensichtlich diesen einen Schuhabdruck im Wald übersehen hatte.

»Ich zeige ihnen die Stelle, Herr Inspektor, und dort werden sie ihren Schuhabdruck entdecken. Und ich bin mir sicher, sie werden bei ihr zu Hause den passenden Schuh finden.«

Niko war richtig stolz auf seinen Coup und zutiefst befriedigt, es Connie ein für alle Mal gezeigt zu haben, ihr bewiesen zu haben, was in ihm steckte, und vor allem, dass er cleverer war als sie.

»Das reicht fürs Erste, sie kommen jetzt beide mit auf das Revier.« Georg nahm Susannes Handschellen und ging auf Connie zu. »Stehen sie auf, Frau Vargo, ich lege ihnen jetzt Handschellen an.«

Connie nahm noch einen tiefen Zug ihrer Zigarette, stand langsam auf und blies den Rauch direkt in Georgs Gesicht. »Ich sage dir etwas, mein Süßer«, hauchte sie in sein Ohr, »normalerweise werden mir die Handschellen nur im Schlafzimmer angelegt, und der Polizist liegt wenige Minuten später nackt auf mir und wir haben den geilsten Sex, den du dir vorstellen kannst.« In diesem Moment klickten die Handschellen und Georg musste tief schlucken. Er versank für einen Augenblick in Connies Augen und bemerkte dabei nicht, dass sie ganz leise den Halfter seiner Pistole geöffnet hatte. Sie deutete mit ihren knallroten Lippen lasziv einen Kuss an, wodurch Schorsch in seinen Gedanken bereits nackt auf ihr lag. Mit einem Ruck zog sie die Pistole aus Georgs Halfter, ging einen Schritt zurück und zielte auf seine Brust.

»Und jetzt alle einen Schritt zurück!«, wisperte sie, wodurch ihre Worte stark an Bedeutung gewannen und jeder mit einem verschreckten Gesicht zurücktrat. »Hände hoch. Susanne komm her und nimm mir die Handschellen ab. Los!« Zögernd ging Susanne auf Connie zu, zog langsam ihren Schlüssel aus ihrer Hosentasche und schloss die Handschellen auf. Mit einem schnellen Manöver, das sie vor kurzem in einem

Selbstverteidigungskurs gelernt hatte, packte Connie Susannes rechten Arm und drehte ihn so auf deren Rücken, dass sie die Polizistin eng an sich presste und ihr die Pistole an die Schläfe hielt. Susanne hatte nur einen kurzen heftigen Schrei voll Schmerz ausgestoßen, doch in ihren Augen spiegelte sich die pure Angst.

Connie schien absolut ruhig zu sein, sie beherrschte die Szene, sie wusste offenbar genau, was jetzt zu tun war und gab die dementsprechenden Befehle: »Inspektor, nimm Niko die Handschellen ab. Warte, leg sie ihm an der Vorderseite wieder an. Sicher ist sicher. Dann stell dich wieder zur Wand.« Georg hatte in seiner Ausbildung gelernt, in solchen Situationen immer den Anweisungen zu folgen, und so tat er das auch. Außerdem hatte er fürchterliche Angst. »Und du, Schlappschwanz«, kommandierte Connie weiter, »gib mir Susis Pistole und mach nur ja keinen Fehler, sonst ist deine Liebste dahin. Steck sie in meine Jackentasche.« Niko folgte aufs Wort und dachte nicht eine Sekunde daran, den Helden zu spielen. Einerseits waren ihm alle Personen im Zimmer vollkommen gleichgültig, andererseits wollte er Susanne nicht gefährden, ganz im Gegenteil, er wollte sie beschützen, er wollte sie am liebsten retten, wusste aber nicht wie. »Und jetzt sammle von allen die Autoschlüssel und die Handys ein. Nimm auch das Funkgerät vom Inspektor mit.« Rasch sammelte er alles ein und steckte die Sachen in seine Hosentaschen. »Und jetzt geh vor, hinunter zu meinem Auto. Ihr bleibt alle da, während wir drei einen lustigen Ausflug machen. Rührt euch bloß nicht, ich schwöre, so schnell könnt ihr gar nicht schauen, hat Barbie eine Kugel im Kopf.« Sie drückte die Pistole noch stärker an

Susannes Schläfe, um ihrer Drohung mehr Nachdruck zu verleihen.

Während sich Georg, Sven und Donatella mit erhobenen Händen in die hinterste Ecke des Wohnzimmers drängten, verließen die anderen schnell die Wohnung. Niko musste noch die Türe von außen absperren, dann stolperten sie die ersten Treppen des Stiegenhauses hinunter. Connie erkannte rasch, dass sie wohl entweder nur sehr langsam oder nicht ohne Sturz bei der Haustüre unten ankommen würden, wenn sie Susanne weiterhin mit dem Rücken an sich pressen würde. Sie löste daher die Umklammerung, hielt ihr die Pistole aber an den Hinterkopf. Niko hatte immer noch seine Handschellen um, hielt dabei seine Arme gestreckt vor sich her und ging auch noch so schwerfällig, dass er aussah, wie Herman Munster auf der Flucht.

Connies Mini Cabrio stand zu ihrem Glück genau vor der Haustüre, aber sie musste kurz die Sitzplätze überlegen. Niko sollte trotz der Handschellen fahren, der Mini hatte ohnehin eine Automatik, Susanne sollte daneben sitzen und sie würde von der Rückbank aus die beiden mit der Pistole unter Kontrolle halten. Erst sollte Susanne einsteigen, dann Niko, aber wie würde sie dann bei einem dreitürigen Auto auf die Rücksitzbank kommen? Außerdem würden die beiden gleich ohne sie losfahren. Vielleicht doch Niko als erster, dann würde er aber gleich alleine davonfahren. Oder sie als erste nach hinten, dann würden Niko und Susanne weglaufen. Nein, Susanne auf den Fahrersitz, sie auf die Rückbank, dann würde Susanne im Auto auf den Beifahrersitz rutschen, anschließend Niko auf den Fahrersitz. Doch der wäre dann in der

Zwischenzeit schon bestimmt weggelaufen. Oder sollte doch Susanne fahren, sie selbst auf dem Beifahrersitz sitzen, dann würde Niko aber von hinten versuchen, sie mit seinen Handschellen zu erwürgen. Oder doch anders herum? Verdammt, das konnte doch nicht so schwierig sein?

»Niko, steig ins Auto, mach das Dach auf und lass alle Fenster runter. Und wehe du denkst auch nur an irgendeinen Blödsinn, dann ballere ich deiner Tussi den Schädel weg!« Niko hatte nach kurzem Suchen den Knopf gefunden und das Dach war in einer halben Minute geöffnet. Susanne öffnete die Beifahrertüre, in Connies Augen aber ein wenig zu zaghaft, daher stieß sie sie mit dem Fuß auf den Sitz und schlug mit ungeheurer Wucht die Türe wieder zu. Nun wollte sie elegant auf die Rückbank springen, allerdings erschien ihr die Karosserie plötzlich doch recht hoch, und ihre High-Heel-Lackstiefel und enge Hose würden ihren sportlichen Plan bestimmt nicht unterstützen. »Mist!«, dachte sie sich und trippelte auf Nikos Seite und hielt ihm die Pistole vor die Nase: »Los, steig aus.« Niko stieg langsam aus und Connie quetschte sich auf die enge Rückbank, hielt die Pistole wieder an Susannes Hinterkopf und schrie ihn an: »Steig endlich ein und mach das Dach zu!«

»Ist wohl kein geeignetes Fluchtauto, was?«, lästerte Niko, setzte sich ins Auto, schloss das Dach und die Fenster und fuhr los.

»Schneller, Schlappi, steig aufs Gas!«, kam es von der Rückbank.

»Das ist eine dreißiger Zone«, antwortete Niko.

»Hast du Angst vor einem Strafmandat? Diese Polizistin hier wird dich bestimmt nicht aufschreiben! Fahr endlich!«, brüllte

Connie und fuchtelte mit ihrer Pistole zwischen den beiden herum.

»Wir werden auffallen.«

»Steig endlich auf das blöde Gaspedal!«

Die Reifen quietschten und Connie fiel kurz nach hinten, als Niko voll aufs Gas stieg.

»Doch ein gutes Fluchtauto«, dachte er sich.

Bereits bei der ersten Quergasse kam ein Auto von rechts und Niko musste eine Vollbremsung machen, um einen Unfall zu verhindern.

An der Ecke dieser Kreuzung saß ein Mann in einem geparkten silbernen koreanischen Kombi und heulte, ein kleiner Dackel auf seinem Schoß versuchte vergebens, ihn zu beruhigen. Seinen Kopf hatte er auf das Lenkrad gestützt, schon rund zwanzig Minuten lang, und als er wegen der neben ihm quietschenden Reifen erschrocken aufsah, hatte es einen roten Streifen quer über die ganze Stirn hinterlassen. Durch seine verquollenen Augen sah er, wie eine blonde Frau das Fenster herunterließ und von der Rückbank plötzlich eine wildgewordene Furie mit roten Locken mit einer Pistole in der Hand den Fahrer eines anderen Wagens anschrie und auf das Übelste beschimpfte. Keine zehn Sekunden später raste der Mini mit quietschenden Reifen wieder davon.

»Das sind sie, Trotzki, hast du das gesehen? Das waren Niko und Susanne und die Wahnsinnige!« Valerian hob den Hund auf den Beifahrersitz, schnallte sich an und fuhr los. »Wir müssen Abstand halten, bloß nicht zu dicht auffahren. Wohin sie wohl fahren?«

»Wohin fahren wir?«, fragte Niko.

»Du weißt es ganz genau.« Mehr musste Connie nicht sagen, Niko hatte verstanden. »Wir fahren aber durch die Stadt, um nur ja nicht aufzufallen. Los, halte dich rechts.«

11 DAS GROSSE FINALE

In der Zwischenzeit wurden in Nikos Wohnung heftige Versuche unternommen, um auszubrechen und die Verfolgung der Drei aufnehmen zu können oder um zumindest Hilfe zu holen. Georg sah sich als der starke Mann des Trios an und wollte die alte Eingangstür mit einem kräftigen Fußtritt aufstoßen. Er nahm zwei Schritte Anlauf und mit einem lauten Schrei trat er mit seinem rechten Schuh wie ein Shaolin Krieger gegen die Türe. Das heißt, er dachte, er könnte es genauso gut wie ein Shaolin Krieger. Tatsächlich ging sein Kampfschrei direkt in einen Schmerzschrei über und er humpelte fluchend wieder zurück ins Wohnzimmer. Die Türe hatte dabei nicht den kleinsten Schaden genommen.

»Na, sie sind wohl doch kein Chuck Norris, was? Übrigens, die Tür geht nach innen auf, die können sie nicht einfach eintreten, Herr Kollege«, ätzte Sven in Georgs Richtung.

»Wir sind keine Kollegen, sie Krankenkassenzwerg!«, zischte er schmerzverzerrt.

»Jetzt schauen sie einmal zu und lernen sie etwas.« Sven zwinkerte mit seinem rechten Auge Georg zu und schnippte mit den Fingern einmal kurz in Richtung Donatella.

Georg blieb auf der Couch sitzen und hörte nur, wie diese zuerst in die Küche ging und dort in den Schubladen kramte, dann lief sie ins Badezimmer, anschließend wieder zurück in die Küche, wo sie Schüsseln und Töpfe aus den Schränken nahm. Zwei Eier wurden zerschlagen und mit dem Mixer mit etwas anderem verrührt.

Keine drei Minuten waren vergangen, als Sven Georg ins Vorzimmer bat: »Meine Kollegin wird nicht umsonst ›MacGyver‹ genannt.«

Donatella war dabei, Teig in den Türspalt neben dem Schloss zu schmieren. Georg wunderte sich noch über den starken Geruch nach Nagellackentferner, als sie bereits Haarspray aus der Dose auf den Teig sprühte und mit einem Benzinfeuerzeug anzündete. Sie hielt den Flammenwerfer nur wenige Sekunden auf ihren selbstgebastelten Haushaltssprengstoff, da explodierte der Teig mit einem dumpfen Knall und Donatella lächelte zufrieden.

»Jetzt dürfen sie einmal anziehen, Herr Inspektor. Das heißt, wenn sie sich trauen«, sagte Sven zu Georg mit einer nicht zu überhörenden Schadenfreude und Überheblichkeit. Der Schaden an der Türe war nicht sehr groß, doch das Schloss war ausreichend schwer in Mitleidenschaft gezogen worden, sodass der Polizist mit einem einzigen festen Ruck die Eingangstüre öffnen konnte und in zwei bleiche Gesichter blickte.

Denn vor der Wohnungstüre, im Treppenhaus, standen eine junge Frau und ein junger Mann, beide mit einer entsetzten und fassungslosen Miene ganz still und hielten eine Zeitschrift auf Brusthöhe mit der Aufschrift »Wachtturm« und »Erwachet«. Sie wollten just in dem Moment an Nikos Türe klingeln, als der Sprengstoff explodierte und waren fürchterlich erschrocken, ihre Knie zitterten. In Gedanken dankten sie Gott, dass sie die beiden Zeitschriften wie ein Schild vor groben Verletzungen geschützt hatten. Sie schützten jedoch nicht vor Georg. Der Polizist stürmte aus der Wohnung, ignorierte das Pärchen und rempelte dabei den jungen Mann wie bei American Football so heftig, dass dieser beinahe zu

Boden fiel. Das kümmerte den brutalen Inspektor jedoch herzlich wenig und hetzte zur Wohnung der alten Ulrichsthal hinauf.

Donatella schnappte sich Nikos Tablet und Fernsehfernbedienung, die beide im Wohnzimmer lagen, und wollte auf die Straße laufen, als sich ihr die beiden jungen Gläubigen mit frischem Mut in den Weg stellten.

»Wisst ihr, dass Jesus euch liebt?«, sagte die junge Frau schnell, hielt dabei die Zeitschrift mit ausgestreckten Armen vor sich und kniff vor Angst die Augen fest zu.

Donatella fixierte die beiden mit einem Adlerblick, runzelte die Stirn, schnaufte zweimal laut und stampfte mit ihrem rechten Fuß fest auf den Boden wie ein Stier, der jeden Moment auf sein Opfer losstürmen wollte. Sven hatte Angst, sie würde die beiden schwächlichen jungen Leute wie ein Wrestler einfach zur Seite räumen und sagte daher schnell: »Danke, aber wir kaufen nix.« Dann griff er nach Donatellas Hand und ging mit ihr die Stiegen hinunter.

»Ich nehme an, du kannst unser Auto knacken, oder?«, fragte Sven seine Kollegin, während sie auf der Straße zum Auto liefen.

»Glaubst du wirklich, ich brauche einen Schlüssel, um mit einem Auto fahren zu können?«

»Okay, ich wollte ja nur sicher gehen«, entschuldigte er sich bei ihr und war heilfroh, mit jemandem zu arbeiten, die alle Probleme mit ein wenig Physik, Chemie, Mechanik und Elektronik lösen konnte.

Als sie vor ihrem Dienstauto standen, einem zwölf Jahre alten Toyota Prius, nahm Donatella »MacGyver« MacDonald die Fernsehfernbedienung, legte sie auf die Motorhaube und schraubte sie mit ihrem Leatherman auf. Als die Platine der Fernbedienung offen vor ihr lag, hielt sie die Lupe ihres zweiten Leatherman so über die Leiterplatte, dass sie mithilfe des Sonnenlichts als Lötkolben fungierte.

»Es ist ganz einfach«, begann Donatella, »ich nütze die Kraft der Sonne um hier auf der Platine …«

»Ich verstehe es ohnehin nicht, starte bitte einfach nur das Auto«, unterbrach sie Sven leicht entnervt.

»Du musst wissen«, belehrte sie ihren Kollegen, während sie die Lupe über die Platine hielt, »du solltest öfter einmal innehalten und die Physik ihren Job machen lassen. Übrigens ist es in diesem Fall schon ein Glück, dass wir ein so modernes Auto fahren dürfen. Der Toyota war technologisch immer schon so weit fortgeschritten, dass er bereits damals keinen Schlüssel mehr brauchte, weder zum Öffnen der Türen noch zum Starten. Toll, nicht wahr? Stell dir vor, wir müssten das Auto mit Gewalt aufbrechen.«

»Dann wäre es bereits offen, glaub mir. Bitte beeil dich!« Er wusste gar nicht, dass seine Partnerin so viel unnützes Zeugs von sich geben konnte. »Naja, sie ist halt doch eine Frau …«, dachte er sich und schüttelte den Kopf.

Wieder blickte Sven auf die Uhr, mittlerweile waren zehn Minuten vergangen, seit sie Connie in der Wohnung eingesperrt hatte. »Wir müssen jetzt echt los, wenn wir sie noch jemals irgendwo finden wollen«, sagte er bereits leicht zerknirscht.

In diesem Moment leuchteten die Blinker des Toyota zweimal auf und Donatella grinste über ihr breites Gesicht. »Na, was habe ich dir gesagt. Los geht's!«

»Donnerwetter, Donatella!«

»Bitte nicht.« Donatellas Stimme klang verzweifelt, als sie ins Auto stiegen, trotzdem freute sie sich über dieses schlechte Wortspiel, da sie wusste, dass sie von Sven niemals mehr Anerkennung zu hören bekommen würde. »Mach bitte das obere Handschuhfach auf«, bat sie ihren kleinen Chef, während sie Nikos Tablet aus ihrer Jackentasche holte. »Ich habe hier einen USB Anschluss einbauen lassen, cool oder? Schnell das Tablet angeworfen und angesteckt, und schon können wir losfahren.«

»Aber das Tablet ist doch bestimmt gesperrt, oder?«, warf Sven ein.

»Und?« Sie wischte, tapste und tippte und dreißig Sekunden später war das Tablet entsperrt.

»Und woher wissen wir jetzt, wohin wir fahren sollen?«

»Ich habe mein Handy und den Autoschlüssel mit Trackern ausgerüstet, genau für den Fall, dass sie gestohlen werden. Gleich habe ich es.« Sie wischte noch ein paar Mal über das Tablet. »Trara, da sind sie! Hier siehst du auf der Karte den Punkt, da sind Niko und die Polizistin und die Durchgeknallte. Und jetzt starten wir den Wagen, dann können wir das Tablet auf das Navi des Autos übertragen. Na, was sagst du? Das ist doch wie bei James Bond, oder?«

Sven war zutiefst beeindruckt von seiner Kollegin und hielt das Tablet fassungslos in den Händen. »Donnerwetter, Dona…!«. Diesmal ließ er das Wortspiel lieber bleiben.

»Und jetzt halte dich fest«, sagte sie mit ganz tiefer Stimme, »bei Verfolgungsjagden werde ich nämlich zur Furie!«

Sven wartete auf das Aufheulen des Motors und das Quietschen der durchdrehenden Reifen. Doch außer dem »Grrrrrrr….« seiner verbissenen Kollegin konnte er nichts hören. Lautlos setzte sich der Prius im Elektromodus in Gang und surrte gemächlich vor sich hin.

»Meinst du nicht«, fragte er seine Kollegin vorsichtig, »dass wir vielleicht ein weniger schneller fahren sollten, um die anderen noch einzuholen?«

»Soll die Umwelt wegen solchen Verbrechern leiden? Sollten wir nicht immer danach trachten, unsere Umwelt zu schonen? Es geht um unsere Kinder und Kindeskinder!«

»Du hast doch gar keine Kinder.«

»Das war pathetisch. Mach dir keine Sorgen. Ich sehe, dass sie durch die Stadt in nördliche Richtung fahren. Hier ist gleich die Auffahrt auf die Autobahn, da nehmen wir ihnen locker fünfzehn Minuten ab.«

Sven war beruhigt und überließ die weitere Planung seiner Kollegin. Er traute sich auch nicht sie zu fragen, welche Musik sie wohl hörte. Lieber schweigen als Schmusesongs oder Schlagermusik über sich ergehen lassen zu müssen, dachte er sich.

In der Zwischenzeit war Georg zur Wohnung der alten Frau Ulrichsthal gelaufen und hatte bei ihr geläutet und geklopft, doch niemand hatte geöffnet.

Da sagte plötzlich eine zittrige Stimme von hinten: »Gott hilft.«

Georg drehte sich blitzartig um und sah die beiden Zeugen Jehovas an. »Wie bitte?«, fauchte er sie an.

»Gott kann immer helfen, auch in schwierigen Situationen«, stotterte die junge Frau und hielt den »Wachtturm« schützend vor ihr Gesicht.

Der Polizist dachte einen kurzen Moment nach. »Ihr habt recht. Schnell, gebt mir ein Handy. Das ist ein Diensteinsatz.«

Der junge Mann gab ihm sein altes Telefon, das noch mit Tasten zu bedienen war.

»Sogar das Handy kommt noch aus der Zeit Jesu.« Georg lachte dreckig und zwinkerte den armen erschrockenen Burschen an. »Wie ist der Code zum Entsperren? 666?«

»Nein, vier acht sechs drei.« Der Junge hatte wohl noch nie »Das Omen« gesehen.

»Hier ist Schorsch«, schrie er ins Telefon. »Schnell, ich brauche Verstärkung. Connie ist geflohen und hat meinen Autoschlüssel und das Handy und die Pistole mitgenommen.« »Ja ich weiß.« »Wann könnt ihr da sein? In fünfzehn Minuten?« »Alle Einheiten beim Fußballmatch?« »Ihr seid so unfähig! Ich brauche keine Dilettanten, ich schaffe das alleine! So wie sonst auch immer!«, brüllte Georg schließlich mit hochrotem Kopf und pfefferte das Telefon mit voller Wucht quer durch das Treppenhaus. »Gott schenkt dir sicher ein Smartphone, wenn du ihn darum bittest«, sagte er dem Zeugen Jehovas und klopfte ihm dabei auf die Schulter. Während Schorsch die Treppen hinunterlief, schlich der junge Mann vorsichtig ein paar Stufen hinunter, hob das Handy wieder auf und sah es behutsam an. Es schien keinen Kratzer zu haben. »Danke, oh Herr, für das unzerstörbare Nokia 3310«. Er lächelte, wandte seinen Blick nach oben, faltete die Hände und nickte kurz mit dem Kopf.

»Hey, ihr Bibelfuzzis!«, brüllte Georg vom Erdgeschoß durch das Stiegenhaus. »Kommt sofort herunter, ich brauche euch!«

»Aber wir dienen keiner irdischen Macht!«, antwortete die junge Dame beherzt.

»Wollt ihr im Gefängnis bei lauter Betrunkenen und Prostituierten darüber nachdenken, dass es vielleicht doch besser gewesen wäre, mit dem netten Herrn Polizisten zu reden und ihm bei einer Amtshandlung zu helfen?« Georg war ich sicher, dass sein Sarkasmus bei den beiden Zeugen Jehovas einschlagen würde wie eine Bombe. Doch es geschah nichts. Er hörte keine Schritte, nur das leise Tuscheln von zwei Menschen.

»Hallo? Ihr habt mich doch verstanden?«

»Ja, aber nochmal, wir unterstehen keiner irdischen Macht. Wir folgen nur den Gesetzen Gottes. Im Buch Jeremia steht geschrieben: ›Es sollte nämlich jeder seinen hebräischen Sklaven und seine hebräische Sklavin freilassen und keiner sollte mehr seinen hebräischen Stammesbruder als Sklaven halten.‹«

Georg überlegte kurz, dann antwortete er: »Ezechiel sagt: ›Weh den törichten Propheten, die nur ihrem eigenen Geist folgen und nichts geschaut haben.‹ Ihr versteht? Also los, runter mit euch!«

Die beiden sahen sich staunend an, denn diesen Bibelspruch kannten sie gar nicht, und sie hätten ihn auch niemals aus dem Mund dieses Mannes erwartet. Die Neugier war natürlich größer als jede mögliche irdische und himmlische Strafandrohung, also liefen sie die drei Stockwerke hinunter.

»Wie heißt ihr?«, wollte der Polizist wissen.

»Wolfram Aiderbach«, stotterte die junge Frau und zeigte auf ihren Begleiter, »und ich bin Simone Farmann. Wir sind beide noch nicht sehr lange im Dienste Gottes unterwegs und daher hat es uns gewundert, dass sie diesen Spruch gekannt haben, also, ich will sagen, wir haben noch nie diesen Spruch gehört, und jetzt würden wir gerne mit ihnen darüber diskutieren.«

»Gerne, aber in eurem Auto. Ihr seid doch mit dem Auto da?« Georg war sich nicht sicher, ob Jehovas Zeugen vielleicht nur mit dem Fahrrad unterwegs sein durften.

»Ja ja«, beeilte sich Wolfram zu sagen, »ich habe ein Auto. Wo fahren wir denn hin? Wir können gerne in unserem Himmelreichsaal bei einem Kaffee reden.«

»Nix da, Freundchen, wir machen eine Verfolgungsjagd, und wenn ihr euch jetzt nicht beeilt, gehen uns die Verdächtigen durch die Lappen und ihr macht euch der Mitschuld an einem möglichen letalen Verbrechen mitschuldig. Wollt ihr das?« Der Polizist hatte große Mühe dabei nicht zu lachen, als er in die bleichen Gesichter der beiden sah. Die Mittäterschaft hatte er natürlich erfunden, das tat er gerne, auch bei anderen Menschen, die er nicht mochte oder die er einfach ärgern wollte, so wie Valerian.

Wolfram riss voll Panik sofort die Haustüre auf und stürmte zu seinem Wagen, der genau auf der anderen Straßenseite stand. Als ihm Georg folgte, sah er, wie ein silberfarbener Toyota Prius lautlos aus seiner Parklücke schlich.

»Das sind die Krankenkassler, hinterher!«, schrie er Wolfram an, der gerade mit zittriger Hand versuchte, den Schlüssel in das Türschloss zu stecken. »Geh auf die Seite, lass mich das machen. Außerdem fahre ich!« Schnell hatte er den Wagen geöffnet und setzte sich hinter das Steuer, die beiden Zeugen Jehovas saßen auf der Rückbank und umarmten sich.

»Wir sind noch nicht einmal losgefahren! Entspannt euch bitte. Geh bitte, den alten Kübel muss ich noch vorglühen?« Nach fünfzehn endlosen Sekunden konnte der »Wilde Schorsch«, wie er von seinen Freunden am Stammtisch genannt wurde, den beigen Mercedes 190 starten. Eine große schwarze Rußwolke wurde regelrecht aus dem Auspuff geschossen, dazu klang der Motor wie ein alter Traktor. Er trat das Gaspedal durch, doch der Wagen beschleunigte nicht schneller als der lautlose Toyota Prius. »Darf das wahr sein? Wie viel PS hat die Schüssel? Fünfzig?« Georg war wütend und fuhr dementsprechend aggressiv. Obwohl der Mercedes keine Servolenkung besaß, warf der »Wilde Schorsch« das Auto so scharf um die Kurven, dass die beiden verschreckten Zeugen auf der Rückbank von einer auf die andere Seite flogen. Bei jedem Kurvenausgang hörte man ein Rumpeln aus dem Kofferraum.

»Was ist das? Ihr habt doch wohl keine Leiche da hinten drinnen?«

»Aber nein, das sind nur zwei Kisten mit ›Wachtturm‹ und ›Erwachet‹«, antwortete Wolfram vorsichtig. »Sie müssen wissen, wir haben immer genügend Material dabei, um schwarze Schafe auf den rechten Pfad zu bringen. Denn nur, wenn wir die Botschaft verbreiten, wird sie auch gehört. Wie steht es im Ersten Buch der Könige: ›Als Hiram die Botschaft Salomos vernahm, freute er sich sehr und rief aus: Gepriesen sei heute Jahwe.‹«

»Da hast du recht, das ist eine schöne Stelle«, bestätigte ihn der Inspektor, »auch Jesaja drückt das sehr klar aus: ›Rufe aus voller Kehle, halte dich nicht zurück! Lass deine Stimme ertönen wie eine Posaune!‹ Apropos, da vorne sind die beiden komischen Typen von der Krankenkasse, jetzt können wir ihnen gemütlich folgen. Ich bin mir sicher, dass sie wissen, wohin die durchgeknallte, geile Schlampe mit den beiden Turteltäubchen unterwegs ist.«

Connie hatte Niko durch die Stadt fahren lassen, da sie dachte, dass sie dort unerkannt bleiben würde. Ihr war nicht aufgefallen, dass Valerian ihr dicht auf den Fersen war, aber immer so weit, dass sie es nicht bemerkte. Donatella folgte den Anweisungen ihres Tablets, das die Daten des Trackers auf ihrem Handy direkt aus Connies Mini empfing und somit die ideale Route errechnete, auf der sie in kürzest möglicher Zeit das Fluchtauto einholen konnten. Laut Rechenprogramm würden sie in rund dreißig Minuten auf einer Landstraße aufeinandertreffen. Der »Wilde Schorsch« und seine Zeugen Jehovas hatten Mühe, mit dem alten und untermotorisierten Mercedes das Tempo auf der Autobahn zu halten und den Toyota nicht aus den Augen zu verlieren. Jedes Mal, wenn Georg einen Gang zurückschaltete, hinterließ der beige Benz eine große schwarze Wolke.

Seit die drei in den Mini gestiegen waren, hatte Connie versucht, sich nur auf die Richtungsanweisungen zu beschränken, sie wollte nicht reden und die anderen mussten sowieso schweigen. Sie konnte aber nicht umhin zu bemerken, welch verliebte Blicke sich die beiden immer wieder zuwarfen. Als Susanne ihre Hand auf seinen Oberschenkel legte, hielt es Connie nicht mehr aus: »Das darf doch nicht wahr sein! Was, bitte sehr, findest du an diesem Schlappschwanz? Der Typ verkörpert doch die personifizierte Langeweile. Der spricht nicht, der tut nichts, hängt abends vor der Glotze oder bügelt die Bundfalten seiner Spießerhosen. Außerdem trägt er weiße Rippunterhosen. Igitt.«

Susanne sah ihn noch intensiver an als zuvor und lächelte dabei. Ihr Blick schien zu sagen, wie sehr sich auf diese gemeinsamen Abende freute.

Connie verdrehte die Augen und zündete sich eine weitere Zigarette an. »Mir wird schlecht. So verliebt wie diese Frau war ich in all meinen Beziehungen zusammen nicht. Und ehrlich, das waren viele. Scheiß Liebe. Echt. Zum Kotzen. Das muss ich schnell posten. Sie nahm ihr Handy zur Hand, öffnete Facebook und begann zu tippen: ›Wenn du als drittes Rad am Wagen eingepfercht in einem Mini Cabrio einem verliebten Paar beim Turteln zuschauen musst, dann öffne das Dach und schrei um Hilfe. Wenn du das Dach nicht öffnen kannst, dann schreibe SOS mit einem Lippenstift an die Fensterscheibe. Wenn du keinen Lippenstift dabeihast, dann erschieß die beiden einfach. Und das werde ich später auch tun.‹ Haha, das wird mein bestes Posting! Ping, schon gesendet und die ganze Facebook Community kann lesen, dass ich euch gleich umbringen werde. Und keiner wird schnallen, dass ich es ernst meine. Gott, ist das geil. Das ist so unglaublich hammergeil! Ich bin geil!« Connie schrie so laut sie konnte und blies den Rauch ihrer Zigarette extra nach vorne zu den beiden Verliebten.

»Weißt du«, sagte Valerian zu Trotzki, »wenn das ganze hier vorbei ist, dann fahren wir nach Kiew und fangen ein neues Leben an. Und ich schwöre dir, ich werde mich bei Ivan Prodoloski persönlich dafür einsetzen, dass du immer bei mir sein darfst, bei allen meinen Übungen und Kursen. Du musst natürlich brav sein und immer still in einer Ecke liegen. Aber das tust du ja jetzt auch schon. Vielleicht finden wir für dich auch eine Alexandra Kollontai, eine hübsche Hündin mit klingendem Namen. Alexandra Kollontai war übrigens eine tolle Frau, wusstest du das? Sie war 1917 die erste Ministerin der Welt im Kabinett von unserem Freund Lenin. Und später wirkte sie als Diplomatin und war an vielen Friedensverträgen beteiligt. Außerdem trat sie vehement für Frauenrechte ein, war für die Legalisierung von Schwangerschaftsabbrüchen und erkämpfte die Änderung des Eherechts. Und das allerwichtigste überhaupt, sie war eine Verfechterin der freien Liebe. Das musst du dir einmal vorstellen, das war Anfang des zwanzigsten Jahrhunderts. Ohne sie hätte es in den sechziger Jahren keine Kommunen gegeben. Tolle Frau. Ob ich wohl auch jemals eine so tolle Frau treffen werde?« Valerian streichelte seinen treuen Begleiter liebevoll hinter dem Ohr, während sie dem Mini weiter folgten.

»Es piepst nicht«, beschwerte sich Sven bei seiner Kollegin, »es muss doch piepsen.«

»Was muss bitteschön piepsen?«

»Auf dem Navi sehen wir den Punkt, das ist das Auto von Connie, und der Punkt blinkt. Warum piepst er nicht? In den Spionagefilmen piepsen diese Dinger immer.«

»Sag mal«, konterte Donatella genervt, »nachdem du den ersten Walt Disney Film gesehen hast, glaubst du jetzt auch, dass dir im Wald die Vögel zufliegen und ein Kleid für dich nähen?«

»Aber es ist so still in diesem Auto, das halte ich nicht aus.«

»Bisschen Musik gefällig?«

»Gerne.« Sven erwartete Helene Fischer oder Kuschelrock 13. Doch er lag daneben. Er zuckte regelrecht zusammen, als »Six, six, six, the Number of the Beast« von Iron Maiden aus den Lautsprechern dröhnte. Die Stimme des Sängers war schrill, die Gitarren quietschten und die Drums schlugen wie Hagelkörner auf sein Trommelfell. Sven suchte vergeblich nach dem Lautstärkeregler, während Donatella nur glücklich und zufrieden grinste.

»Warum seid ihr bei den Zeugen Jehovas?«, fragte Georg seine beiden Mitfahrer ganz ernst.

»Gott ist das Licht, und mit den Zeugen kommen wir diesem Licht näher als mit anderen Religionen.« Wolfram klang sehr überzeugt und seine Antwort schien auch nicht einstudiert zu sein.

»Ich war immer katholisch, aber seit einem Monat bin ich nun auch endlich auf dem richtigen Weg. Ich wollte etwas Neues ausprobieren«, fügte Simone schnell hinzu.

»Aber sagt nicht Jesus Sirach: ›Gib einen alten Freund nicht auf, denn ein neuer hält nicht zu dir. Neuer Freund, neuer Wein: nur alt trinkst du ihn gern.‹ Oder?« Wie Georg es liebte, junge schüchterne Menschen zu provozieren.

»Ja«, antwortete Simone, »aber er sagt auch: ›Gib dich nicht mit einer Dirne ab, damit sie dich nicht um dein Erbe bringt.‹ Ich wollte nicht um mein Erbe, meinen Glauben, gebracht werden und bin daher zu Jehovas Zeugen gewechselt. Woher kennen Sie sich eigentlich so gut mit der Bibel aus?«

»Die Bibel war ein Hobby von mir. Sonst nichts, ich bin nicht Mitglied irgendeiner Vereinigung. Ich sehe das alles viel pragmatischer«, meinte Schorsch, »Paulus schrieb ja an die Korinther: ›Es gibt verschiedene Kräfte, die wirken, aber nur den einen Gott: Er bewirkt alles in allen.‹ Wozu sich also bei einer Glaubensrichtung festlegen?«

Wolfram und Simone sahen sich an, tuschelten leise auf der Rückbank, blätterten in Skripten, die hinten herumlagen, tuschelten wieder, und schließlich sagte Wolfram stolz: »›Weh euch, die ihr alles verdreht. Ist denn der Ton so viel wie der Töpfer? Sagt denn das Werk von dem, der es herstellt: Er hat mich nicht gemacht. Oder sagt der Topf von dem Töpfer: Er versteht nichts?‹ Jesaja.«

»Natürlich, Jesaja, der Klassiker. Aber er sagt doch auch: ›Priester und Propheten schwanken vom Bier, sind überwältigt vom Wein. Sie taumeln vom Bier, sie schwanken bei ihren Visionen, sie torkeln, wenn sie ihr Urteil verkünden. Alle Tische sind voll von Erbrochenem, sind voll von Kot bis auf den letzten Fleck.‹«

Die Jehovas schäumten vor Wut. »›Weh den Sorglosen auf dem Zion, und den Selbstsicheren auf dem Berg von Samaria.‹ Amos!«, brüllte Simone.

Georg blieb locker und überheblich wie immer: »›Kennst du der Steinböcke Wurfzeit, überwachst du das Werfen der Hirsche?‹ Ijob stellte Frauen immer schon die richtigen Fragen.«

»›Glaube aber ist: Feststehen in dem, was man erhofft, Überzeugtsein von Dingen, die man nicht sieht.‹« Simones Kopf war mittlerweile hochrot geworden.

»›Eine Hexe sollst du nicht am Leben lassen.‹ Sagte schon Moses. Also Schnauze jetzt.« Schorsch hätte noch weiter mit Bibelzitaten um sich werfen können, doch er musste sich konzentrieren, der Prius bog nämlich von der Autobahn ab und fuhr eine schmale Landstraße entlang.

Im Toyota der zwei Krankenkassenbeamten piepste es nach wie vor nicht, aber Donatella wurde trotzdem immer aufgeregter, denn der Ort des Zusammentreffens mit Connie rückte näher. »Siehst du, Sven, hier auf der Straße, mitten im Wald, werden wir sie eingeholt haben.«

Sven schaute konzentriert auf das Navi und schüttelte den Kopf. »Aber wie können wir sie stoppen?«, murmelte er. »Wir bräuchten ein Lasso oder müssten schon vorher eine Straßensperre errichten.« Er grübelte weiter, dann hatte er die Lösung:

»Hier, genau hier muss es sein.« Er tippte aufgeregt mit seinem fettigen Zeigefinger auf den Bildschirm des Navis. »Donatella, hier in diesem Dorf kommen wir von Osten und Connie von Süden. Auf dem Dorfplatz können wir ihr dann den Weg absperren. Was meinst du?«.

»Du warst immer schon ein toller Stratege. Deine Zeit bei den Navy Seals hat sich wohl ausgezahlt.«

»Du weißt davon?«, fragte Sven erstaunt.

Donatella hob eine Augenbraue und zwinkerte ihm zu.

»So eine Entführung ist wirklich langweilig«, stöhnte Connie von der Rückbank. »Und außerdem sieht man hinten echt wenig raus aus diesen kleinen Fensterchen. Bin ich froh, dass wir bald da sind.« Sie zündete sich die mittlerweile zehnte Zigarette an, und nachdem sie Niko verboten hatte, ein Fenster auch nur einen Spalt zu öffnen, war es in dem kleinen Auto schon beinahe nebelig. »Wo sind wir hier eigentlich?«, fragte sie grantig.

»Wir sind gerade in Wupferding, süßer kleiner Ort mit einem schönen Hauptplatz und einer barocken Kirche aus dem siebzehnten Jahrhundert in der Mitte des Platzes«, erklärte Niko.

»Du scheinst dich ja auszukennen.«

»War ja auch schon ein paar Mal hier.«

Gerade, als sie den Hauptplatz durch die schmale Gasse erreichten, kam von links vorne ein Toyota mit aufgeblendeten Scheinwerfer auf sie zugerast. Sven hätte noch gerne den Walkürenritt wie bei »Apocalypse Now« gespielt, musste aber aus technischen Gründen darauf verzichten.

»Ausweichen!«, schrie Connie von hinten, Niko verriss das Lenkrad in letzter Sekunde und fuhr rechts am Prius vorbei. Er stieg aufs Gas und wollte so schnell wie möglich ans andere Ende des Platzes.

Plötzlich kam ihm ein alter, beigefarbener Mercedes mit einem entschlossen dreinschauenden Polizisten hinter dem Steuer entgegen. Georg hatte sofort erkannt, dass die Beamten von der Krankenkasse ein Manöver ausführten und war auf die andere Seite des Platzes gefahren, um einen möglichen Fluchtweg abzuschneiden. Niko stieg auf die Bremse, legte den Rückwärtsgang ein und setzte so schnell zurück, wie er konnte. Allerdings war ihm die Sicht nach hinten versperrt, da Connie aus dem Rückfenster sah und dabei mit ihrem Lockenkopf die schmale Fensterscheibe komplett verdeckte. Sie riss ihre Augen weit auf und ihre Zigarette fiel ihr beinahe aus dem Mundwinkel, als sie sah, dass der Toyota nun von hinten auf sie zufuhr und sie offensichtlich rammen wollte.

»Stop!«, schrie sie so laut, dass sogar ein alter Mann am Straßenrand stehenblieb. Auch Donatella bremste scharf und so blieben die beiden Autos nur wenige Zentimeter voneinander entfernt stehen. Niko wollte wieder vorwärtsfahren, doch der Mercedes blockierte ihm den Weg. Schorsch grinste siegessicher, die beiden Zeugen versteckten sich wie üblich hinter ihrem »Wachtturm« und »Erwachet«.

Für einige Sekunden war es ganz still im Ort, nichts und niemand rührte sich. Der alte Mann am Straßenrand stand immer noch wie angewurzelt da und beobachtete die drei Autos.

Plötzlich öffnete sich das Dach des Mini und Connie stellte sich auf die Rückbank. Sie schnippte ihre Zigarette weg, zog eine Pistole und zielte auf den Toyota.

»Ihr seid solche Schlappschwänze! Ihr alle!«, schrie sie laut und schoss dreimal auf die Motorhaube des Prius. Man hörte ein kurzes Pfeifen und Zischen und Rauch stieg aus dem Motor auf.

Dann drehte sie sich zum Mercedes: »Fahr einen Meter zurück! Los!«

Georg legte den Rückwärtsgang mit einem lauten Knarzen ein, stieg aufs Gas und hüllte die barocke Kirche in eine dunkle Wolke, die aus dem Auspuff quoll.

Connie setzte sich wieder und deutete Niko, dass er langsam weiterfahren sollte. Als sie beim Mercedes vorbeifuhren, schoss Connie gezielt in den Vorder- und in den Hinterreifen.

»Jetzt schließ das Dach und gib ordentlich Gas.« Sie lächelte zufrieden und fühlte sich ein wenig wie Bonnie oder Thelma oder Louise. »Das entspricht schon eher meiner Vorstellung einer spannenden Entführung«, sagte sie mit tiefer Stimme und einer Zigarette im Mund, die sie sich dabei anzündete, als der Mini mit quietschenden Reifen den Dorfplatz verließ.

Als die Beamten von der Krankenkasse und der Polizist Georg resignierend aus ihren Autos stiegen, rauschte ein silberfarbener Kombi an ihnen vorbei. Valerian hatte die ganze Situation aus sicherer Entfernung beobachtet und war jetzt mehr denn je dazu entschlossen, Niko und Susanne aus den Klauen dieser Verrückten zu retten.

Schon bald nach Wupferding fuhr der Mini von der Straße ab und immer weiter in den Wald hinein. Susanne sah Niko mit traurigen Augen an, und als er nur einen kurzen Augenblick zu ihr hinübersah, wusste er, was sie fragen wollte: »Hier also, ja? Hier hast du all deine Leichen vergraben?« Sie musste es nicht aussprechen. Er nickte nur und konzentrierte sich wieder auf den kleinen Weg.

Einige Minuten später stiegen die drei aus und gingen noch tiefer in den Wald hinein. Niko wankte nach wie vor im Stil von Herman Munster mit den Handschellen an seinen Handgelenken, Susanne ging gleich dahinter, und Connie folgte ihr so dicht, dass sie sie immer wieder mit der Pistole schubste.

Schließlich hatten sie den Platz mit den Gräbern erreicht.

»Setzt euch«, heischte Connie die beiden an und stieß die Polizistin auf den Boden. Niko hockte sich neben sie. »Ihr solltet eine Runde kuscheln, denn jetzt ist eure einzige Gelegenheit dazu. Obwohl, im Himmel könnt ihr weitermachen. Aber ob Niko jemals dorthin kommen wird? Ich glaube nicht. Schau dich einmal um, Susanne, siehst du diese vielen kleinen Hügel um dich herum, darunter liegen die ganzen Leichen, die dein Niko in den letzten Jahren umgebracht hat. Und unter einem davon ruht meine geliebte Maggie. Oder, Niko? Das WhatsApp vorhin aus dem Flieger war doch gefaked, nicht wahr?«

»Ja«, sagte er leise, »sie ist tot.«

»Warum, Niko, warum sie?«

»Ich wollte es nicht, und das weißt du. Hätte ich sie umbringen wollen, hätte ich es bereits viel früher gemacht. Aber sie hat mich unter Druck gesetzt, ich hatte keine andere Wahl.«

»Man hat immer eine andere Wahl.«

»Ach komm schon, du hast dich an all meinen Morden ergötzt, richtiggehend aufgegeilt. Du fandst alle meine Morde richtig und in Ordnung, und jetzt plötzlich habe ich die falsche Person umgebracht?«

»Hast du nicht auch Menschen für sie getötet?«, fragte Susanne leise.

Connie richtete ganz schnell die Waffe wieder auf Susanne: »Das hat er doch nur erstunken und erlogen, der Hund! Ich habe zugesehen, wie er seine Menschen erschlagen hat, aber das war es auch schon. Mir ging es doch nur um den Kick, nicht darum, meine Feinde loszuwerden.«

Susanne sah Niko skeptisch an: »Stimmt das?«

»Nun ja«, gab er kleinlaut zu, »mein Plan war, Connie zu meiner Komplizin zu machen, denn ich wollte sie auch ins Gefängnis bringen. Da habe ich eine kleine Notlüge erzählt.«

»Du wolltest eine Unschuldige ins Gefängnis bringen?«, fragte Susanne entsetzt.

»Unschuldig? Sie? Sie hat zwar keine Hand angelegt, aber sie war bei meinen meisten Morden dabei, und ich möchte gar nicht wissen, was dabei in ihrem Hirn vorgegangen ist. Sie hat genauso viel Schuld wie ich.«

»Moment«, warf Connie ein, »du konntest dir doch nicht einmal sicher sein, ob ich überhaupt bei den Morden dabei war, ich war doch immer nur im Hintergrund, du hast mich doch nie gesehen.«

»Aber du hast doch gesagt, sie hätte dir beim Vergraben der Leichen geholfen?« Susanne sah Niko mit ihren großen Augen fragend an.

»Nun«, stammelte Niko, »das war auch nicht ganz richtig. Das fällt wohl ebenso unter Notlüge, um ihre Komplizenrolle zu verstärken. Ich hatte vor zwei Tagen einen Fußabdruck hier gefunden, gleich dort links, ich hatte allerdings keine Ahnung, von wem dieser Abdruck sein konnte. Ich vermutete damals, dass es ihr Schuh gewesen sein konnte, wusste es aber nicht sicher. Heute habe ich dann so getan, als ob ich wüsste, dass es Connies Abdruck war.«

»Und damit hattest du ausnahmsweise einmal recht.« Connie fingerte mit ihrer linken Hand eine Zigarette aus ihrer Hosentasche und zündete sie an. »Ich war schon oft hier. Niko hatte keine Ahnung. Ich war ihm einmal heimlich gefolgt. Seither kam ich immer wieder hierher, ich finde diesen Platz einfach magic, diese Energie, ein Traum. Hier habe ich mich immer unglaublich stark gefühlt, hier war ich ganz bei mir. Aber das versteht ihr alles nicht, ihr seid alle so langweilig, ihr seid alle nur Spießer. Und du bist der Schlimmste von allen, du Versager.«

»Aber, dass ich reihenweise Menschen umgebracht habe, was du dir selbst nicht zugetraut hast, das zählt bei dir nicht? Ich war es, der für deinen Kick gesorgt hat, nicht irgendein Gummiseil beim Bungeejumping. Also halt dein Schandmaul, du Hure!«

»Das war jetzt zu viel, Schlappi, ich zeige dir jetzt, dass auch ich töten kann. Ha, welch Ironie des Schicksals, dass du genau dort sterben wirst, wo auch alle deine Leichen liegen. Sag deiner Liebsten adieu.« Connie richtete ihre Pistole auf Niko und hielt ihren Atem an.

»Nein!« Susanne stürzte auf Connie los, die sofort abdrückte. Susanne stieß vor Schmerz einen kurzen Schrei aus und fiel wie ein Sack auf den Boden. Nach einigen Sekunden schrie sie weiter und hielt sich das Bein.

Connie richtete die Pistole sofort wieder auf Niko, der froh war, dass seine geliebte Polizistin noch lebte.

»Jetzt wäre der richtige Zeitpunkt, sie zu umarmen,« sagte Connie außer Atem. »Na los, drei, zwei, …«

Plötzlich flog ihr ein Stab an den Kopf, ein Flowerstick, um genau zu sein. Sie drehte sich erschrocken um und sah Valerian, der auf sie zulief. Ohne zu zögern drückte sie ab, doch die Kugel verfehlte ihn. In diesem Moment verspürte sie einen stechenden Schmerz in ihrem linken Bein. Trotzki hatte sich in ihren Knöchel verbissen und ließ ihn nicht mehr los. Connie taumelte und versuchte erfolglos, den tapferen Hund abzuschütteln. Endlich schlug sie den Rauhaardackel mit ihrem Bein gegen einen Baumstamm. Trotzki löste seinen Biss, japste kurz, fiel auf den Boden und das Knurren verstummte. Der Stoß gegen den Baum war aber so heftig, dass auch Connie ihr Gleichgewicht in ihren Highheels verlor und auf den Waldboden stürzte, wodurch die Pistole durch Luft gewirbelt wurde und vor Susanne zu liegen kam. Diese zögerte nicht lange und schoss Connie gezielt in den Kopf.

Die Stille, die in diesem Moment herrschte, war unheimlich. Als ob alles Leben im Wald ausgelöscht worden wäre. Nicht einmal ein Blatt raschelte mehr im Wind.

Nur langsam drehte sich Niko zu Susanne, um dann umso schneller zu ihr zu laufen und sie zu umarmen.

Valerian war zu Trotzki gestürmt und hatte den bewusstlosen Hund in seine Arme genommen. Er fing an, bitterlich zu weinen, während er ihn liebevoll streichelte und immer wieder an sich drückte.

»Heult der etwa?«, fragte Susanne.

»Ja, das macht er ständig«, antwortete Niko ruhig.

In diesem Moment sprang Trotzki plötzlich hoch, wedelte mit dem Schwanz und torkelte leicht benommen um sein Herrchen herum. »Du lebst ja, mein kleiner Held!« Valerian heulte noch stärker, diesmal allerdings vor Rührung. »Komm zu mir, spring in meine Arme, lass dich drücken.« Er lief hinter dem tapferen Dackel her und versuchte ihn einzufangen, konnte jedoch durch die vielen Tränen beinahe nichts sehen, stolperte über eine Wurzel und fiel auf seine Knie.

»Du solltest jetzt gehen«, mahnte ihn Susanne, »und zwar flott. Und schau, dass du möglichst weit wegfährst.«

Trotzki war schnell zu seinem Herrchen gelaufen, der ihn an seine Wange drückte und sich mit dem Fell die Augen trocknete. »Mein großer Held Trotzki und ich, wir kennen unser Ziel, nicht wahr? Kiew. Das ist doch weit genug, oder? Das sollte doch reichen, denke ich.« Valerian nahm den Flowerstick, der neben ihm auf dem Boden lag, stand langsam auf und sah die beiden noch einmal an: »Was geschieht jetzt mit Niko?«

»Ich kümmere mich um ihn«, sagte Susanne und lächelte sanft.

»Weißt du«, sagte Niko ruhig, »ich glaube, mein LKW hat sein Ziel erreicht, ich habe die Ladung abgeliefert.«

Valerian nickte nur kurz, er hatte verstanden, drehte sich um und stapfte los.

Trotzki folgte ihm sofort, blieb aber noch einmal bei einem Baum stehen, um ihn zu markieren. Dabei hob er sein linkes Bein. Zum ersten, aber bestimmt nicht zum letzten Mal.

EPILOG

Lieber Niko,

Mittlerweile ist ein Jahr seit den Ereignissen vergangen und ich fand, dass es an der Zeit war, um Dir zu schreiben.

Ich frage gar nicht erst nach Deinem Befinden, da ich mir vorstellen kann, dass das Leben im Gefängnis nicht sonderlich fröhlich ist. Aber ich hoffe natürlich, dass es Dir den Umständen entsprechend gut geht.

Für mich hat in Kiew ein neues Leben angefangen. Ich fühle mich so unglaublich frei, so leicht, beinahe jungfräulich. Das letzte stimmt natürlich nicht ganz, denn hier habe ich meine Unschuld erst so richtig verloren. Wusstest du, dass es hier eine große buddhistische Gemeinde gibt? Wir treffen uns dreimal die Woche und lesen, singen und machen Yoga. Anschließend gehen wir etwas trinken. Und dann haben wir meistens Sex. Alter Mann, ich sage Dir, ich glaube, dass die Ukrainer die tatsächlichen Autoren des Kamasutra sind.

Seit drei Monaten bin ich aber treu. Meine Freundin heißt Ledvinka, ist dreiundzwanzig Jahre alt und ist promovierte Sozialpsychologin. Sie ist meine Alexandra Kollontai (Du kannst den Namen googeln, da Du alter Kapitalist bestimmt nicht weißt, wer das war). Sie hat mich einigen sehr interessanten Leuten vorgestellt, die – und das muss ich jetzt ein wenig vorsichtig formulieren – die Souveränität des Staates Ukraine vor äußeren Einflüssen zu schützen versuchen, vor allem im Osten des Landes. Und ich unterstütze sie dabei. Du weißt ja, wie gefährlich mein Flowerstick sein kann.

Apropos Flowerstick, Du kannst Dir gar nicht vorstellen, wie viel ich gelernt habe, seit ich Ivans Clownschule besuche. Der Mann ist ein Gott. Er sagt auch, dass ich Talent habe und dass ich vielleicht bereits nächstes Jahr nach Monte Carlo zum Festival mitfahren darf. Er findet meine Einlage mit dem Dackel nämlich einzigartig. Ja genau, Trotzki ist jetzt Artist. Und er ist der eigentliche Star in unserer Nummer.

Also, lieber Niko, pass auf Dich auf, oder lass Susanne auf Dich aufpassen. Ihr liebt Euch doch noch, oder?

Ich melde mich bald wieder, muss jetzt aufhören, ich habe gerade gefrühstückt und der russische Braunbär muss in den Aralsee, Du verstehst?

Liebe Grüße aus Kiew,
Dein Valerian

P.S. Ich checke immer wieder die heimischen News im Internet. Gestern habe ich gelesen, dass Hansi Hinterseer ein neues Album herausgebracht hat, und seine erste Single heißt »Das Leben is wia a LKW«.

ANHANG

Bibelzitate:

1. Buch Jeremia, 34, 9
2. Buch Ezechiel, 13, 3
3. 1 Könige, 5, 21
4. Jesaja, 58, 1
5. Jesus Sirach, 9, 10
6. Jesus Sirach, 9, 6
7. 1 Korinther, 12, 6
8. Jesaja, 29, 16
9. Jesaja, 28, 7-8
10. Amos, 6, 1
11. Ijob, 39, 1
12. Hebräer, 11, 1
13. Exodus, 22, 17

Noch eine kleine Bitte zum Schluss:

Ich hoffe natürlich sehr, dass Dir das Buch gefallen hat. Trotzki, der jetzt mit Valerian brav seine Kunststücke einstudiert, würde sich riesig freuen, wenn Du eine Rezension auf Amazon hinterlässt.

Und schreib uns mal, dann halten wir Dich auf dem Laufenden, wie es mit der neuen Geschichte vorangeht und ab wann sie zu lesen sein wird.

Printed in Poland
by Amazon Fulfillment
Poland Sp. z o.o., Wrocław

64721128R00134